Maurizio Massa

Würsterlandia

Il villaggio dei guardiani del bosco

Ai margini di un grandissimo bosco, c'era un piccolo villaggio che si specchiava sulle rive di un fiume dalle acque limpide e cristalline.

Le sue case erano tutte bianche con i tetti di paglia e le finestre sembravano sorridere ai suoi abitanti, quando questi percorrevano le stradine linde e fiorite.

Di giorno era un gran vociare di ragazzi che giocavano a pallone, si inseguivano in bicicletta e cantavano.

La notte poche lampade illuminavano le strade e la luce accesa all'interno delle case faceva sembrare le finestre enormi fari sui quali si sbatacchiavano le folene attratte dalla luce.

Il vasto territorio in cui si trovava il grandissimo bosco era di proprietà del conte Goffredo da Gora, un nobile e gentile signore che aveva compiuto da poco i cinquant'anni e si manteneva di bell'aspetto fisico. Di media statura, sembrava ben più alto per il suo portamento aristocratico e garbato, slanciato ulteriormente dai baffetti bianchi ben curati. Vestito sempre elegantemente, prediligeva abiti in lino bianco nei periodi estivi e di lana inglese su toni blu o marroni in quelli invernali. Non usava mai abiti spezzati, se non per andare a caccia, sport di cui era appassionato.

Il conte possedeva diversi immobili in città e viveva di rendita.

Durante i periodi più freddi e umidi si ritirava nella sua residenza cittadina, un grande palazzo nobiliare a più piani, con grandissimi saloni interni e un ampio cortile all'ingresso per la rimessa di auto e carrozze.

La tenuta di Gora era il suo unico possedimento di campagna e amava risiedervi dall'inizio della primavera all'autunno inoltrato. All'interno del grandissimo querceto vi era la radura nella quale i suoi antenati avevano fatto edificare il bellissimo castello che prendeva il nome dalla tenuta, accessibile da una strada sterrata ma molto curata.

Il conte era sposato con donna Silvestra, una bellissima quarantenne che non vantava un nobile casato come il marito, ma esemplari virtù umane.

Per attendere ai molti lavori che la pulizia del bosco e la sorveglianza della selvaggina richiedevano aveva ingaggiato i migliori boscaioli della più vicina città.

Guardacaccia, guardaboschi e tagliaboschi erano così andati ad abitare nel villaggio che lui stesso aveva fatto costruire in un terreno adiacente alla sua zona di caccia.

Il conte Goffredo

«Ero solo fra gli alberi alla ricerca di Cerbaro monocefalo che avevo visto aggirarsi lì quella stessa mattina...»

«Cerbaro monocefalo?»

«Sì, è così che ho chiamato il cinghiale maschio che va distruggendo tutto il bosco e che assale anche i guardiani. Per fortuna che le sue cariche, ancorchè improvvise, sono anche assai rumorose e sempre accompagnate da un urlo guerriero che non ha pari tra gli animali del bosco. Quando carica nessuna bestia resta nei dintorni. Gli uccelli volano via facendo un frastuono pauroso sia con il battito delle ali che con le loro grida di paura. I mammiferi scappano tra la folta vegetazione alzando polvere e foglie strappate. È il padre, credo, di quei cinghialetti che stanno insieme alla madre e che ti ho fatto vedere qualche giorno fa. Anche la madre per ora è pericolosa, ma è solo per difendere i propri piccoli. Invece lui, Cerbero monocefalo, lo è sempre pericoloso. I boscaioli lo temono e stanno sempre all'erta. In genere è sufficiente sparare un colpo in aria per farlo desistere ma, eventualmente, sanno che non devono aver timore ad abbatterlo...»

«E quindi?»

«Ero solo fra gli alberi. Ormai Cerbero era diventato la mia fissazione. Dovevo assolutamente battermi con lui, dovevo capire se ne avevo paura o se ancora sapevo tener testa a una bestia di tale potenza. Invece è spuntata la madre dei cinghialetti con i suoi tre piccoli appresso. È sbucata fuori improvvisamente da dietro un cespuglio di more, forse disturbata dai miei passi sulle foglie e temendo che volessi far del male ai tre piccoli. Mi ha caricato improvvisamente, ringhiando come un cane feroce. Non ne ho avuto paura, ma non volevo farle del male, così sono balzato sul ramo più basso di una quercia che avevo di lato e sono riuscito a mantenermi al di fuori della portata dei suoi denti. È restata alcuni minuti sotto il ramo rumoreggiando per farmi capire che non scherzava affatto, poi è scomparsa di nuovo nel fitto della vegetazione, permettendomi di scendere da quella scomoda posizione. Quando fui a terra, stavo ancora guardando dalla parte in cui il cinghiale era scomparso, quando alle mie spalle un frastuono di foglie e rami spezzati ha anticipato la carica di Cerbero. Mi sono voltato in un attimo impugnando il fucile che, fortunatamente, era già carico da prima e me lo sono visto a non più di dieci metri davanti mentre sferrava il suo micidiale attacco con una velocità e un'agilità senza pari. Un bestione enorme come non ne avevo mai visti in vita mia. E mentre ancora stavo fissando Cerbero che si avvicinava a velocità incredibile, alle mie spalle sento un analogo frastuono proveniente dai cespugli che avevo da poco finito di osservare perché tra loro sembrava essere stata inghiottita la femmina coi tre piccoli. Ed era proprio lei che vidi con la coda dell'occhio girando il capo appena appena. Mi caricava dall'altra parte ma era a una distanza maggiore del maschio. Cinque metri, quattro, tre… Esplosi il mio colpo mirando proprio sopra la testa e lo centrai. Il suo corpo, con la forza di inerzia della velocità raggiunta venne a urtare sulle mie gambe. Ma ormai non aveva più vita. Mi girai di colpo verso la femmina ben sapendo che non avrei avuto più il tempo di prepararmi al secondo sparo. Ma non ce ne fu bisogno. Dopo il primo colpo di fucile che ancora echeggiava tra i rami del bosco la femmina si era fermata di botto e si era di nuovo data alla macchia infilandosi tra i cespugli. Ho catturato Cerbero! Nel giro di qualche minuto sono arrivati i miei dieci boscaioli armati di tutto punto e pronti alla battaglia, ma appena sul posto hanno capito subito che potevano rinfoderare le loro armi. Mi hanno aiutato a trasportare il bestione nelle mie cucine e, appena frollato in giusta misura, nelle mani del nostro cuoco diverrà un prelibato banchetto. Ho fatto tirar fuori dalla cella frigorifera due lepri, quattro conigli, due fagiani e due pernici per farne dono ai boscaioli. Almeno una volta alla settimana devono mangiare anche un po' di carne, altrimenti la loro alimentazione si limita alle verdure degli orti che coltivano al villaggio».

«Vedi, alle preoccupazioni economiche che mi assillano, tu aggiungi questi rocamboleschi racconti che mi tengono in ansia per tutta la giornata. Io non pensavo che tu facessi le tue battute di caccia da solo! Noi spendiamo un mucchio di soldi per mantenere un esercito di dieci guardie e le loro numerose famiglie e tu che fai? Cerchi di farti azzannare da un mastodontico e feroce Cerbero ringhiante!»

«Non essere esagerata! In generale è sempre tutto sotto controllo e non mi aggiro mai da solo in mezzo al bosco. Come anche i miei guardiani, che hanno l'obbligo di camminare almeno in coppia e sempre armati. È capitato per caso, non era stato un atto premedtato. Ero uscito solo per raccogliere un po' di more, di cui ti so golosa, quando mi è venuto in mente Cerbero che proprio quella stessa mattina avevo visto aggirarsi lì intorno quando Felice, sai quel boscaiolo padre di Hänsel e Gretel che sembrano innamorati di te?, mi stava mostrando proprio i danni irreversibili fatti al querceto da quel cinghiale... E ho caricato il fucile aguzzando lo sguardo e affinando l'udito».

«Ti prego solo di fare molta attenzione. Lo sai che ho solo te!»

«Stai tranquilla. Io vado a caccia solo accompagnato da almeno due guardie che sono sempre pronte a intervenire. Come ti ho detto è stato solo un caso!»

«Vorrei mostrarti le fatture che sono pervenute adesso e che è necessario pagare entro fine mese. Non abbiamo tanti soldi e sarà di nuovo necessario pensare alla vendita di almeno quel palazzo cadente in città che ci serve solo a sborsare altri soldi di manutenzione... C'è giusto una fattura dell'amministratore dell'immobile che mi appare assai esosa; eccessivo il pagamento preteso per alcuni lavori di manutenzione straordinaria per portare a norma l'impianto della luce! In città, a parte la nostra dimora, abbiamo ancora altri cinque immobili e il conto in banca è sempre più in rosso. Che facciamo, amore?»

«Va bene, gioia. Pensaci tu. Hai la delega per tutto... Lascia che io viva come i miei avi, al di fuori di questi grezzi pensieri materiali che mi annichiliscono l'animo. Credo che per sopravvivere sia sufficiente ciò che entra dai fitti degli immobili restanti. Sei tu che hai sotto controllo le nostre uscite. L'unica cosa che io voglio è continuare a mantenere questo bel maniero con la sua cittadella di boscaioli. Ho tanti bei ricordi con te in questa dimora».

«Ed è quello che cercherò di fare fino alla fine dei nostri giorni, amore».

Davanti al camino del mio soggiorno ero uso la sera bere un buon bicchiere di Marsala secco in compagnia di mia moglie Silvestra, l'unica donna che in vita mia avessi mai amato.

Parlavamo molto noi due. Lei mi diceva delle difficoltà amministrative che incontrava per la gestione del bosco, l'unica proprietà non cittadina che ormai c'era rimasta, io le riferivo delle mie battute di caccia che mi piaceva ricordare.

Andavamo avanti delle ore mentre i pensieri si sfilavano da quel capriccioso gomitolo cerebrale che tentava di racchiuderli e serrarli per difendere le paure istintive che noi tutti temiamo di chiarire a noi stessi.

L'amore aveva sempre la meglio e le bizzarrie della psiche erano costrette a crollare, come le difese dei castelli agli assedi dei turchi appena qualche secolo prima.

Gaspare

Il conte mi aveva comandato di andare in città per contattare il signor Grimaudo, che lui sapeva essere un eccellente boscaiolo, in cerca di occupazione dopo aver perso il suo lavoro presso la tenuta della Pigna.

Purtroppo giù in città non lo trovai perché, mi spiegò appresso, durante il giorno continuava a girare alla ricerca di un impiego.

Sotto casa sua c'era una bottega di frutta e verdura e mi rivolsi al proprietario di questa.

«Lei conosce il signor Felice Grimaudo?»

«Certo che lo conosco, abita proprio qua sopra. Ma se lei lo sta cercando deve tornare questa sera. Esce di mattina presto e torna sempre dopo il tramonto».

«Lei la sera lo vede rincasare?»

«Sì, io chiudo bottega molto tardi, dopo che tutti hanno finito di lavorare e tornano alle proprie case. È allora che vengono a fare acquisti».

«Potrebbe farmi una cortesia, questa sera?»

«Vuole che lo avverta che l'ha cercato?»

«Sì, gli dica, per favore, se può andare alla tenuta del conte Goffredo da Gora e cercare del signor Gaspare, che sono io».

«Non si preoccupi. Questa sera lo avvertirò».

La mattina seguente, di buon'ora, Felice venne al bosco a cercarmi e parlammo a lungo passeggiando tra le antiche querce. Da come si guardava intorno riconoscendo ogni pianta e ogni animale che popolava la macchia capii che era veramente del mestiere e che amava la natura. Era ciò che al conte interessava di più.

Felice aveva lavorato nella tenuta della Pigna del barone Granati, prima di trasferirsi in città alla ricerca di un lavoro che ancora non aveva trovato. Era un uomo di mezza età ma ancora fisicamente molto vigoroso, dal carattere timido e discreto, con i capelli neri, il naso un po' corvino e gli occhi scuri.

Dopo neanche dieci minuti era come se lo avessi conosciuto da tutta la vita e già ci raccontavamo storie delle nostre famiglie come vecchi amici.

Volle sapere tutto della tenuta e di chi ci lavorava e dalla descrizione che gli feci del conte e degli altri compagni di lavoro si convinse subito che quello era il paradiso terrestre.

Quando il giorno dopo tornò, questa volta per restare, gli presentai uno per uno gli altri boscaioli, Diego, Guido, Nino, Elio, Gino, Carmelo, Michele e Lello e lui molti già li conosceva e degli altri si ricordava ogni cosa che io gli avessi detto e sapeva chi erano le loro mogli e persino i nomi dei loro figli.

Diventammo amici inseparabili e alla tenuta camminavamo sempre in coppia. E anche le nostre mogli, Libera e Rosetta passavano interi pomeriggi insieme. Per non parlare dei figli...

Felice

Il mio stato emozionale di quel periodo della mia vita ben si appropriava al mio nome, che era la causa di molte prese in giro dei miei compagni di lavoro, così come quello di mia moglie, Libera, il cui padre era un anarchico utopista che aveva voluto dare ai propri figli tutti i nomi della nomenclatura anarchica. I suoi fratelli si chiamavano, il primogenito Unico, come il titolo del solo libro scritto da Max Stirner, Ideale era il secondo e Anarchia l'ultima nata che si verognava come un verme di quel nome e si faceva chiamare Narcy. Tutti insieme suonavano "Unico Ideale Libera Anarchia". Mia moglie, a sua volta, idealista come il padre ma di natura romantica e sentimentale, amante della lettura – passione che ha trasferito ai miei due ragazzini - ha voluto che i nostri figli si chiamassero Hänsel e Gretel traendo i nomi dal libro di fiabe dei fratelli Grimm che leggeva e rileggeva da bambina.

Quando il conte Goffredo mi aveva fatto chiamare avevo pensato di avergli in qualche modo mancato di rispetto quella volta che ero andato a fare un picnic nel bosco con la mia famiglia. Pensavo che mi avesse visto e se ne fosse voluto perché non gli avevo preventivamente chiesta l'autorizzazione. Lo conoscevo veramente poco allora. Non avrebbe mai avuto risentimenti per tali faccende. Avevamo trascorso una bellissima domenica sul prato, circondati dai ciclamini e dai quercini che si arrampicavano sugli alberi mostrando fieri la mascherina nera che gli girava intorno agli occhi. C'eravamo piazzati proprio ai bordi del bosco, perché sapevo che il conte stava ripopolando di selvaggina la riserva e non volevo essere in alcun modo di disturbo agli animali.

Il gestore della bottega di frutta e verdura sotto casa mi aveva detto che si era presentato un boscaiolo di mattina presto, che mi aveva cercato a casa. Un piccolo bivani che avevo in affitto da qualche mese e che già mi ero pentito di avere preso perché il canone era alto e non ero ancora riuscito a trovare lavoro. Per mia fortuna Libera era sempre stata assai previdente e aveva messo da parte qualche risparmio ai tempi in cui svolgevo il lavoro di boscaiolo nella tenuta del barone Granati.

Appena me lo dissero subito andai. Lo trovai al bosco.

«Buon giorno. Mi chiamo Felice e so che mi ha cercato ieri Gaspare…»

«Buon giorno, Felice. Sono io Gaspare e sono un boscaiolo come te. Ti parlo a nome del conte Goffredo da Gora. Conosci il bosco del conte?»

«Sì. So che avrei dovuto chiedergli l'autorizzazione per andare a fare il picnic, ma giuro che non ho fatto alcun danno né alle piante né agli animali. Ero boscaiolo e conosco bene il mio mestiere. Ho solo fatto un picnic con i ragazzini…»

«Al conte non gliene può fregar di meno del tuo picnic. Lui sa che stai cercando un lavoro in città e vorrebbe farti un'offerta allettante. Però si tratterebbe di spostarti qui e risiedere nei pressi del suo bosco».

«Ne sarei felice come il mio nome. A me tutto questo cemento non piace e le strade piene di veicoli di ogni genere mi sembrano assai pericolose per i ragazzi abituati a vivere in un piccolo borgo di montagna e a contatto con la natura».

«Bene. Se vuoi parlarne con tua moglie questi sono gli elementi essenziali: vivreste in una casetta di un piccolo villaggio situato proprio subito dopo il bosco del conte. È una casetta di due stanze oltre i servizi, ma ben arredata e corredata di tutto. Non pagheresti una lira perché è in comodato gratuito per tutto il tempo che lavoreresti per il conte. Il lavoro è quello tuo, il boscaiolo. Faresti il guardiano per evitare il bracconaggio e contemporaneamente il tagliaboschi, per mantenere pulito il sottobosco delle aree di caccia dalla vegetazione a macchia mediterranea che tende a invadere ogni sentiero e ogni passaggio, rendendo praticamente impossibile la cattura delle pernici, dei fagiani e delle altre piccole prede che il conte Goffredo ama di tanto in tanto cacciare invece dei cinghiali o dei cervi. Ti verrebbe corrisposta una paga pari al minimo tabellare previsto per la categoria, con possibilità di aumenti da decidere il conte in modo autonomo. Una volta la settimana ti verrebbe anche dato un capo di selvaggina per integrare la tua dieta che, come facciamo noi, sarà principalmente costituita da ortaggi che potrai liberamente piantare nell'orticello che vorrai farti vicino alla tua casa».

«Non so che dire...»

«Non ti sembra un'offerta vantaggiosa?»

«Scusa. Sono rimasto senza parole. Mi sembra di toccare il cielo con le mani. Certo che sono soddisfatto dell'offerta. Mai nessuno me ne aveva fatta una altrettanto vantaggiosa. Pensa che il barone Granati...»

«So. Ci ho lavorato anch'io. È di un tirchio, quello là! Ma com'è che l'hai lasciato?»

«Non l'ho lasciato io. La tenuta della Pigna è stata venduta e il nuovo proprietario aveva già promesso il lavoro ad altri boscaioli. Un po' per uno ci ha detto. E ci ha mandato via. E attento, la casa che dividevamo con un'altra famiglia di boscaioli era in affitto. E i soldi se li tratteneva dalla busta che ci dava a fine mese!»

«Lavoro col conte da più di dieci anni. Vedrai che è persona del tutto differente dagli altri datori di lavoro. Se non fosse per i suoi quattro quarti di nobiltà e per lo stemma che fa incidere in tutte le targhe delle sue dimore, potrebbe sembrarti un vecchio socialista! Chi si occupa di tutto è la moglie, la signora Silvestra. Lui vuole solo pensare alla caccia e al ripopolamento del bosco. Quando è in città, per lo più nei mesi più freddi, fa lunghe passeggiate per i viali alberati e cerca di isolarsi sedendosi in qualche tavolino di bar. Oppure sta in compagnia della moglie che adora. Lo vedrai solo in occasione delle frequenti battute di caccia al cinghiale o al cervo. La tua giornata lavorativa è di otto ore. Sarai sempre in compagnia di un altro boscaiolo, potrei essere io stesso o un altro. In tutto siamo dieci, quanto sono le case del villaggio, Posso dare al conte la tua adesione?»

«Certo che puoi. Da quando inizio?»

«Anche da domani, se vuoi. Avverti il padrone di casa che lasci l'appartamento e mi telefoni. Ti accompagnerò alla tua nuova casa il giorno appresso».

Da quel giorno la mia vita era cambiata completamente. Mia moglie neppure credeva che le stessi dicendo la verità quando glielo raccontai. E i ragazzi in un quarto d'ora avevano già fatto tutti i loro progetti senza neppure aver visto la nuova sistemazione. A loro era sufficiente sapere che tornavano in campagna!

Il villaggio era semplicemente stupendo. Dieci casette bianche con i loro giardinetti e l'orticello sul retro di ciascuna, tutte in fila sulla riva di un fiume dalle acque limpidissime. A circa un chilometro, inoltre, c'era un laghetto artificiale che il conte aveva fatto creare per l'irrigazione delle sue piantagioni che la moglie aveva voluto sul retro del castello. Il laghetto era popolato da trote e carpe e potevamo anche pescarle. Era diventato subito uno dei passatempi dei ragazzi.

E non erano soli, perché anche tutti gli altri boscaioili avevano famiglia e i figli erano quasi tutti coetanei di Hänsel e Gretel.

Mia moglie, poi, era al settimo cielo. Intanto perché finalmente avevo di nuovo un lavoro e uno stipendio. Poi perché sicuramente avremmo speso ben poco di quello che guadagnavo, solo per pagare le bollette, l'acquisto di pochi generi alimentari e il vestiario, senza i capricci dei vestiti cittadini, roba da campagna.

La casetta era composta da due stanze da letto, un bagno e una cucina di generosissime dimensioni, dove spiccava un grande camino in cui era possibile girare la polenta e arrostire qualche salsiccia, o anche la cacciagione che settimanalmente il conte ci faceva avere.

Libera aveva impiantato un orto di tutto rispetto alle spalle della casa, come avevano fatto anche le compagne dei miei colleghi nelle loro abitazioni, e tutto l'anno avevamo patate, cipolle e gli ortaggi di stagione. In estate melenzane, zucchine, peperoni, lattughe e pomodori. In autunno broccoli e carciofi. In inverno fave e piselli. Aveva piantato anche un albero di limoni, uno di pesche, uno di albicocche e uno d'arance. Ma solo dopo quattro anni cominciarono a darci qualche frutto.

Libera

Quel giorno Felice tornò a casa e cominciò a fissarmi con gli occhi allegri e un sorriso compiaciuto disegnato in volto.

«Cosa c'è?» gli chiesi, «vuoi dirmi qualcosa o voui semplicemente farmi qualche complimento?»

«Ho una bella notizia, Libera!»

«Hai trovato lavoro?»

«Meglio. Allora dovrei forse dire che ho più di una bella notizia, due, tre, quattro belle notizie!»

«Hai vinto una lotteria? Hai ereditato da un parente che neppure conoscevi? Parla, dai…»

«Ti ricordi del conte Goffredo da Gora?»

«È il proprietario del bosco dove siamo andati coi ragazzini».

«Sì. Mi ha offerto di lavorare per lui come guardabosco e tagliaboschi. Torno a fare il mio mestiere, Libera!»

«Questo è davvero bello. Con un lavoro, intanto, abbiamo di che campare e pagare l'affitto di casa, inoltre fai quello che più ti piace e che è il tuo mestiere!»

«Ma non è tutto, Libera!»

«E che altro c'è? Perché mi dai le notizie una per una?»

«Ci mette a disposizione una casa nel villaggio che ha fatto edificare ai margini del bosco. Gratuitamente. E sul retro c'è anche un orto che possiamo liberamente coltivare».

«Ma come mai ti mette a disposizione gratuitamente quella casa, Felice… Cosa c'è sotto? Dovrai fare qualcosa di pericoloso, oppure ti paga poco?»

«Né l'uno né l'altro, Libera. Siamo dieci boscaioli e le case sono dieci. Le ha fatte costruire per avere la possibilità di averci sempre vicini al bosco e alla sua residenza di caccia. Lo stipendio è ben più alto di quello che pagava il Barone Granati e in più c'è la casa gratis. E l'orto. Sai cosa significa avere un orto? Sai quanto risparmi ogni mese?»

«E anche i ragazzi saranno felicissimi di poter tornare a vivere in campagna. Sai se ci sono altri ragazzini della loro età?»

«Sì. Ci sono parecchi ragazzi coetanei di Hånsel e Gretel. Ah, inoltre vicino al villaggio c'è anche un laghetto artificiale che il conte ha fatto realizzare per l'irrigazione delle sue coltivazioni, che sua moglie, la signora contessa, ha voluto nel retro del castello. Il laghetto è pieno di pesci e abbiamo l'autorizzazione a pescare quando vogliamo. È diventato il passatempo di tutti i ragazzini del villaggio. E in più, con un po' di fortuna, mangi anche pesce fresco. E a proposito di pesce, il conte ci dà anche un capo di cacciagione a settimana per arricchire la nostra dieta. Che te ne pare?»

«Mi sembra proprio un sogno. Anche perché togliamo i ragazzini dalla strada. È troppo trafficata qui in città e io sto sempre preoccupata che possa succedere un incidente! Quando potremo andarci?»

«Subito. Debbo solo avvertire il padrone di casa che lascio l'abitazione e ci trasferiamo immediatamente. Domani stesso mi devo presentare al lavoro dal conte».

Felice mi raccontò del suo incontro con Gaspare Carollo, capo dei boscaioli del conte e suo uomo di fiducia, con fisico atletico (come tutti i boscaioli, penso io) che lo fa apparire più alto e slanciato di quello che è, scuro di carnagione, di capelli e di occhi. Mi raccontò della moglie Rosetta, alta come il marito, rossa di capelli con occhi verdi e di Valentino, il loro unico figliolo, anche lui alto, magro con i capelli rossi e gli occhi verdi.

Quando i ragazzi tornarono a casa e raccontai loro quel che Felice mi aveva detto, non stavano più nella pelle. E cominciarono a fantasticare, senza neppure aver visto il villaggio, sulla loro nuova vita e sui giochi in campagna e sulla pesca al lago e sui nuovi amici.

Felice fu rapidissimo. Quella stessa sera avvertì il padrone di casa che dal giorno dopo l'abitazione sarebbe tornata nella sua disponibilità e ben poco fruttarono le sue proteste sull'obbligo di preavviso. Felice gli spiegò che non aveva trovato alcun lavoro in città e che se avesse continuato a vivere in quella casa, già dal mese successivo avrebbe trovato difficoltà a pagare il relativo canone. Si convinse subito.

La sera facemmo tutti i preparativi per il trasferimento e il giorno appresso venne un altro boscaiolo, che si presentò con il solo nome, Gaspare, com'è usanza dei boscaioli, per accompagnarci alla nostra nuova residenza e aiutarci nel trasporto. Venne con un piccolo furgone per caricarvi quel poco che avevamo e trasportarlo al villaggio.

Trascorremmo il tempo del percorso che divideva la casa di città che stavamo lasciando – senza alcun rimpianto – e quella del villaggio tra canti in coro di tutta la famiglia e i racconti delle passate avventure dei ragazzi in campagna ai tempi in cui ancora stavamo dal Barone Granati.

Quando Felice spense il motore ci fu un attimo di silenzio. Ci guardammo intorno intuendo improvvisamente di essere giunti alla meta e guardammo con avidi sguardi il paesaggio che ci circondava. Era come se stessimo dentro un sogno. Un sogno collettivo. Nessuno fiatò per alcuni minuti, mentre gli occhi velocissimi correvano dalle graziosissime casette in pietra bianca al fiume argenteo che quasi sembrava le bagnasse. Dietro le case una collinetta bassa emergeva crescendo ed evidenziando il terreno coltivato a orto subito a ridosso delle mura domestiche. Davanti alla casetta accanto alla nostra un piccolo recinto racchiudeva alcuni anatroccoli.

Aprii lo sportello e a passo veloce andai verso la porta che già Felice aveva aperto. Dietro di me si fiondarono i ragazzi spingendosi per entrare per primi. Il nostro nido era proprio come me l'ero immaginato. Un soggiorno molto luminoso arredato con mobili chiari che davano all'ambiente ancora maggiore luce e bellezza con angolo cottura completo di tutto sotto una finestra che guardava verso l'incantevole bosco e tre porte sulle altre due pareti. Due conducevano alle stanze da letto di pari grandezza e l'ultima a un sontuoso bagno con vasca da bagno. Non ne avevamo mai avuta una.

I ragazzi aiutarono a tirar fuori dal furgone il nostro povero corredo di lenzuola e tovaglie con un entusiasmo mai visto e sistemarono tutto in un attimo nella nuova casa.

Trascorsero molto tempo nella loro stanza prima di decidersi a uscire per esplorare quel nuovo mondo, poi si recarono subito al lago, al di là della collina, tanto per vederlo e fare i loro programmi.

I giorni seguenti io li trascorsi a finire di sistemare le poche cose che avevamo trasportato in casa, mettere qualche quadretto alle pareti e, soprattutto, a coltivare l'orto. Con l'aiuto di Felice e di un suo collega di lavoro piantai anche qualche alberello da frutta, un limone, un arancio, un pesco e un albicocco, ben sapendo che ne avrei visti i frutti solo dopo qualche anno. Ma l'orto no. Dopo appena un mese già ci dava da mangiare.

I ragazzi avevano fatto subito amicizia con altri coetanei del villaggio e passavano le loro giornate al lago a pescare e impiegavano i pomeriggi a giocare con gli altri.

Trascorsero così velocemente i primi anni. Quasi tutte le mattine avevo un appuntamento fisso con le altre donne del villaggio in un punto del fiume dove era stato creato un lavatoio e i panni profumati li lasciavo asciugare alla brezza pomeridiana dietro casa. I boscaioli avevano inoltre realizzato nel retro del villaggio un vero e proprio forno a legna, dove settimanalmente e tutte insieme infornavamo i pani preparati in casa e, qualche sera, facevamo le pizze.

Davanti alla casetta avevo sistemato dei fiori che davano un tocco di colore e, subito, anche le altre casette si colorarono nello stesso modo.

La signora Silvestra, la contessa, aveva simpatizzato in modo particolare con Hänsel e Gretel e, almeno una volta la settimana, ci onorava venendo a trovarci a casa. Forse il fatto che non avesse avuto figli e che i ragazzi, soprattutto Gretel, avessero un carattere esuberante e molto estroverso l'avevano spinta a cercare l'affetto filiare che non aveva avuto la fortuna di provare.

Hänsel

La nostra stanza era semplicemente meravigliosa. Con Gretel fummo subito d'accordo sulla assegnazione dei letti e dei relativi armadi.

Il primo giorno che arrivammo al villaggio eravamo talmente felici di quella nuova sistemazione che ci soffermammo per diverse ore nella nostra stanzetta guardando e riguardando ogni angolo e ogni spazio. La finestra, coperta da una bellissima e colorata tendina, dava su un paesaggio semplicemente sublime, sui verdi prati che si estendevano verso il bosco.

Ci buttavamo sui letti comodi come non mai, con alti materassi a molle e non come quelli in crine cui eravamo abituati.

Solo dopo alcune ore uscimmo ricordandoci del lago di cui ci aveva parlato papà. E corremmo a visitarlo. Era subito dietro la collina, a meno di un chilometro da casa. E vi trovammo tutti i ragazzi del villaggio con cui stringemmo subito amicizia. Stavano pescando e avevano già catturato diversi pesci. Non sembrava difficile. Quel giorno ci sedemmo accanto a Valentino, il figlio del boscaiolo che aveva contattato papà, un ragazzo dai capelli rossi molto simpatico. Aveva pescato due trote belle grosse e quella sera ce ne volle regalare una.

«Domani mattina vi insegno a costruirvi delle canne da pesca come questa mia, con le canne di bambù che si trovano qui intorno al lago. La lenza ve la do io e anche gli ami. I vermetti che servono da esca si prendono sotto la sabbia sulle sponde del lago, domani vi faccio vedere. Adesso andiamo che è tardi e i miei se tardo stanno in pensiero».

«Grazie Valentino», disse subito Gretel. Vidi che i suoi occhi si illuminarono quella sera. Valentino evidentemente l'aveva affascinata. Non mi ingelosii come era successo altre volte. Quel ragazzo aveva fatto molta simpatia anche a me. E sembrava uno che di iniziative ne aveva da regalare!

La mattina seguente Valentino si presentò alla nostra porta con tutta l'attrezzatura per la pesca.

La mamma lo fece entrare e volle assolutamente che facesse colazione insieme a noi. Aveva preparato una bellissima torta alla vaniglia e Valentino molto timidamente ne chiese una seconda porzione che mamma gli diede senza alcun'esitazione.

«Non devi vergognarti a chiederne. Fai conto che Hänsel e Gretel siano tuoi fratelli».

Ce ne uscimmo di casa veramente come fratelli. Valentino portò fino alla sponda del lago le attrezzature da pesca e solo lì, seduti comodamente su delle pietre piatte che facevano da comodi sgabelli, ci insegnò come armare le canne.

«Dovete fare attenzione ai nodi. Io faccio il mio, voi guardate e fate i vostri. Se sbagliate ve lo dico. Sono la cosa più importante, perché non devono assolutamente cedere allo strattone del pesce, né essere troppo grossi e visibili, altrimenti i pesci non si avvicinano».

Sia io che Gretel imparammo subito a fare i nodi per legare la lenza alla canna e per legare l'amo. Poi Valentino ci fece vedere dove e come cercare i vermetti da utilizzare come esca.

Finita la formazione, ci mettemmo pazientemente a pescare. Capii subito che i pesci non stavano certo aspettando che noi arrivassimo con i nostri vermi. Spesso, anzi, sentivo strattonare la canna, tiravo la lenza fuori dall'acqua come mi aveva insegnato Valentino, ma dovevo solo reinnestare una nuova esca perché il pesce era riuscito a mangiarsi la precedente senza mordere l'amo.

Alla fine della giornata io non avevo pescato nulla, Valentino aveva preso solo una carpa che non era buona come la trota e Gretel aveva preso una bellissima trota.

Valentino ne era contentissimo. La guardava come se fosse stata una fata magica.

«Brava. Se fosse stata una gara a punti, avresti vinto tu. Andiamo a vedere cosa hanno fatto Paolo e Lucio che sono fermi più in là, prima di tornare a casa».

Ci muovemmo con cautela sulla sponda fangosa e raggiungemmo un altro gruppetto di ragazzi. Paolo aveva catturato un luccio, gli altri non avevano pescato niente.

Tornammo al villaggio tutti insieme cantando a squarciagola, tanto che gli uccelli del bosco poco distante cominciarono a volar via infastiditi.

Dopo quella prima giornata, la pesca era diventata il nostro passatempo preferito. Andavamo al lago ogni giorno e, spesso, tornavamo con delle belle prede per la nostra cena. Non potevamo andarci di mattina presto, come aveva suggerito Valentino ("si pesca molto meglio alle prime luci dell'alba e al tramonto, ricordatevelo"), perché io dovevo risistemare i letti e sparecchiare la tavola utilizzata per la prima colazione, mentre Gretel e la mamma andavano al lavatoio sul fiume per lavare la biancheria.

Pioveva raramente e, in quei giorni, stavamo in casa. Sempre insieme a Valentino e spesso anche con gli altri, Paolo, Lucio, Mario e Valeria. Valeria era la più piccola del gruppo, aveva solo otto anni. Io ne avevo sedici e Gretel quattordici. Valentino, Lucio e Mario erano miei coetanei, mentre Paolo era il più grande, aveva dicotto anni.

Mamma era stata bravissima con l'orto e, in brevissimo tempo, era già molto rigoglioso e in tre o quattro anni avrebbe avuto anche alberi maturi e pieni di frutta.

Quasi ogni settimana, fin dai primi giorni che ci eravamo stabiliti al villaggio, la moglie del conte, la signora Silvestra, aveva preso l'abitudine di venirci a trovare a casa. Lei e il Conte non avevano figli e forse anche questa circostanza influiva sul suo comportamento affettivo nei nostri confronti. Era una donna giovane e graziosa, con un portamento veramente nobile, di carnagione chiara con capelli e occhi castani e mostrò, fin da subito, il suo carattere cordiale e allegro. Ci portava dei dolcetti di mandorla che erano buonissimi. Mamma le preparava un the alle erbe che le piaceva moltissimo, tanto che aveva voluto sapere quali erbe si dovessero mettere in infusione insieme al the.

La mamma, che entrò più in confidenza con lei, mi disse che non era di nascita nobile ma aveva avuto sempre grande influenza sulle decisioni del marito e aveva sempre mostrato tratti umanitari che erano anche stati mal interpretati al circolo cittadino dove aveva più detrattori che simpatizzanti. I più, infatti, erano portati a scambiare il suo amore per il prossimo e i suoi rapporti con i dipendenti come manifestazioni di ideologie socialiste. La contessa per queste maldicenze aveva sofferto molto.

La signora Silvestra non era mai stata al villaggio prima che arrivassimo noi. Non è che la borgata esiste va da molto; in effetti erano solo un paio d'anni che il conte l'aveva fatta edificare. Però lei non aveva l'abitudine di frequentare altre famiglie oltre la nostra. E tutti gli altri, vuoi perché il conte aveva esplicitamente fatto cercare mio padre per assumerlo come boscaiolo, vuoi perché la contessa veniva a trovarci a casa, pensavano che anche noi avessimo illustri natali.

Gretel

Proprio il primo giorno che siamo arrivati alla nostra nuova dimora, abbiamo conosciuto Valentino, un ragazzo dai capelli rossi simpaticissimo che ci ha insegnato tutti i trucchi per pescare al lago e non solo quello.

È un ragazzo bellissimo, con i capelli sempre in disordine e due occhi verdi splendidi.

Con i suoi insegnamenti sono diventata bravissima a pescare, quasi mai mi si vede tornare a mani vuote. Ora riesco a prendere delle trote ora dei lucci o solamente delle carpe. Un giorno ho pescato una trota di quasi due chili e Valentino mi ha detto che se ne possono catturare anche di più grosse. Lui dice che sono la migliore tra tutti a pescare, ho imparato veramente bene.

A me piace molto leggere e papà, ogni tanto, mi porta qualche libro nuovo che divoro in pochi giorni. Mi piace anche leggerli una seconda volta e rileggerli ancora. Ce n'è uno di Hemingway, che si intitola *Il vecchio e il mare*, che conosco quasi tutto a memoria. È una storia struggente di un vecchio pescatore che riesce a pescare un pesce enorme lottando fino allo stremo per riuscire a catturarlo, ma alla fine le forze lo abbandonano. Quando vado a pescare penso sempre a quel vecchio solo sulla sua barca che lotta con la natura per la sua sopravvivenza.

Abbiamo un orto curatissimo dietro la nostra casa. È la creatura della mamma che per curarlo ha perso tutte le sue forze, come il vecchio pescatore di Hemingway. Si tratta di stanchezza, dicono i medici che sono venuti a casa. Io so però che anche la mamma è molto preoccupata e mi ha chiesto di sostituirla al lavatoio perché ha forti capogiri quando si china. Lei ne ha parlato con me e con papà, ma io l'ho detto anche a Hänsel che ormai ha vent'anni. E naturalmente anche a Valentino che mi chiede ogni giorno notizie quando mio fratello non c'è. È molto premuroso nei miei confronti e so che mi vuole bene, come io ne voglio a lui. Però non me l'ha mai detto. Non ancora perlomeno. Va a finire che glielo dico io. Questi maschi...

La signora Contessa è venuta quasi ogni settimana a trovarci a casa. Tutti al villaggio ci trattano con molto rispetto perché pensano che mamma e lei siano molto amiche, non era mai accaduto che lei venisse al villaggio prima. Ogni volta che viene porta dei dolcetti di marzapane di cui sono veramente ghiotta. Piacciono anche a Hänsel e a mamma. Quando arriva, la mamma prepara un the alle erbe che alla signora Contessa piace moltissimo e dice che non riesce a farlo uguale a casa sua, cioè al castello. Secondo mamma è solo perché non lo prepara lei con le sue mani e lo lascia fare al cuoco. Le ha anche mostrato come prepararlo e le ha suggerito di farlo lei personalmente, andando a raccogliere le erbe fresche all'orto che ha impiantato dietro il castello. Ma la signora Contessa dice sempre che non glielo permetterebbero mai.

Valentino

Ho conosciuto Gretel al lago. Ragazzi, non avete idea di come possano luccicare più delle pietre preziose due occhi azzurri. Una volta ho visto degli zaffiri esposti in una vetrina di città. Ricordo che rimasi quasi senza fiato a guardarli perché erano di un blu intenso e sembravano brillare di luce propria. Sono convinto che anche gli occhi di Gretel brillino di luce propria e puoi vederli anche al buio. Ha i capelli di un colore biondo platino e sembrerebbe quasi scontato che gli occhi siano di colore azzurro. Ma non sono azzurri. Sono blu intensi e brillano. Dire ipnotici è poco. Calamitano l'attenzione, non riesci a staccare il tuo sguardo dal suo, ti si smorza il respiro e ti si mollano le ginocchia. Questo è l'effetto che ha fatto su di me.

La prima volta che l'ho vista. E anche la seconda e tutte le volte successive. Non riesco più a non pensare a lei. Poi penso che non ho alcuna speranza con una come lei, così bella, con un portamento così nobile eppure così semplice e umile. La sua famiglia è in buoni rapporti con il Conte Goffredo e con la signora Contessa che, addirittura, si è recata più volte a far loro visita. Sì, non li ha convocati al castello, è andata lei a trovarli a casa al villaggio. Si fa accompagnare dallo chaffeur con la sua vettura elegante, aspetta che quello gli apra la portiera per scendere e si presenta alla porta dei miei amici come se fosse una di noi. Ogni volta che lei va a trovarli, Gretel il giorno dopo mi fa avere qualche dolcetto di martorana che la signora Contessa porta a casa loro. È una cosa che mi piace molto, non tanto per il dolcetto in sé, che è buonissimo ma forse un po' troppo dolce, quanto perché Gretel ha pensato a me, la cosa mi inebria, mi riempie di gioia.

Ai miei nuovi amici ho insegnato tutti i trucchi per pescare e Gretel è diventata veramente brava, la migliore di tutti noi. Non c'è giorno che non catturi qualche preda importante. E sa farlo con maestria, liberando i pesci di taglia più piccola e quelli che non le piacciono, come le carpe che hanno una carne stopposa che sa troppo di acqua lacustre. Le trote sono molto più buone, hanno carne tendente al rosa e un sapore assai delicato. Ormai anche Paolo, Lucio, Mario e Valeria vanno spesso a guardarla pescare. Si seggono accanto a noi e guardano in silenzio, La osservano come se fosse una maestra da cui apprendere l'arte. La cosa mi inorgoglisce, mi fa sentire importante.

Usciamo ogni giorno insieme e, quando piove o c'è troppo vento per andare al lago, vado io a trovarla a casa sua, ma ancora non ho avuto il coraggio di dirle che cosa provo per lei. Sua madre è sempre gentilissima con me, mi fa fare colazione insieme a Hänsel e Gretel e chiacchiera un po', mi chiede notizie di dove vivevamo prima, se mi piaccia più stare in campagna o in città, quali progetti io abbia fatto per il mio futuro, se mi piaccia leggere… e poi, soprattutto, della mamma – che lei vede comunque ogni giorno, anche quando non vanno insieme al lavatoio perché sono diventate molto amiche e siamo vicini di casa. E poi mio padre e il signor Felice sono anche loro diventati inseparabili. Di tanto in tanto, mi presta qualche libro. "È una cosa molto importante leggere, Valentino. Ricordalo. Una persona che non legge è gretta, non avrà mai grandi interessi e aspirazioni". Io rispondo sempre che leggere mi piace e che anche Gretel mi parla spesso di libri letti e, qualche volta, me ne presta qualcuno che lei ritiene "di assoluto rispetto". Poi mi parla di Gretel e di quello che le piace della vita, insomma mi fa sentire a mio agio, come se fossi a casa mia, nella mia stessa famiglia.

Il tagliabosci Diego, padre di Paolo

I nuovi arrivati mi sono sembrati fin dall'inizio ottima gente. Felice sa il fatto suo e riconosce tutte le piante e gli animali anche meglio di Gaspare. Libera è una bella donna, bionda con gli occhi azzurri, gentile e disponibile e ha subito familiarizzato con mia moglie Maria. I due figli, a parte lo strano nome, sembrano due angeli caduti dal cielo, uguali alla madre, biondi e con gli occhi azzurri.

Paolo, che non è un ragazzo facile perché è uno di quelli che si pone sempre problemi alla ricerca della radice delle cose, era entusiasta di loro. Ragazzi molto intelligenti, sensibili e colti, li ha definiti. E per esprimersi così già dopo il primo incontro sicuramente devono avere qualcosa in più!

Bene. Il villaggio ci avrebbe guadagnato e anche la tenuta, con il lavoro di uno esperto come Felice!

La tenuta del conte era amministrata dalla signora Silvestra, sua moglie, che aveva cercato di riproporre, come amava lei stessa dire, i modelli autogestiti delle comuni. In realtà, tutto funzionava con il sistema delle deleghe o, come mi spiegava mio figlio, secondo un semplice sistema feudale: al centro c'era la figura del signore, cioè il conte, proprietario di ogni cosa che aveva concesso la delega amministrativa di tutte le sue proprietà alla moglie, che pertanto assumeva la figura del vassallo. Gaspare, che aveva avuto la delega sulla gestione del personale, avrebbe potuto definirsi un valvassore. Noi tutti avevamo avuto il beneficio della casa al villaggio e di un pezzo di terreno da coltivare ma, come spiegava Paolo, era solo in comodato, come agli inizi del feudalesimo, anche se comunque beneficiavamo anche del salario.

Ci trovavamo tutti bene, complessivamente. Era necessario solo fare attenzione ad alcune regole non scritte. Per esempio, se dovevamo chiedere qualcosa al conte, era preferibile parlarne con Gaspare che con lui e la signora Silvestra aveva un rapporto privilegiato. Il conte non amava che assumessimo atteggiamenti confidenziali nei suoi confronti. Lui si poteva permettere di fare battute su di noi, a volte anche un po' umilianti, noi però non si poteva rispondere a tono e si doveva sorridere. Se voleva andare a caccia dovevamo tutti lasciare ogni altro lavoro da parte e seguirlo, spesso in estenuanti marce in mezzo alle sterpaglie e fino all'imbrunire. Se si accorgeva, fortunatamente assai di rado, che nel bosco c'era qualcosa che non era perfettamente come lui se l'immaginava se la prendeva con Gaspare che ci fulminava con sguardi di fuoco. Insomma, noi si stava bene ma lui era il padrone. Certo il rapporto di lavoro con il conte era ben diverso da quello che si poteva avere con altri proprietari terrieri che trattavano i propri dipendenti come veri e propri servi. A noi il conte ci aveva dato delle case che erano veramente belle e non pagavamo nulla per starci. Il barone Granati, da quel che si dice – io personalmente non ho mai lavorato per lui, ma Gaspare sì e anche Felice – offriva anche lui degli alloggi ai boscaioli, ma si faceva pagare un canone d'affitto ed erano poco più che dei tuguri, specie di stalle cui aveva rifatto il trucco, senza servizi, che erano all'esterno, in comune. Altri, invece, mettevano a disposizione dei soli lavoranti delle case rurali con dei letti per dormire. In questi casi – io c'ero passato personalmente – bisognava avere comunque una casa in città dove far stare la propria famiglia che si raggiungeva solo ogni fine settimana per trascorrere insieme la domenica.

Qui, almeno, i ragazzi erano felici, andavano a pescare al lago, si divertivano. E le nostre compagne avevano fatto gli orti che ci davano da mangiare…

Il conte, inoltre, aveva chiamato al castello un istitutore che, ogni pomeriggio, riuniva tutti i nostri figli e faceva scuola.

Alcune volte interveniva lo stesso signor conte per illustrare argomenti scientifici di cui lui era un cultore.

Il guardacaccia Guido, padre di Lucio

Io, di natura, sono molto riservato e non amo le chiacchiere inutili. Mi piace il mio lavoro e lo svolgo con la massima professionalità. Amo la mia famiglia che ritengo il bene più prezioso che potesse darmi il Padreterno.

Mia moglie, Enza, è una bambolina, una diva in miniatura, piccola ma ben proporzionata. Ha gli occhi color nocciola, come i capelli e quando mi guarda ancora mi fa un certo effetto.

Mio figlio Lucio ha preso da lei corporatura e colori, ma da me la riservatezza. Non è timido, semplicemente non gli piace parlare a vanvera, tanto per dire qualcosa. Ma sa ascoltare ed è come una spugna, assorbe proprio tutto quello che gli altri gli dicono e non lo dimentica più.

Insieme facciamo una squadra che non teme confronti!

Enza ha fatto amicizia con tutte le mogli dei miei colleghi di lavoro e non è mai sola, come io temevo all'inizio quando ho visto che Lucio preferiva passare le sue giornate al lago con gli amici. Per l'orto, all'inizio, l'ho aiutata io, ma adesso va da sola che è una meraviglia e le nostre colture non hanno niente da invidiare a quelle degli altri. Abbiamo sempre di che mangiare, in estate e in inverno, e la frutta non ci manca mai.

Lucio poi riesce a pescare bellissime trote al lago e quasi ogni sera possiamo cucinare pesce. E poi, una volta alla settimana il conte ci da un capo di selvaggina per integrare la nostra dieta con proteine nobili.

Le mie giornate di lavoro non sono per niente monotone e di questo devo ringraziare Gaspare che ha fatto dei ruolini di marcia precisi. Io lavoro in coppia con Diego che è una persona molto affabile e generosa e spesso mi aiuta concretamente, specialmente quando dobbiamo ripulire la macchia del sottobosco nelle zone più difficili, dove c'è il rischio di incontrare i cinghiali. Io non sono un tagliaboschi, ma un guardacaccia, cioè una persona specializzata a fare opera di guardiania contro il pericolo di invasione da parte dei bracconieri e di altri visitatori non graditi. Diego è invece proprio un tagliaboschi e sa come trattare le sterpaglie invasive estirpandole in modo che non ricrescano più. Certo, si fa per dire, perché l'opera di pulizia deve essere continua, incessante e regolare. Se non si torna dopo un po' di tempo a controllare, le piante riprendono ad avvolgere ogni cosa, anche soffocando gli alberi più grossi che, sotto le spire dell'edera che si arrampica fino in alto avvinghiandosi come un serpente, non riescono più a prendere luce e a crescere regolarmente.

Il mio lavoro vero e proprio è raro che io possa svolgerlo, perché estranei alla tenuta non ne vengono quasi mai. Qualche volta capita di vedere qualche famigliola che viene a fare un picnic e, in questi casi, neppure intervengo, salvo che non si addentrino in zone boschive pericolose o che non mi accorga che possano provocare incendi o altri guai.

Adesso i guardacaccia siamo due. Da poco, infatti, è arrivato anche Felice che è un abilissimo guardacaccia, ma è anche un tagliaboschi, perché questo faceva con il barone Granati prima della cessione della tenuta della Pigna. Lo conoscevo di fama perché in tutti i posti dove sono stato a lavorare ho sempre sentito parlare di lui con grande rispetto. E un'ulteriore conferma viene poi dal fatto che anche il conte ne aveva sentito parlare e l'ha mandato a chiamare.

Il boscaiolo Nino, padre di Lucio

L'aspetto più bello del lavoro alla tenuta Gora è che non si fa mai in un clima da competizione.

Avevo lavorato in altri posti prima di sbarcare con tutta la mia famiglia alla tenuta del conte e mai, da nessuna parte, mi ero sentito così padrone del mio lavoro. Nessuno mi ha mai detto 'fai questo e fai quello', decido io autonomamente che cosa fare. La cosa importante è uscire insieme a qualcun altro, mai soli. E io ormai faccio coppia fissa con Elio che è stato un po' anche il mio maestro. Non qui, ma alla tenuta della Pigna, dal barone Granati, dove avevo lavorato prima di venire qui alla Gora. Elio è una sorta di gigante buono, una specie di armadio, alto, mastodontico e robusto, ma atletico e agile all'inverosimile, cosa che non ti aspetteresti mai da uno come lui. Barba e capelli rossi lunghi e incurati e uno sguardo da bambino con due occhi verdi che ti guardano come per imbonirti. È uno spettacolo vederlo camminare e, ancor più, quando si accompagna con sua moglie Vera che è anche lei una rossa. E naturalmente lo è anche Valeria, la figlia, che però è snella e aggraziata. Nonostante la giovanissima età, era sempre ricercata da tutti i nostri figli fino all'arrivo di Gretel. Con la sua presenza adesso c'è più equilibrio, le ragazze sono due e Gretel ha un'età più vicina a quella di tutti gli altri ragazzi!

Nel breve periodo in cui mi sono ritrovato a vivere in città, quando la tenuta della Pigna è stata ceduta dal barone Granati a un commerciante arricchito che voleva imitare la vita dei signori, mio figlio Mario si è completamente isolato nella sua stanza e non ha messo più piede fuori di casa, se non per comprare riviste di informatica. Passava tutta la giornata al computer con gli occhi appiccicati sullo schermo e le mani sulla tastiera. Guai a chi gli diceva qualcosa. Da quello che sento dire dagli altri ragazzi è diventato bravissimo e sa fare cose incredibili. Ma lui mi dice sempre di non parlarne con nessuno, perché molte operazioni che esegue con quella benedetta macchina non sono proprio regolari. Non illecite, mi dice, ma neppure lecite. Non so cosa voglia dire perché una cosa o è lecita o non lo è. Non c'è una via di mezzo.

Una volta li ho trovati tutti insieme che si divertivano con un videogiochi che era riuscito a scaricarsi dalla rete (così mi ha detto) e a modificarlo rendendolo più avvincente.

Un'altra volta mi ha raccontato che era riuscito a entrare nei conti di una banca dove aveva potuto vedere il saldo e i movimenti del conto corrente del sindaco. Era molto perplesso per le cifre da capogiro che aveva trovato e non riusciva a capire da dove provenissero tutti quei soldi. Io onestamente ero più perplesso di lui, quando me lo raccontò, ma soprattutto per la facilità con cui era riuscito a superare tutti i sistemi di sicurezza della banca. Perplesso e anche un po' preoccupato. Mi immaginavo che prima o poi sarebbe arrivato qualcuno a contestarci tutto quello che Mario faceva. Ma non accadde mai.

Fu un sollievo, comunque, essere chiamati dal conte a lavorare di nuovo fuori città, proprio qualche settimana prima che arrivasse anche Felice che io avevo conosciuto alla Pigna. Già lì sua moglie e la mia avevano stretto rapporti di amicizia e anche Mario era in ottimi rapporti con Hänsel e Gretel.

Nessuna competizione, dicevo. Tutti si lavora in collaborazione e aiutandoci reciprocamente, non per metterci in mostra come i primi della classe. E questo mi piace molto, perché ci rende uniti e tutti amici.

Il boscaiolo Elio, il gigante buono, padre di Valeria

Vedevo crescere Valeria ogni giorno di più e mi preoccupavo. Era ancora una bambina, ma aveva un corpo da ragazza adulta e tutti la guardavano con quell'ammirazione che si dovrebbe avere solo per gente ormai cresciuta. E non perché fosse mia figlia. Anzi, da questo punto di vista avrei dovuto inorgoglirmi per la certezza che avrebbe sicuramente trovato un compagno di vita. Il fatto era che la vedevo estremamente debole e impreparata ad affrontare un mondo pieno di insidie.

Non mi è sembrato vero che Gaspare, che io conoscevo da tanti anni, mi chiamasse come boscaiolo alla tenuta del conte. Per lo meno qui erano tutti ragazzini, non dico suoi coetanei, perché avevano tutti quindici o sedici anni mentre la mia Valeria ne aveva solo otto, ma erano giovani seri, figli di colleghi molto per bene che la trattavano per quello che era, con rispetto, gentilezza e modi garbati. In particolare il figlio di Gaspare, Valentino che era un po' il capocombriccola, ma anche lo stesso Paolo, il figlio di Diego che era il più grande della compagnia, l'avevano presa sotto la propria protezione e stavano molto attenti che non le capitasse nulla.

Sul lavoro siamo tutti amici e ci diamo sempre una mano l'uno con l'altro. Questo mi piace molto.

Un po' meno mi piace l'atteggiamento del conte quando si mette a scherzare con noi e dobbiamo tutti ridere alle sue battute, anche se a volte possono ferire. Io sono il più bersagliato perché ho questa corporatura possente che gli ricorda non so chi di un fumetto che ama leggere. E poi, tutto quell'eccessivo paternalismo con cui conclude ogni suo gesto, anche il più semplice come quello di dare a ciascuna famiglia del villaggio un capo di cacciagione ogni settimana. Non lo fa distribuire da Gaspare, come sarebbe normale, ma vuole consegnarcelo lui stesso per sentirsi gratificato dal nostro sorriso di riconoscenza cui risponde con un atteggiamento che sembra voler dire 'visto quanto sono buono?'.

Però questo lavoro non lo cambierei per tutto l'oro del mondo. E neanche il mio datore di lavoro, anche se so che è molto cambiato, in meglio, da quando si è sposato con la signora Silvestra. Tutti quelli che lo conoscevano prima, infatti, mi dicono che il suo carattere era molto più altero e arrogante e non permetteva a nessuno di parlare con lui. Era solo lui che parlava, dando ordini. I suoi lavoranti dovevano solo obbedire. Chi lo ha conosciuto di recente, come me, stenta a credere a una roba del genere.

Il boscaiolo Gino, padre di Antonio

Alla tenuta lavoro in coppia con Carmelo, che sembra il negativo fotografico di Elio. È come lui alto e possente, ma i folti capelli e la barba lunga e incolta sono scurissimi.

Lui non lo prende in giro mai nessuno, neppure il conte che sembra quasi intimorirsi in sua presenza. E siccome io lavoro in coppia con lui e siamo sempre insieme, anche a me non mi prende in giro nessuno.

Questo è il lato positivo.

D'altra parte, però, vedendoci tutt'e due così atletici e vigorosi, ogni volta che c'è da fare qualche lavoro un po' pesante, come la primavera passata che s'è trattato di ripulire dai cespugli di mora tutta una zona che nel periodo delle pioggie ne era stata infestata in modo pazzesco, viene naturale a tutti guardare subito verso di noi e Nino ed Elio.

Il lavoro però non mi spaventa. Questo lavoro. Tutto cambia quando il conte vuole fare una battuta al cinghiale. In quelle circostanze, vuole che andiamo tutti con lui. Non ho mai capito se il conte ne ha paura, dei cinghiali. Forse è solo un timore riverente, sa che possono essere assai pericolosi ma che può dominarli, come hanno fatto la generazione di conti precedente alla sua e quella ancora prima.

Erano giornate terribili quelle della caccia, perché cominciavano all'alba e finivano al tramonto, sia che avessimo già catturato il cinghiale, anche alle prime luci del sole, sia che ancora non fossimo riusciti ad avvistarne neppure uno. Certe volte sembrava che i cinghiali si fossero messi tutti d'accordo per farsi ammirare nelle giornate in cui non si faceva la battuta. In quei giorni, invece, sparivano, non se ne vedeva una sola traccia.

Il conte però sapeva perfettamente dove si nascondevano e li andava a cercare fino a stanarli e li disturbava fino a farsi caricare.

Era quello il suo momento di gloria. Attendeva fino a vederseli quasi addosso, poi sparava. Certe volte io vedevo che caricava un solo colpo nel fucile. O quello o niente. Certo, noi stavamo sempre all'erta, ma guai se sparavamo noi al posto suo per paura che ormai fosse troppo vicino e che non potesse più farcela ad abbatterlo. Il conte questi errori non li perdonava e per diversi giorni non ci rivolgeva più la parola se gli guastavamo il suo divertimento.

Non vi racconto la paura che abbiamo avuto tutti il giorno in cui ha abbattuto il grosso maschio che lui chiamava Cerbero o qualcosa del genere. Non era giorno di battuta, ma molti di noi avevano intuito dall'aria che sarebbe accaduto qualcosa... Non so dirvi il perché, ragazzi, era nell'aria. Tanto che quel giorno camminavamo tutti insieme per il bosco e spiavamo il conte da lontano, non lo perdevamo di vista.

Quando è uscita la femmina e lui è balzato sul ramo della grossa quercia che aveva al lato, noi avevamo già visto che lui aveva caricato il fucile ma non aveva sparato. Sapeva che era la femmina coi piccoletti e non le avrebbe sparato per nulla al mondo. Aveva una venerazione per i cuccioli. Di qualunque natura fossero. Poi, improvvisamente, abbiamo udito lo sparo e non abbiamo capito più niente. Per un attimo ci siamo guardati tutti disorientati, poi abbiamo preso il volo nella sua direzione. Io sono arrivato per primo e ho visto il grosso cinghiale maschio che strisciava già morto fino ai suoi piedi e la femmina che si rintanava nella boscaglia. Per essergli arrivato così vicino doveva avere aspettato a sparare fino all'ultimo momento, senza neppure rendersi conto che l'altro pericolo arrivava alle sue spalle. È stato anche fortunato che la femmina, temendo sicuramente per i suoi piccoli, sentendo lo sparo abbia fatto subito retromarcia.

Ogni volta che si abbatteva una grossa preda, trascinarla fino al castello era davvero un'impresa. E non potevamo neppure squartarla sul posto perché, diceva il conte, avremmo sporcato tutto il bosco di sangue e avremmo poi reso quella zona priva di capi per molto tempo. La verità era che lui teneva moltissimo a farsi fotografare vicino alla sua nuova preda per aggiungerla al suo album di trofei.

Era un uomo assai difficile da capire, il conte. Però, complessivamente, stavamo tutti bene al suo servizio e ci divertivamo molto nel lavoro.

Il boscaiolo Carmelo, padre di Saro e Girolamo

Uno come Gino bisogna proprio conoscerlo. Alto e magro è così bianco che sembra un fantasma e anche i capelli sono di un biondo quasi albino e gli occhi celesti chiarissimi sembrano quasi trasparenti. Dalle parti mie le persone così le definivano spilungoni.

Nascondeva però un'agilità bestiale.

Una volta l'ho visto correre per il bosco che a raccontarlo non si ci crede. Volava. Semplicemente volava. I piedi sembrava che non arrivassero mai a poggiare in terra, la solleticavano appena e quella semplice carezza riusciva a caricare di energia il suo moto che anche gli animali si scanzavano. Non scappavano nel vederlo sopraggiungere, perché capivano che mai nessuno avrebbe potuto sfuggirgli se lo avesse inseguito. Si scanzavano. E bisognava vedere con che agilità riusciva a evitare gli alberi che gli sopraggiungevano addosso, scartando all'ultimo momento l'ostacolo, o abbassando la testa per non essere colpito dal ramo troppo basso e, contemporaneamente, alzando le gambe di fronte al masso che gli ostacolava il passo e saltando il ruscelletto che improvviso spuntava sul suo percorso. Anche i cinghiali, quando lo vedevano correre così, si toglievano dalla sua strada.

E se c'era da affrontare un lavoro pesante era sempre il primo a farsi avanti.

Che energia, ragazzi. Che energia da vendere aveva quell'uomo.

Ero molto contento di far coppia con lui.

Ogni tanto ci fermavamo dalle nostre attività e parlavamo. Si ricordava tutto con una precisione da fare paura. E con che dovizia di particolari...

Come quando ha raccontato, a distanza di molto tempo, la cattura del grosso cinghiale maschio. Io in questi casi ascolto quasi rapito i suoi racconti, come un bambino quando ascolta la madre che gli racconta una favola per farlo addormentare. Secondo me i bambini sanno che quella favola alla fine li rapirà nel sonno, ma non possono non ascoltarla, sembrano ipnotizzati.

Quando Gino e Giulia vengono a trovarci a casa, anche mia moglie, Valentina, appare rapita dai suoi racconti e, se lui si ferma, lo sprona a continuare per non lasciarla in sospeso.

Anche questo è un aspetto del lavoro alla tenuta del conte e ne migliora ulteriormente il livello di vita.

Il guardaboschi Michele, padre di Carlo

Il mio compagno di lavoro è Lello, un uomo alto e possente, di carnagione chiara ma con occhi e capelli scuri. Sua moglie, Angela, pare la sua copia. È bellissimo vederli camminare insieme tenendosi teneramente per mano come due ragazzini.

Capita però più spesso vedere noi due camminare insieme e non credo che sia altrettanto bello come spettacolo. Io, infatti, sono il suo opposto, piccoletto e scuro di carnagione.

Sembriamo Gianni e Pinotto, o Davide e Golia se vi piace di più come paragone.

Io sono un guardaboschi, lui è un tagliaboschi. Teoricamente il mio lavoro dovrebbe limitarsi al controllo costante del bosco, a tutela delle piante e della fauna che vi si nasconde. Però è solo teoria. In realtà tutti facciamo un po' di tutto, dalle operazioni di pulizia della sterpaglia a quelle relative al ripopolamento della fauna allo scoraggiamento delle intrusioni di estranei fino all'allerta incendi.

Non è che ce l'abbia detto il conte di fare tutto. Anzi lui ci ha consigliato di camminare sempre almeno in coppia per evitare pericoli (sempre in agguato in un bosco fitto come quello), possibilmente scegliendo il compagno di professione diversa dalla nostra per completarci nel lavoro.

La nostra amicizia, però, ci ha portati ad aiutare sempre il compagno nel suo lavoro e, alla fine, a furia di esperienze, fai così, non fare questo perché, uno impara e tutto sommato la cosa non è poi un male. Un domani, se dovessi di nuovo andare alla ricerca di un lavoro, potrò rispondere a qualunque offerta generica di boscaiolo.

Questa della richiesta generica è poi una cosa che mi fa impazzire. I boscaioli non sono tutti uguali. Forse come carattere sì, ma non come mestieri. È come se uno dovesse avere bisogno di un idraulico e facesse un annuncio su un giornale per la ricerca di un operaio. Se lo meriterebbe se si presentassero solo muratori e falegnami!

Con Lello spesso parliamo del nostro lavoro e siamo tutt'e due entusiasti della tenuta Gora. Non è tanto per il conte, che per me resta sempre una figura enigmatica che solo la signora Silvestra è riuscita ad addomesticare, è invece perché qui siamo tutti amici, dentro e fuori il lavoro. Sembriamo dei ragazzini al luna park. Ecco quello che sembriamo.

Il tagliaboschi Lello, padre di Bruno e Giovanni

Michele La Grutta è il mio migliore amico. Con questo non voglio sminuire il sentimento di salda amicizia che mi lega anche a tutti gli altri, ma con lui è diverso. Passiamo tutte le giornate insieme come due ragazzini di scuola, facendoci scherzi e raccontandoci episodi vissuti insieme qui alla tenuta o altrove. La sera torniamo alle nostre case del villaggio e subito ci incontriamo di nuovo, noi e le nostre mogli. Spesso ceniamo tutti insieme facendo una tavolata chiassosa di sette persone con i nostri figli.

Insomma, voglio dire che siamo veramente inseparabili e qui al villaggio ci prendono un po' in giro anche per questo. Ci chiamano i fidanzatini.

Ve l'immaginate come siamo quando stiamo insieme? Io sono alto e grosso e lo è anche mia moglie e i miei due figli non sono da meno. Lui è piccolo di statura e lo è pure sua moglie. Carlo, il loro unico figlio è un po' più alto dei genitori, ma non è che sia molto grande…

Nei periodi caldi ci organizziamo con tavolate grandissime tutti gli abitanti del villaggio e facciamo grigliate di verdure e pesce, o anche di carne quando riceviamo la cacciagione dal conte, e passiamo delle serate da ricordare.

Paolo, il figlio di Diego, è appassionato di fotografia e ha una bella macchina fotografica con la quale ha fatto degli scatti che ognuno di noi ha custodito nel suo album. È un ricordo di questo periodo che mi porterò sempre appresso, qualunque sarà la svolta della mia vita in futuro.

Sì, perché capisco che un lavoro come quello mio non può essere per sempre, sarebbe troppo bello…

La cessione della tenuta

Tutto cominciò con la strana malattia che colpì contemporaneamente donna Silvestra e la signora Libera, la madre di Hänsel e Gretel.

Libera non sta bene

Un giorno, mentre ero nell'orto e guardavo gli alberi ormai cresciuti e ricchi di frutti, sentii girarmi la testa e caddi in ginocchio sul terreno. Non ero venuta meno, ma mi erano improvvisamente mancate le forze. Un capogiro seguito da una forte emicrania. Un cerchio alla testa che da quel giorno iniziò a perseguitarmi quasi quotidianamente e che io attribuii al cambio di stagione. Le giornate si erano fatte più fresche e scendere al fiume a lavare i vestiti mi era diventato più pesante. Ma non dissi niente ai ragazzi e neppure a Felice. Non volevo che si preoccupassero per una stupidaggine. Invece pregai Gretel di aiutarmi maggiormente facendo lei stessa il bucato. Ogni volta che mi chinavo, infatti, sentivo il terreno mancarmi sotto i piedi. La cosa non sfuggì a Rosetta, la mia amica vicina di casa, che un giorno mi guardò preoccupata e mi prese in disparte.

«Non stai bene, vero?»

«È da qualche giorno. Mi vengono improvvisi capogiri quando mi chino, seguiti sempre da forti emicranie».

«Non è che sei incinta?»

«No. Ci ho fatto attenzione. Probabilmente è solo un po' di stanchezza accumulata che adesso chiede il conto. Non ne ho parlato neppure a Felice per non preoccuparlo, quindi non lo dire per favore neppure a Gaspare se no glielo riferisce. Sono molto amici e vanno nel bosco sempre in coppia».

«Stai tranquilla. Vedrai che hai proprio ragione e tra qualche giorno ti passerà tutto. Per ora non ti chinare e lascia fare il bucato a Gretel. Se lei non è disponibile per una qualsiasi ragione dillo a me che ti aiuto io, Libera».

«Sei veramente un'amica. Ti ringrazio. Ma Gretel è una ragazza molto rispettosa e ubbidiente e le ho detto che ho bisogno di qualche giorno di riposo. Vedrai che mi aiuterà finchè ne avrò bisogno».

«Comunque ricordati che la mia offerta di aiuto è sempre valida. E poi, che diamine, potrebbe capitare anche a me e sono sicura che faresti anche tu la stessa cosa!»

«Non averne dubbi, Rosetta».

Ma quel fastidio non passò e cominciai a preoccuparmi pur continuando a mantenere il riserbo sull'argomento sia con Felice che con Gretel.

Un giorno, a tavola – era il giorno della selvaggina e ci era toccata una bellissima lepre che avevo cucinato con un sughetto veramente ricco – Felice raccontò che il Conte era molto preoccupato per sua moglie che negli ultimi giorni era stata poco bene.

«Che cosa ha avuto?» chiesi.

«Non lo capisce nessuno. Improvvisi capogiri seguiti da mal di testa molto violenti e fastidiosi. Ma non tutti i giorni. Hanno chiamato il fior fiore dei medici al castello, ma nessuno ci capisce niente. Alla fine hanno concluso che si tratta solo di stanchezza e che deve riposarsi. Così il Conte ha deciso di assumere un contabile per seguire l'amministrazione della tenuta, ma la moglie lavora più di prima perché non si fida e controlla anche tutto quello che fa il contabile».

«E ha ragione. Lo farei anch'io».

«Sì. Ma così non si riposerà mai. E continuerà ad avere i suoi capogiri e i suoi mal di testa».

«Potrebbe essere anche un fatto legato al cambio di stagione. Siamo passati da giornate caldissime, con temperature che superavano di gran lunga i trenta gradi, a giornate più fresche, con temperature inferiori a venti gradi che di notte scendono anche a quindici».

«Sì. Anche questo hanno detto i medici. Speriamo bene che passi tutto velocemente…»

Così eravamo state entrambe male nello stesso modo, con gli stessi sintomi, contemporaneamente io e la signora Contessa. Avrei potuto sapere da Felice come la signora alla fine aveva risolto il suo caso e seguire la stessa terapia sua. Per ora solo riposo. I medici erano arrivati alla mia stessa conclusione.

Nei giorni seguenti, però, tra alti e bassi, giornate in cui stavo benissimo e potevo anche fare le capriole nei prati e altre in cui mi reggevo a stento in piedi, chiesi sempre più spesso notizie della Signora Contessa e dei medici di famiglia.

Ma non ebbi nessuna novità, tranne che il Conte volle sottoporla a esami più completi in città e a un consulto con altri dottori che, però, ripeterono le stesse cose che già avevano detto i medici di famiglia, tranquillizzando ancora una volta il signor Conte. Si trattava di stanchezza non curata. La signora Contessa doveva rispettare la terapia del riposo e non occuparsi più assolutamente dell'amministrazione della tenuta per almeno un mese.

Capii che anch'io avevo bisogno dello stesso riposo e alla fine mi decisi a parlare dei miei malori con Felice e con Gretel.

Mio marito fu molto premuroso e, come sospettavo, si preoccupò oltre misura, pregando intanto Hänsel di occuparsi dell'orto fintanto che non mi fossi totalmente ristabilita e Gretel di curare la casa e il bucato. Ne parlò anche al Conte durante una battuta di caccia e quello, impressionatissimo per la contemporaneità e la simiglianza del malessere mio con quello di sua moglie, volle mandare a casa nostra i suoi medici a visitarmi. Arrivarono in pompa magna su bellissime auto guidate da autisti, dalle quali scesero solo dopo che i loro chaffeur aprirono le portiere chinandosi in ossequio al passeggero che ne usciva. Entrarono in fila indiana nella nostra casetta e mi fecero un'accurata visita medica seguita da un fittissimo colloquio a tre alla fine del quale finalmente parlarono.

«Si tratta degli stessi malesseri cui è soggetta per ora la Signora Contessa. Gli stessi sintomi precisi. Ai medesimi intervalli temporali. È chiaramente uno stato di stanchezza, forse accompagnato, nel suo caso, da un'alimentazione più povera. Anche lei, signora, dovrebbe riposarsi stando più tempo distesa a letto e mangiando più spesso carne o pesce. Ne mangia mai?»

«Sì. Il Conte ci fa avere ogni settimana un capo di selvaggina e i ragazzi portano due o tre volte la settimana delle bellissime trote dal lago. Poi abbiamo un orto che pare miracoloso e che ci dà verdura in misura anche superiore alle nostre esigenze e molta frutta».

«Bene. Allora segua pedissequamente il trattamento che abbiamo già indicato alla Signora Contessa per almeno un mese. Riposo assoluto. Che vuol dire stare il più possibile distesa a letto senza fare assolutamente alcuno sforzo fisico. Per le faccende domestiche si faccia aiutare dai suoi figli e da suo marito e vedrà che in un mese starà di nuovo benissimo».

Se ne andarono così come erano venuti. Uscirono da casa salutando con molto ossequio e, in fila indiana, sicuramente in ordine di importanza, i tre medici si infilarono nelle loro vetture cui gli autisti tenevano aperte le portiere.

Il mese trascorse. Anche a letto, però, di tanto in tanto mi tornavano i capogiri e le emicranie. Ma non dissi più niente né a Gretel né a Felice, anche se di tanto in tanto chiedevo notizie della Signora Contessa.

Le preoccupazioni di Hänsel per sua madre

La mamma, improvvisamente, cominciò a non stare bene. Papà ci disse che era la stanchezza e che aveva bisogno di riposo, ma io la vedevo dimagrire sempre di più e comiciavo a preoccuparmi. Vennero dei medici in casa, mandati dal Conte Goffredo, e confermarono quello che aveva detto mio padre, cioè che si trattava solo di stanchezza. Appresi così che anche la signora Contessa aveva gli stessi problemi di mamma. Anche lei mi parve assai dimagrita, ma dopo quello che avevano detto i medici mi feci una precisa ragione che si trattava di uno stato di profonda stanchezza.

Il racconto di Valentino sui nuovi accadimenti

Il signor Conte aveva chiamato i migliori medici del mondo per farle visitare. Tutt'e due. I medici prima andavano al castello e subito dopo andavano a casa di Gretel per visitare sua madre. E ripetevano tutti sempre la stessa cosa. Era stanchezza.

Un esaurimento nervoso. Io mi chiedo come possa avere un esaurimento la signora Contessa che ha un sacco di persone che governano la casa e la tenuta. Forse la madre di Gretel che cura personalmente l'orto e sbriga tutte le faccende domestiche potrebbe anche accusare la stanchezza dei continui cambiamenti avuti negli ultimi tempi. Ma Silvestra? Sicuramente non avevano capito nulla. Gretel ne soffriva moltissimo e anche Hänsel. Anche a me dispiaceva molto.

Durò alcuni mesi. Il signor Conte partì con la signora Contessa e andarono prima in America e poi in Russia e, ancora, in Giappone e in Cina. La madre di Gretel era sempre più debole e deperita. Il signor Felice era preoccupatissimo e cercava di non darlo a vedere per non fare angosciare ulteriormente i suoi figli, ma loro erano sempre più in apprensione per la madre.

In un giorno di pioggia, mentre anche la natura piangeva, in uno strano silenzio che avvolgeva il bosco e il lago, vennero meno insieme, la signora Contessa e la signora Libera.

Fu una processione interminabile di persone che andavano a trovare le famiglie per esprimere il loro dolore per la morte di due persone così sensibili e, per molti versi, così simili.

Da quel giorno tutto cambiò.

Il signor Conte perse ogni interesse per la vita e sospese ogni battuta di caccia. Non usciva più di casa, mangiava poco e non si interessava neppure della sua tenuta.

Poi andò in città, nella sua dimora, e non uscì più.

Passarono due anni, tempo in cui accaddero tante cose. Tutti i boscaioli continuavano a lavorare per mantenere intatta la tenuta del Conte che non si faceva più vivo da quelle parti e venivano pagati da un amministratore che veniva appositamente dalla città. Avevano avuto disposizione di mantenere l'equilibrio biologico delle specie, abbattendo i capi di selvaggina che dovessero risultare in eccedenza e ripopolando quelle specie che, invece, parevano diminuire troppo soccombendo alle più forti. Poi nessuno si preoccupò più di dare nuove disposizioni. L'amministratore fece edificare alcune nuove case al villaggio e fece arrivare nuova gente. Dieci case in più, dieci famiglie in più. Ma il lavoro alla tenuta era notevolmente diminuito e qualcuno cominciò a chiedersi se ci fosse una qualche connessione tra l'aumento della forza lavorativa e quelle strane visite di numerose vetture al bosco. Venivano e se ne andavano. Poi arrivavano di nuovo e si recavano alla radura dove sorgeva il castello del Conte. Era sempre l'amministratore che faceva gli onori di casa ai visitatori. Non passava giorno senza che qualcuno arrivasse a visitare la tenuta.

Tra le altre persone arrivate al villaggio c'era anche Ula, una donna spagnola sola, forse vedova, che iniziò a corteggiare in modo sfacciato Felice. Hänsel e Gretel la detestavano. A me sembrava un'ignobile macchietta che mirava solo a sistemarsi con un uomo che comunque aveva una bella casetta e un buon salario (lei era stata assunta come cameriera al castello, ma solo a tempo determinato). Fu molto determinata e, in breve tempo, il signor Felice annunciò ai ragazzi che intendeva sposarla. All'epoca Hänsel aveva ventidue anni, come me, e Gretel venti.

Il matrimonio venne officiato in modo riservato, ma inevitabilmente erano presenti quasi tutte le famiglie del villaggio. Della mia, fummo presenti io e mio padre Gaspare. Mia madre non volle partecipare perché era troppo attaccata a Libera e notava la grande differenza tra le due donne. Ula era molto giovane, aveva un carattere forte e determinato, sicuramente pensava di sposarsi per rifarsi una vita. Non si sapeva nulla del suo passato e non faceva mistero sul fatto che aveva avuto altri uomini e che non voleva assolutamente parlarne. In modo evidente non le piacevano i due figli di Felice.

«A me hanno assegnato una casetta del villaggio che adesso rimarrà vuota. Perché non ci vanno a stare Hänsel e Gretel, caro? Sono grandi ormai e non mi fa certo piacere vedere due persone adulte che girano nella nostra stessa casa. Non sono libera di uscire nuda dalla stanza da letto, Felice…»

«Mi sembra una buona idea. Ne parlo prima con l'amministratore…»

«Ma che parli con l'amministratore, Felice! Se lo chiedi a lui potrebbe anche darti una risposta negativa, anche se è mio amico. La cosa migliore è quella di farli andare a stare a casa mia e mettere l'amministratore di fronte al fatto compiuto. D'altra parte, se lui dovesse pensare di assumere qualcun altro, adesso che la mia casa è disponibile, sarebbe più opportuno che assuma Hänsel e Gretel che ormai sono grandi, no?»

Felice si fece persuadere subito.

Poi Ula non volle che i due ragazzi andassero più a mangiare a casa sua.

«Ormai siete grandi e dovete pensare a voi stessi. I soldi sono pochi e non possiamo pensare a sfamare un esercito!»

«Se tu avessi curato l'orto come faceva mamma o solo avessi permesso che lo facessi io, non sarebbe andato in rovina e avrebbe sicuramente dato da mangiare a tutti», le rispondeva Gretel, ma Ula era già decisa.

Gretel tentò di fare un orticello dietro la casa dove adesso stavano, la aiutava anche Hänsel e, spesso, anche io. Ma non ci fu molto tempo…

Un giorno arrivò al castello una Mercedes lunghissima seguita da una lunga fila di altre auto, tutte dello stesso colore nero della Mercedes. Quando si fermarono davanti all'ingresso si aprirono simultaneamente gli sportelli di tutte le macchine e gli autisti si precipitarono ad aprire lo sportello del loro ospite e questi, tutti, si precipitarono a formare un lungo corridoio davanti alla prima vettura, ossequiando in modo quasi vergognoso la persona che scendeva dalla Mercedes. Era Benigna Esperanza.

Era una donna bellissima, magra, alta con i capelli di colore corvino ricci e corti e gli occhi di colore verde smeraldo che risaltavano sulla sua carnagione scura. Gretel, Hänsel e io eravamo poco distanti dalla radura del castello quando arrivarono e restammo impalati fermi a vedere quel che stava accadendo.

Arrivò con la sua auto l'amministratore e si fermò dietro la lunga fila di macchine. L'autista gli aprì lo sportello e lui si diresse verso la signora in nero. Si inchinò leggermente al suo cospetto e poi la pregò di seguirla all'interno del castello.

Era chiaro che stava succedendo qualcosa, ma non sapevamo cosa. Decidemmo di andare a cercare i nostri padri che, sicuramente, erano insieme come ogni giorno da qualche parte nel bosco.

Li trovammo infatti poco distante dalla radura. C'erano tutti i boscaioli. Erano fermi e attoniti e guardavano tutti nella direzione del castello. Quando giungemmo, sia mio padre che il signor Felice ci abbracciarono.

«Qualche giorno fa è venuto l'amministratore e ci ha consegnato delle lettere con cui il Conte ci comunicava la cessione della tenuta con tutto il castello a Benigna Esperanza che vuole realizzare un'industria di würstel. Ci dava il benservito senza troppi fronzoli e giri di parole. Ci ha fatto avere oltre alla paga del mese corrente anche la liquidazione dovuta, a ciascuno secondo l'anzianità. A noi ha fatto un regalo di una mensilità extra per l'affetto che la signora Contessa aveva nei confronti vostri e di Libera. L'amministratore ci ha detto che la signora Esperanza ci propone di lavorare per lei in fabbrica. A tutti, anche ai ragazzi. Se per noi va bene possiamo continuare a vivere nelle case del villaggio, pagando una somma simbolica per l'affitto. Tutti quelli che non vogliono lavorare in fabbrica devono lasciare le case entro tre giorni. Oggi arriveranno i macchinari e verranno montati al castello sotto la supervisione diretta della signora. Entre tre giorni la fabbrica inizierà a lavorare».

«Ma perché il Conte non ha fatto sapere nulla delle trattative di vendita in corso?» chiese Hänsel.

«Il Conte è molto cambiato dopo la morte della signora Contessa. Sembra quasi impazzito. Quando siamo andati da lui io e Gaspare, come facevamo ogni mese per metterlo al corrente dei lavori eseguiti nella tenuta, aveva saputo che mi ero risposato e mi ha trattato malissimo, come se contraendo il nuovo matrimonio io avessi fatto uno sgarbo a lui, gli avessi mancato di rispetto. Ha voluto che solo Gaspare restasse da lui a parlare, mentre io lo aspettavo fuori dal portone del palazzo».

«Papà», riflettè timidamente Gretel, «sai che la signora Contessa era molto legata a mamma. Sicuramente il signor Conte ha interpretato il tuo nuovo matrimonio come la chiusura di una pagina di un libro, il diario della tua vita con mamma, e l'apertura di una nuova vita che lui non può comprendere perché ancora manifestamente mantiene il lutto per la morte della sua adorata moglie…»

«Può anche darsi. Però non ha il diritto di trattarmi così senza darmene una spiegazione…»

«Ma che cosa ti dovrebbe dire? Forse neppure lui stesso riesce a decifrare il complesso groviglio dei sentimenti che si intrecciano nella sua mente. La sua nave è naufragata in un mare turbolento e ha perso ogni cosa, anche la volontà di vivere».

Felice guardò con stupore Gretel e poi le domandò: «E quali sono i tuoi sentimenti nei miei riguardi, ora che io ho preso in moglie Ula?»

«Papà, i miei sentimenti nei tuoi confronti non sono mutati. Ti voglio sempre bene. Come prima. Noi dobbiamo tutto a te e ai tuoi sacrifici. Inutile nasconderti che Ula non mi piace. Come noi non piacciamo a lei. Non ci sembra la compagna giusta per te, non ha il tuo carattere, è dura, arrogante, presuntuosa e ha comportamenti assai grossolani. Non mostra sentimenti ed è molto egoista ed egocentrica. Noi però non viviamo più con voi e non sappiamo se la tua vita nuova è serena, come ai tempi della mamma, anche se qualche dubbio l'abbiamo. Ma tu sei sempre il nostro padre e per te faremmo qualunque cosa».

«Perché non andate d'accordo con Ula? È una brava ragazza, vi vuole bene. Sa amministrare bene quei pochi soldi che abbiamo…»

«Se fosse stata più presente nella vita del villaggio avrebbe amministrato ancora meglio i vostri soldi, papà. Ha fatto andare in malora l'orto che mamma aveva curato con tanto amore e non ha permesso neppure a noi di poterlo continuare a curare. Certo, adesso con i soldi che guadagnate dovete provvedere a tutto, anche a comprare da mangiare, mentre prima…»

«Prima. La mamma è morta. È stato l'orto a portarsela via. Si è spezzata la vita a coltivarlo!»

«Non dire così, papà. Anche la signora Contessa è morta e non ha mai lavorato un solo giorno in vita sua!»

«Non voglio litigare con voi. Dobbiamo decidere se continuare a vivere qui o andare via. La vita in fabbrica è molto diversa da quella che abbiamo condotto finora all'aria aperta. Si tratta di andare ogni giorno a fare sempre gli stessi movimenti per otto, nove ore al giorno. In una catena in cui ognuno ha il suo lavoro specifico davanti a macchinari rumorosi e, forse, anche pericolosi. Ogni giorno per sei giorni la settimana. Percependo uno stipendio più basso di quello che ci pagava il Conte e dovendo anche pagare l'affitto di casa!»

«Io non credo che ci siano alternative», disse Gretel.

«Anch'io», aggiunse Hänsel, «concordo sul fatto che per ora è l'unico lavoro possibile. Non è che in città stiano tutti aspettando il nostro arrivo con impazienza per offrirci lavoro! E poi, per andare a fare che cosa? I garzoni in qualche supermercato e Gretel la cameriera in qualche pub? Meglio in fabbrica, papà. Almeno noi resteremo».

«Gli altri boscaioli vorrebbero andare a parlare col barone Granati per sapere se per caso lui ha bisogno di lavoro nelle sue tenute. Io mi unirò a loro e questa sera deciderò».

Non trovarono alcuna alternativa e decisero tutti di aderire all'invito di Benigna Esperanza. Come facemmo quella stessa mattina noi ragazzi. Tutti insieme. Ci presentammo ai cancelli del castello e sottoscrivemmo i nostri contratti.

La fabbrica nella radura

Iniziarono tutti il loro nuovo lavoro in fabbrica, i genitori mal volentieri, i figli con maggiore slancio ed entusiasmo perché erano alla loro prima esperienza, anche se durante la giornata il loro pensiero volava sempre alla libertà perduta e alla natura abbandonata.

La trasformazione del castello in fabbrica di salsicce era stata effettuata senza troppi cambiamenti architettonici. Le sale che una volta rappresentavano i grandi e maestosi salotti del Conte oggi ospitavano la catena di preparazione dei würstel. I maiali e i polli venivano uccisi e preparati in due dépandance esterne: i polli venivano inseriti a testa in giù dentro una strana catena di imbuti che li portava alla morte e, appresso, alla spiumatura, allo sventramento e infine al nastro trasportatore che, attraverso un tunnel di plexiglas, passava dalla prima dépandance al salone del castello dove scorreva formando più "S" parallele in modo da permettere ai vari lavoranti di effettuare la preparazione voluta; i maiali venivano uccisi da una macchina altrettanto infernale che imitava l'accoltellamento umano, quindi anche loro venivano scuoiati, sventrati e posti su un altro tapis roulant che li faceva arrivare al secondo salone del castello dove altri lavoranti erano sistemati in piedi davanti alle volte a "S" che anche questo nastro formava per effettuare la preparazione delle salsicce.

Nulla andava perso.

Le piume dei polli venivano inserite in cassette che erano trasportate all'interno del castello, dove erano prima suddivise in base alla grandezza, quindi lavate, asciugate e inserite in contenitori in base al calibro e alla morbidezza per essere vendute a produttori di piumoni, cuscini, giacche a vento e altro.

I fegatini venivano anch'essi lavati e imballati in appositi contenitori per essere smistati a commercianti cittadini che ogni giorno mandavano i loro camioncini a eseguire la raccolta.

Le teste e le zampe venivano triturate e inscatolate per essere trasmesse a produttori di mangimi per animali.

La stessa cosa accadeva dei vari pezzi del maiale scartati subito dopo l'uccisione.

La pelle veniva suddivisa in contenitori diversi per potere essere spedita a conciatori (le pezzature più grandi e di migliore qualità) e a commercianti cittadini (i pezzi più piccoli e più facilmente utilizzabili come cotenna da aggiungere a bolliti e a zuppe).

Le interiora venivano manipolate con spezie e, alcuni pezzi venivano anche affumicati prima di essere spediti ai negozianti cittadini.

Le catene industriali della fabbrica si occupavano della preparazione sia dei würstel sia degli zamponi e dei cotechini.

Il personale impiegato alle catene industriali era composto da trentacinque persone, dieci alla preparazione dei würstel di maiale, dieci a quella dei würstel di pollo, due al macello dei maiali e due al macello dei polli, uno alla preparazione delle vaschette delle interiora dei polli e quattro alla preparazione delle interiora dei maiali. Uno era adibito alla selezione delle pelli e alla relativa preconcia di quelle da inviare ai conciatori. Cinque, infine, erano addetti alla preparazione di zamponi e cotechini.

Cinque donne erano poi addette alle pulizie dei due reparti di lavorazione dei würstel, mentre altre dieci persone erano addette ai lavori interni amministrativi e altre cinque ai lavori di pulizia ordinaria del resto del castello. Due curavano la segreteria di Benigna Esperanza e uno era adibito come guardiano. In tutto cinquatotto persone. Oltre all'amministratore e alla padrona del vapore.

Tutti i componenti delle famiglie dei boscaioli insediate nel villaggio quando la tenuta era del conte, adesso, erano impiegati in fabbrica, tranne alcuni ragazzi e, precisamente, Antonio, Saro, Girolamo, Carlo, Bruno e Giovanni che, dopo la cessione della tenuta, avevano deciso di tornare a vivere in città.

A parte la casa assegnata a Ula che adesso era abitata da Hänsel e Gretel, le altre nove erano abitate da altrettante famiglie.

I nuovi arrivati erano stati tutti scelti tra addetti della macellazione e del commercio di carni fresche e di prodotti gastronomici.

Era stato personalmente l'amministratore a intercettarli in città, e molto tempo prima che il conte decidesse di vendere la sua tenuta.

In verità, l'amministratore aveva contattato tutti quelli che sarebbero poi stati chiamati, quando ancora alla Gora c'era la tenuta di caccia; e lo aveva fatto solo per presentare alla signora Esperanza il pacchetto completo che le andava a offrire, precisamente come lei voleva.

Non era stato estremamente difficile fare una cernita del personale da ingaggiare. Aveva tenuto conto di alcuni principi, tra cui in primo luogo quello del contenimento dei costi. Non è che a lui questo aspetto interessasse particolarmente, perché di soldi in quella società, Würsterlandia, non ne aveva proprio messi.

Si era però accorto che il settore della macellazione era diventato uno di quei settori di competenza quasi esclusiva dei maghrebini, perché quasi tutti i macellatori di pelle bianca avevano lasciato quei posti di lavoro e avevano dato avvio a piccole botteghe di rivendita della carne fresca. I pochi restati erano proprio quelli che lui cercava: gente senza grande spirito d'iniziativa né intraprendenza.

Avrebbe offerto la sistemazione a canone basso nel villaggio e lavoro per tutti i componenti delle famiglie, in modo tale che il basso salario iniziale non fosse un ostacolo all'ingaggio, considerati i benefici complessivi dello stesso.

Aveva così contattato Filippo Abate, un uomo di media statura con carnagione bianca e capelli prematuramente bianchi che facevano poco risaltare gli occhi di una rara intensità dell'azzurro. Filippo era sposato con Lisa che lavorava alle dipendenze di un rivenditore di carne molto apprezzato in città e si occupava della preparazione dei piatti pronti di gastronomia. Una bella donna di carnagione dorata, con capelli e occhi castani. La loro figlioletta, Cinzia, non faceva alcun lavoro perché ancora studiava. Era piccola ma graziosissima, di carnagione chiara con capelli scuri e occhi azzurri come quelli del padre. Filippo fu ben lieto di accettare la proposta, anche se ancora non si sapeva nulla sui tempi di realizzazione dell'impresa.

Lo stesso Filippo aveva poi presentato all'amministratore Andrea Ganci e Silvio Lipari, tutti bravi macellatori. Il primo era un uomo piccoletto ma sempre in movimento, chiaro di carnagione con occhi scuri e piccoli ma molto vispi, sposato con Chanel, piccoletta come il marito ma ben proporzionata nelle forme. Il loro unico figlio si chiamava Marcello, un bel ragazzo con occhi azzurri e capelli castani che proprio per la sua statura l'amministratore pensò subito che non poteva essere figlio di Andrea e Chanel. Marcello aveva fama di essere un hacker informatico e gli sarebbe stato molto utile per lavorare proprio alle sue dirette dipendenza presso gli uffici amministrativi della nuova azienda. Silvio Lipari era molto simile nel fisico ad Andrea, per statura e colori e anche lui aveva occhi piccoli e sempre in movimento. Sposato con Matilde che di professione faceva la casalinga e aspirava a trovare un lavoro di qualunque tipo per rendersi economicamente indipendente dal marito piuttosto tirchio, era piccola e scura di carnagione. Il loro unico figlio era Rino che sembrava non avere nulla a che vedere con i genitori: ben palestrato, sembrava quasi un gigante e faceva timore solo a guardarlo. Tuttavia, aveva un carattere timido e gentile in netto contrasto con la sua apparenza.

Un po' più complesso fu trovare gente esperta di preparazione dei prodotti pronti della gastronomia. Ciò in quanto tutti quelli che avevano una bottega anche piccola di rivendita di carni guadagnavano sicuramente di più di quanto lui stesso potesse offrire. Doveva dunque puntare su quelle che sarebbero state le entrate complessive delle famiglie che, seppur povere individualmente, alla fine pesavano certamente di più di quelle attuali costituite dalle sole entrate del capofamiglia.

Massimo Alcamo fu il primo che contattò. Proveniente dal settore della macellazione, aveva aperto una piccola bottega in città e faceva i salti mortali per pareggiare i bilanci. Infatti aveva speso tutto ciò che era riuscito a mettere da parte per comprare un minimo di attrezzature e poi si era indebitato in modo quasi vergognoso per la stipula del leasing necessario per l'acquisto della cella frigorifera e delle altre attrezzature più costose. Era così restato senza soldi al momento dell'avvio dell'attività e aveva dovuto reperire il capitale circolante necessario rivolgendosi a un istituto di credito. Mese dopo mese erano più gli interessi che pagava che non i soldi che guadagnava. Di media statura, scuro di carnagione, aveva capelli corvini e occhi castano scuro ed era sposato con Alessandra, una donna graziosa e dal portamento elegante, come il marito scura di carnagione con occhi castano scuri. Avevano due figli, Gabriella, la maggiore, era snella e ben proporzionata nelle forme, non graziosa ma molto sensuale. Claudio il figlio più piccolo, aveva solo tredici anni e non avrebbe potuto essere impiegato nell'azienda. Il punto debole della famiglia, quello su cui avrebbe fatto leva l'amministratore, era proprio la moglie Alessandra, donna molto ambiziosa che aveva spinto il marito a intraprendere il libero commercio dando avvio a quell'avventura che non poteva portarli ancora molto lontano, promettendogli un aiuto sul lavoro che poi non fu in grado di assicurare essendo rimasta di nuovo incinta dopo molti anni dalla nascita della primogenita. Massimo si era così trovato costretto ad assumere un aiutante per sopperire alle necessità della bottega nella preparazione dei piatti pronti di gastronomia.

Nicola Pizzuto era l'aiutante di Massimo, alto, atletico, con occhi scuri e capelli corvini era sposato con Veronica, una gran bella puledra, alta, magra, slanciata, bionda e con gli occhi azzurri che l'amministratore pensava di impiegare presso la sua segreteria non appena avesse avuto la possibilità di istituirla. Avevano un'unica figlia, Emilia, bella come la madre, che aveva studiato ma non aveva ancora trovato alcuno sbocco professionale.

Gianni Bonsignore aveva un profilo molto simile a quello di Massimo, in quanto anche lui aveva fatto il passo più lungo della gamba avviando una piccola bottega dall'incerto futuro, con gli stessi problemi del primo. Di media statura, piuttosto rotondetto nel fisico, con capelli rossicci e occhi verdi era sposato con Annalisa, che almeno l'aiutava sul lavoro dimostrando una certa maestria nella preparazione dei piatti pronti. Anche lei era piuttosto rotondetta, con occhi vispi scuri e capelli castani. Avevano tre figli. Il maggiore si chiamava Aldo ed era di corporatura robusta e con gli stessi coloriti della madre. Sembrava non avere alcuna voglia di far nulla. Il mediano si chiamava Piero e non somigliava per niente ai due genitori: alto, magro, con capelli scuri e un grande ciuffo sempre davanti agli occhi azzurri. Anche lui, piuttosto svogliato negli studi, pareva non avere grandi interessi al di fuori dei suoi divertimenti e dei suoi amici. La più giovane era Faustina, non bella ma molto sensuale. Magra, alta, capelli scuri e occhi castano scuri, con forme aggraziate e ben proporzionate. Era l'unica dei figli che ancora mostrasse un minimo interesse per gli studi, ma senza particolare accanimento.

Franco Alfano, invece, l'amministratore lo contattò per le pressioni che gli fece il Cardinale Brunetti che era stato a sua volta interessato da un politico locale per la sistemazione dei figli. Giovanile, di fisico atletico, chiaro di carnagione, con capelli e occhi scuri era sposato con Antonietta, alta come lui, di fisico prestante e atletico, molto sensuale, di carnagione scura con capelli ricci e corvini e occhi verdi, che non aveva altri interessi al di fuori dello shopping sfrenato ma almeno aiutava il marito nella sua bottega che era ritenuta tra le migliori della città. I due figli, Totò e Beppe, sembravano quasi gemelli, sia fisicamente che caratterialmente. Ambedue ben palestrati avevano mostrato fin da piccoli un carattere esuberante e trasgressivo con atteggiamenti da veri e propri teppisti. Non avevano mai studiato con applicazione superiore a quella necessaria per arrivare al diploma di scuola media inferiore, peraltro conseguito grazie alla raccomandazione dello stesso politico locale che poi si interessò del loro lavoro.

Gustavo De Luca aveva esperienze analoghe a quelle di Massimo, Gianni e Franco. Di fisico giovanile, magro e alto, con capelli scuri e occhi grigio chiari, era sposato con Mariella, perennemente allegra e sorridente come il marito. Avevano due figli, gemelli monozigotici, Sergio e Tano. Fisicamente ben impostati e con gli stessi colori della madre, scuri con occhi chiari, avevano studiato con una certa applicazione, ma non parevano avere grande interesse a iniziare a lavorare.

Pino Agrifoglio fu l'ultimo a cui l'amministratore si rivolse. Anche lui aveva aperto una botteguccia di rivendita di carni fresche e anche lui si trovava in grosse difficoltà finanziarie. Prima di questo lavoro si era occupato per anni di agricoltura insieme al cognato e, in particolare, di serre. Alto e atletico, con occhi scuri e capelli corvini era sposato con Lucia, piccola e insignificante e avevano un unico figlio, Corrado, che era alto e atletico come il padre ma chiaro di carnagione con occhi verdi e capelli corvini presi chissà da chi.

L'incontro di Gaspare con il Conte

La nostra vita era improvvisamente cambiata. Radicalmente. L'aria di campagna, l'odore del sottobosco, il profumo dei ciclamini selvatici e delle spezie che crescevano spontanee nel bosco ora li sentivamo solo al passaggio per la radura dove sorgeva la fabbrica e al ritorno a casa.

E quegli odori che ancora noi sentivamo forti nei nostri cuori erano adesso sopraffatti dalla terribile puzza di sangue e marciume che veniva emanata dallo scannatoio della fabbrica e dai suoi forni sempre accesi per affumicare le porcherie prodotte.

Già dopo una settimana di lavoro mi sentivo più vecchio di tanti anni. Non riuscivo più a camminare a passo lesto, come era mio costume, ma strascicavo i piedi lentamente, quando andavo a lavorare come un condannato ai lavori forzati e al ritorno come un detenuto in libertà provvisoria e vigilata.

Già, vigilata. Perché la signora – che tutti chiamavamo la strega nera – aveva riempito la proprietà di videocamere che ci sorvegliavano giorno e notte. Aveva detto che era un sistema di sicurezza messo a punto nel nostro stesso interesse. Aveva detto un sacco di cose. Ma sapeva tutto della nostra vita.

M'era rimasta solo Rosetta per parlare. Il mio amico Felice, da quando era morta Libera, non era più lo stesso. Quella nuova donna, che sembrava essere sua figlia, riusciva a manipolarlo come voleva, lo persuadeva a fare cose incredibili senza che lui neppure si rendesse conto di quel che faceva, come quando buttò fuori di casa sua i suoi figli. «È una buona sistemazione», mi disse, «così adesso sono più liberi di fare quel che vogliono. D'altronde hanno anche un'età in cui bisogna sapersi misurare con le proprie forze. Infatti Ula mi dice sempre…». Ula. Già, Ula gli dice sempre e lui ascolta solo Ula. Quando accadde quella storia, io glielo dissi «sono figli tuoi… non puoi mandarli fuori dalla casa in cui siete vissuti tutti insieme, dove hanno i ricordi della madre… perché non andate tu e Ula nell'altra casa?», ma lui mi rispose che l'altra casa era più piccola e arredata in modo più dozzinale. «Va bene per i ragazzi, che hanno esigenze diverse».

E ora Ula l'aveva convinto che il lavoro in fabbrica era l'unico vero futuro e gli aveva anche detto di lavorare sodo, con velocità, mettendo in mostra le proprie capacità e dimostrando che non erano limitate al suo lavoro di sempre, quello del boscaiolo. E lui aveva eseguito. Il più veloce di tutti. Non gli interessava umiliare tutti gli altri. A lui interessava mettersi in mostra. Gli avrebbero dato sicuramente una bella medaglia! Sì. Perché Ula era convinta che gli avrebbero dato un bell'aumento di salario, o forse gli avrebbero pagato gli straordinari. Ma la strega si guardava bene dallo spendere. Mio figlio Valentino mi ha confidato (e gliel'ha detto Gretel che sta alla segreteria della strega) che quella non pagherà a nessuno una lira extra. Niente aumenti né straordinari. Se ci va è così, se no lasciamo il posto ad altri. Alla catena e agli altri lavori trovano immediatamente dei sostituti.

Per fortuna io ero stato scelto per l'attività di selezione del pellame. Da quello che mi racconta Rosetta la catena è nevrotizzante. Non è che il mio lavoro sia esaltante, ma almeno non è a catena e i tempi li stabilisco io. Certo, le pelli che mi passano sono veramente il peggio del peggio. Quando io scuoiavo un cinghiale, prima lo aprivo e lo svisceravo, buttando via le budella che già facevano un fetore terribile, poi lo mettevo appeso a testa in giù per due giorni, in un posto fresco. Alla fabbrica mi consegnano i maiali appena uccisi e devo subito squoiarli e sventrarli, perché non c'è tempo da perdere. Già il mio posto di lavoro puzza di morte. E di sangue. Le budella che butto in un grande recipiente spesso stanno lì per due o tre giorni prima che passi il camioncino a prendersele per buttarle chissà dove. Intorno non lo sa nessuno. E neppure in città.

La sera, quando siamo intorno alla nostra tavola, Valentino, Rosetta e io sogniamo. Parliamo di un mondo migliore, come quello che abbiamo perso con la morte della signora Contessa, un mondo di vita all'aria aperta, curando il nostro orto, adesso abbandonato come tutti quelli del villaggio.

«Dobbiamo andare a trovare il Conte», mi ripete sempre mia moglie.

«È vero», mi suggerisce Valentino, «è giusto andarlo a trovare, sapere come sta, verificare se abbia superato il momento peggiore...»

«Potremmo andarci una domenica, è l'unico giorno libero che abbiamo. Dovremmo farlo senza dir niente a Felice anche perché l'ultima volta che siamo stati da lui aveva sentito dire che si era risposato e se l'era presa come un fatto personale, un oltraggio alla memoria di Libera e, quindi, alla memoria della signora Contessa. Se, però, Felice viene a sapere che siamo andati dal Conte senza dirgli niente, si offende a morte con me».

«Papà, tu dimentichi che siamo di origine Rom. Il nostro popolo è abituato non solo alla solitudine, ma anche alle messe al bando. Se Felice non capisce, peggio per lui. Sono convinto che Gretel sarebbe ben felice di venire con noi. E anche Hänsel».

«Noi eravamo Lovara, allevatori di cavalli. Io non mi sono sottomesso alla decisione di mio padre di prendere per moglie la giovane figlia di un altro Rom della stessa Vica, perché già a quattordici anni ero innamorato di tua madre, che apparteneva al mondo dei gagè. Me ne andai dal campo e ci tornai a vent'anni, quando mi ero già sposato con tua madre. Si riunì la Kris, una sorta di tribunale formato da anziani del campo, e fui espulso dalla comunità. Sono sempre molto legato alla mia Vica, a mio padre e ai miei fratelli, ma ormai non sono più un Rom. Ho appreso un altro mestiere e sono contento così. Se la mia Kumpania sapesse che ora lavoro in fabbrica avrebbe un ulteriore attestato – se mai ce ne fosse bisogno – della saggezza espressa dalla Kris nella sua condanna all'espulsione. Ho sempre mantenute segrete le mie origini perché i Rom non sono assolutamente tollerati dai gagè, come hai ricordato tu stesso. Non mi sento messo al bando, Valentino. Non voglio, però, neppure mettere al bando Felice che, secondo me, sta solo passando un brutto momento della sua vita. Se dobbiamo andare a trovare il Conte, lo faremo, ma non dire nulla a Gretel per ora».

La domenica successiva ci mettemmo così in viaggio di buon'ora per andare in città alla residenza del Conte. Io avevo una vecchia macchina, molto lenta, ma alle dieci arrivammo a destinazione. La residenza del Conte era un palazzo ancora più grande del castello del bosco, con un portone enorme e un atrio interno che poteva conglobare tutto il nostro villaggio. Ci facemmo annunciare dal portiere in livrea che, subito dopo, ci accompagnò all'ascensore, nel centro dell'androne delle scale che sembravano quelle che nei miei sogni portavano al paradiso e ci ritrovammo davanti a un altro uomo in livrea che si inchinò leggermente facendoci segno di seguirlo.

Il signor Conte era seduto alla sua scrivania nel grande studio pieno di libri, con gli occhialetti di lettura leggermente calati sul naso. Appena fummo introdotti al suo cospetto, si alzò sorridente e venne a stringerci la mano.

«Gaspare, come sono contento di vederti! Signora Rosetta, i miei rispetti. E tu, Valentino, come sei cresciuto! Quanti anni hai adesso?»

«Ne ho ventitre, signor Conte».

«Certo. Il tempo passa per tutti. A che debbo l'onore della vostra visita?»

«Signor Conte», dissi io, «le cose alla tenuta sono cambiate parecchio. La nuova proprietaria, titolare della fabbrica di salsicce, la chiamano la strega nera e - Voi dovete credermi - mai nomignolo fu più appropriato di questo! Felice si è perso dietro alla sua nuova compagna e non sono più tanto sicuro dell'amicizia che avevo con tutti».

«Bisogna avere pazienza e tolleranza, Gaspare. Vedrai che pian piano le cose si aggiusteranno. La signora Esperanza ancora non vi conosce bene, ma saprà apprezzarvi tutti e, sicuramente, cambierà atteggiamento nei vostri confronti».

«Intanto, con il nuovo orario di lavoro e i nuovi impegni, tutti gli orti del villaggio sono andati in malora e questo ha comportato un aumento delle nostre spese per l'acquisto dei generi alimentari... Non abbiamo più i capi di selvaggina che Voi, graziosamente, ci regalavate settimanalmente. I salari sono stati contratti di almeno il dieci per cento rispetto a quanto la Signoria Vostra ci elargiva e paghiamo anche l'affitto delle case del villaggio. Una vera disgrazia, signor Conte, parzialmente ridotta dal fatto che adesso lavoriamo in fabbrica in tre, compreso Valentino che però percepisce un salario da fame e Rosetta la metà del mio».

«Questo mi dispiace molto. E il bosco? È curato?»

«Completamente abbandonato. Mi piange il cuore quando vedo quel che succede...»

«In verità, nell'atto di vendita era specificamente previsto che il bosco sarebbe stato curato e che i salari del personale da me assunto non sarebbero stati diminuiti. Avevo previsto anche che non sarebbe stato assolutamente cambiato il contratto di comodato gratuito delle case...»

«La signora Esperanza non la pensa come Voi, signor Conte. Ci dice sempre che se non siamo contenti possiamo lasciare il posto ad altri lavoratori».

«Capisco. Certo per lei è semplice rimpiazzare dei lavoratori che devono solo spingere un bottone per tutta la giornata. Ma finché siete voi a lavorare non può disattendere le clausole contrattuali di vendita della tenuta... Solo che, se io intervengo, sicuramente correte il rischio di vedervi dare gli arretrati per poi essere subito licenziati...»

«Ma non siamo venuti per parlare di questo, signor Conte. Anche noi avevamo molta nostalgia della Vostra persona e delle Vostre continue premure e volevamo sapere come ve la passavate. L'ultima volta che ci siamo visti, infatti, abbiamo temuto per la Vostra salute».

«Come vedete mi sono ripreso. È stata molto dura, per me, non ve lo nascondo. Silvestra era ed è l'unica donna della mia vita. La sua perdita mi ha portato al disinteresse per tutto quello che ho sempre amato, la caccia, il bosco, la natura, i cavalli e il villaggio con il suo fiume e il suo lago. Voi non sapete quante volte con Silvestra siamo venuti al villaggio di notte, mentre voi eravate tutti a dormire. Passavamo per il sentiero più sicuro, quello recintato, per evitare brutte sorprese e mi portavo sempre dietro il mio fucile automatico caricato con cinque cartucce. E venivamo a guardare il villaggio di notte. E andavamo al lago nelle serate di luna, quando la sfera bianca del satellite terrestre schiariva tutto il paesaggio e si specchiava nell'acqua. Passavamo insieme nottati bellissime a parlare davanti al caminetto, sorseggiando un buon bicchiere di Marsala secco. Da allora non ne ho più bevuto. I ricordi si intrecciano nel mio cervello come le matasse delle cime di ormeggio di una barca tirate in coperta troppo frettolosamente. I ricordi sono legati anche agli odori, ai rumori, ai colori. Ed è per questo che alla fine risulta molto più difficile metterli in chiaro. Ho passato giornate infernali senza Silvestra e nessuno poteva aiutarmi a riordinare i miei pensieri. Alla fine l'ho avuta vinta. Sono anche un po' pentito di aver venduto la tenuta, ma ormai è tardi».

«Signor Conte, la strega potrebbe tornare a vendere tutto, gli affari non le vanno come sperava ed è per questo che ha cominciato a fare porcherie di ogni genere con quel suo fido aiutante, l'amministratore. Signor Conte, è lo stesso amministratore che aiutò la signora Contessa a tenere i conti della tenuta per un certo periodo, non è strano? Sembra quasi che ci sia stato dietro un disegno preordinato per accompagnarVi alla vendita e farlo solo in favore della strega...»

«No. È impossibile. Che cosa ne poteva sapere lui dell'evoluzione della malattia di mia moglie...».

Il suo discorso rimase in sospeso. Il Conte sembrò cominciare a capire che effettivamente anche la malattia della signora Contessa poteva essere stata voluta da qualcuno interessato a che lui vendesse. Cominciò a ragionare a voce alta.

In effetti lui non era stato mai voluto bene da nessuno, tranne che dalla moglie e dai suoi collaboratori, perché lo stile economico impiantato dalla signora Contessa nella gestione della tenuta si discostava ampiamente da quello adottato dal resto della società industriale. In particolare il Barone Granati non aveva mai smesso un momento di attaccarlo pubblicamente ogni volta che si incontravano al Circolo e le sue aggressioni a volte non erano solo rumorose incursioni nei suoi affari ma velate minacce...

«Ecco, signor Conte. Quello che Voi pensate è proprio quello che noi tutti abbiamo pensato nei primi giorni dopo la vendita della tenuta, quando abbiamo visto che l'amministratore che collaborava con la signora Contessa era rimasto a lavorare con la strega. Noi ne abbiamo parlato a lungo fra di noi, con Felice, Diego, Guido, Nino e gli altri e siamo giunti alla conclusione che l'amministratore abbia avuto un ruolo preciso nella cessione del bosco e del castello. Non siamo mai riusciti a trovare un nesso con la malattia di Vostra moglie e della povera Libera, ma potrebbe semplicemente essere che l'amministratore ne abbia approfittato, da solo o in combriccola come dite Voi con altra gente di città che ha altre tenute agricole. Questo era quello che volevamo farVi sapere, signor Conte. Sono venuto io solo perché non mi fido più di nessuno, signor Conte».

Ce ne tornammo al villaggio con una certezza. Il signor Conte adesso aveva una pulce nell'orecchio e, visto il tipo che era, non avrebbe mollato l'osso finchè non avesse scoperto tutta la verità.

Era quanto Rosetta voleva che succedesse. E anch'io d'altronde. E anche Valentino.

Come Valentino iniziò a indagare

Papà era stato bravissimo dal Conte. Era riuscito a fargli nascere il dubbio che dietro alla vendita della tenuta ci fosse stato lo zampino dell'amministratore, da solo o forse istigato da qualcun altro. Quel che accadde in seguito potevo saperlo io solo. E Gretel, naturalmente.

Nonostante mio padre mi avesse esplicitamente detto che non avrei dovuto parlare con Gretel della nostra visita al Conte, io non me l'ero sentita di obbedirgli e, il sabato precedente alla nostra gita in città, le avevo chiesto di venire al lago con me. All'uscita dalla fabbrica era già buio. Non c'era neppure la luna a rischiarare il paesaggio spettrale di quella notte, accompagnata solo dal miagolio delle civette. Ci sedemmo sulle nostre panche formate da quelle basse pietre piatte dove ci adagiavamo quando andavamo a pescare e le raccontai di ciò che intendevamo fare e del perché. Le chiesi di mantenere il segreto e Gretel me lo giurò. Lei lavorava alla segreteria della signora Esperanza e mi disse anche che aveva notato strani movimenti da parte dell'amministratore e della strega e che spesso, nelle ultime settimane, il Barone Granati era andato a incontrare la giovane imprenditrice, da solo e anche in compagnia del signor Sindaco della città. E mi disse anche qualcos'altro a proposito di Hänsel che non riuscii a capire bene. Me l'aveva appena bisbigliato, come se si vergognasse a raccontarmi quello che voleva dirmi. Non insistetti. Le chiesi solo di tenermi al corrente di quel che vedeva dalla sua posizione in Segreteria. Un osservatorio sicuramente privilegiato, anche se – di questo ne ero sicuro – le faccende più riservate la strega non le faceva passare dalla Segreteria.

Nei giorni seguenti fui contattato in modo alquanto strano dal Conte. Una sera, mentre mi facevo la doccia a casa, di rientro dal lavoro, bussarono alla finestra del bagno. Convinto che fosse Gretel, mi precipitai ad aprire i vetri ma mi vidi davanti un ragazzino che non avevo mai visto prima. Era coperto con un mantello marrone con un cappuccio che gli nascondeva il viso e sembrava un giovane novizio di un convento.

«Mi chiamo Alberto. Ti ho visto dalla finestra del soggiorno che entravi in bagno e ho atteso che finissi di farti la doccia prima di bussare. Il signor Conte mi ha mandato a dirti che vorrebbe incontrarti al lago. Devi andare da solo. Lui è già lì che ti attende».

Si girò a testa china e si diresse verso una delle nuove case del villaggio, come se vi abitasse. Lo seguii con lo sguardo al buio, nonostante la scarsa visibilità, e vidi che, appena arrivato vicino alla porta della casa, vi girò dietro e scomparve nel nulla. Evidentemente sapeva che tutto il perimetro del villaggio era sorvegliato notte e giorno dalle telecamere ed era in grado di eludere la loro registrazione.

Mi vestii velocemente e senza dire nulla ai miei genitori uscii di casa scavalcando direttamente la finestra della mia stanza. Da quella parte non c'erano le telecamere e non avrebbero potuto vedermi. Se i miei genitori si fossero accorti della mia assenza e avessero notato la finestra della mia stanza aperta, sicuramente avrebbero pensato che ero andato al lago con Gretel, come altre volte avevo fatto.

La serata era buia, quasi come quella in cui andai all'appuntamento con Gretel. Il Conte era in piedi davanti al lago che guardava l'orizzonte appena percepibile nella notte.

«Buona sera signor Conte. Sono venuto subito appena Alberto me l'ha detto. Scusi se l'ho fatta aspettare».

«Grazie, Valentino. Sei un ragazzo in gamba. Quello che ti dirò questa sera deve restare fra noi. Se hai piena fiducia in Gretel, potrai confidarlo a lei soltanto. Ho fatto ulteriori riflessioni dopo l'incontro avuto con voi domenica scorsa e ho condotto alcune indagini personali. Ho buone amicizie. Non ti sto a tediare più di tanto sulle analisi, di natura prevalentemente finanziaria, da me condotte sulla signora Esperanza, ma ti posso solo confermare che i suoi affari vanno malissimo. C'è però qualcosa che non funziona in tutto questo. Nei conti dell'azienda ci sono numerosi bonifici eseguiti da Granati, come se fossero pagamenti per merce che sicuramente non esce dalla fabbrica. Per avere conferma che non si tratta di pagamenti di salsicce o di altri prodotti aziendali ho bisogno del tuo aiuto».

«Certo. Cosa posso fare?»

«Dovresti verificare gli ordini che pervengono in azienda e cercare di accoppiare a questi le fatture e le relative spedizioni. Tu sei in amministrazione e dovrebbe essere un gioco da ragazzi per te. Probabilmente avete un programma elettronico per la gestione amministrativa degli ordini e delle consegne. Vedi se riesci a fare una copia di tutto e me la fai avere. Manderò Alberto di nuovo da te fra una settimana. Se ancora non sei pronto dì direttamente a lui quando deve tornare. Dovresti tentare di estendere la ricerca a tutto il periodo di apertura della fabbrica e anche ai lavori di preparazione. Insomma dovresti cercare di capire come vengono mascherati contabilmente i bonifici di Granati e che cosa veramente nascondano».

«È il mio lavoro. Farò nel più breve tempo possibile, signor Conte».

Sgaiattolai nella notte dopo il suo saluto, tornando a casa ripercorrendo la stessa strada fatta all'andata.

Il giorno appresso chiesi di nuovo a Gretel di vederci al lago e le raccontai tutto. Mi ascoltò con molto interesse e mi disse qualcosa che ancora io non capii e che certamente riguardava Hänsel. "Si è perso nel bosco", mi disse.

L'amministrazione dell'azienda era affidata a dieci ragazzi, di cui solo in due eravamo della vecchia guardia e non sapevo se fidarmi o meno dei nuovi. Ne parlai a Mario, figlio di Nino e Pina che adesso lavoravano alla catena ma erano tra i più anziani collaboratori del Conte, dicendogli che volevo capire bene come funzionava la contabilità aziendale e che mi seccava dirlo a Sergio, Tano, Corrado e gli altri ragazzi che abitavano nelle nuove case del villaggio perché non sapevo se avrebbero potuto fraintendere quello che volevo, facendoci tutti solo del male. Annuì.

«Neppure io mi fido di loro. Non vedi che stanno in disparte e neppure ci trattano? È come se facessero combriccola fra di loro. Forse mi sbaglio, ma li guardo sempre con sospetto».

«Pensi che potrei guardare tutta la contabilità dal mio terminale, oppure ognuno di noi ha la visibilità limitata solo al proprio lavoro, con accesso limitato solo all'area del proprio intervento?»

«Questo è sicuro. Ma se tu vuoi vedere proprio tutto, ti posso aiutare. Io in città ho frequentato un corso di informatica e a casa ho un computer con il quale ho continuato a tenermi aggiornato sui sistemi di sicurezza in uso. Conosco tutti i segreti di un buon hacker e, qualche volta, sono entrato nel sistema proprio da casa mia. Riesco a inserirmi attraverso un nodo remoto della rete cui accedo con una password di amministratore. Non riusciranno mai a trovarmi! I miei accessi, anche se notturni, vengono puntualmente registrati in orari di lavoro e sono attribuiti proprio alla strega. Nessuno li andrà a controllare».

«Bellissimo. Quando lo possiamo fare? Devo però essere sicuro che non ti vengano a scoprire, se no fai la fine del sorcio nel piatto dell'esca con la colla!»

«Vai tranquillo. Vieni a casa mia domani sera e ti faccio trovare tutto pronto».

La sera seguente andai a casa di Mario e, senza troppe difficoltà, entrò nel database aziendale con la password di amministratore di sistema. La prima operazione che fece fu quella di andare a modificare i dati di registrazione del suo accesso, in quello che lui definì *log*. Era l'operazione più importante di tutte, mi chiarì. Perché quello era l'unico elemento che attribuiva data, orario e utente all'accesso. Inoltre, mi spiegò, il suo inserimento non era stato effettuato in modo diretto da casa all'azienda, ma era molto complesso e transitava da diversi nodi della rete di internet fino ad arrivare al nodo di testa del database aziendale, per cui sembrava partito proprio dall'interno dell'azienda, anzi dall'ufficio della strega.

Entrai con molta disinvoltura nel programma di gestione amministrativa e vidi una serie enorme di possibilità di riordino dei dati che la mia utenza non aveva mai visto. Entrai nel dettaglio dei singoli movimenti contabili dalla data in cui il sistema era stato impiantato ed estrassi la lista completa delle entrate e delle uscite così come erano state registrate all'origine della singola partita contabile e come successivamente erano state convertite per l'inserimento nel bilancio ufficiale aziendale. Feci le cose molto velocemente e non controllai subito le eventuali incongruenze o anomalie.

«Hai una stampante cui posso inviare il file?»

«No. In questo purtroppo non posso accontentarti. Una stampante costa e non me la sono sentita di chiederla a mio padre. Possiamo fare una cosa. Intanto memorizzo sul mio computer il file e così con calma possiamo analizzarlo insieme. Mi fai un piacere se accetti, così almeno per qualche sera verrai a trovarmi e non sarò solo. Inoltre, posso anche fornirti un supporto magnetico, un disco, sul quale puoi memorizzare i dati per esaminarli con calma quando disporrai di un computer. Che ne pensi?»

«Sì. È però opportuno che ti racconto tutta la storia dall'inizio. Non mi sembra giusto che proprio tu che mi stai aiutando non ne sappia nulla!»

Così raccontai a Mario tutto quello che negli ultimi giorni era accaduto, dalla nostra visita al Conte agli ultimi avvenimenti. Gli dissi anche che ne avevo parlato solo con Gretel e neppure con Hänsel mi ero confidata.

«Non ti preoccupare, saprò mantenere il segreto. Quindi dobbiamo analizzare tutti gli elementi semplici della contabilità e la loro aggregazione alle altre voci contabili per capire come vengono inseriti nel bilancio aziendale i bonifici esterni che nulla hanno a che vedere con la produzione, la lavorazione, l'amministrazione e gli altri lavori della fabbrica, se ho capito bene?»

«Hai capito benissimo, Mario».

Nel frattempo aveva finito di memorizzare su disco tutti i dati estratti e mi consegnò il supporto.

«Suppongo che questo lo farai avere al signor Conte».

«Supponi bene. Però noi due potremo fare lo stesso suo lavoro sul tuo computer, no?»

«Sì. Se torni domani sera, ti faccio trovare non solo i flussi memorizzati, ma le prime elaborazioni sintetiche che sarò riuscito a ottenere».

Ci salutammo e me ne andai a casa.

La settimana successiva consegnai il dischetto ad Alberto che venne a trovarmi bussando, questa volta, alla finestra della mia stanza. Era sempre incappucciato come un novizio di convento.

Mandai i miei saluti al Conte pregando Alberto di riferire che avrei tentato di capire anch'io qualcosa sull'evoluzione dei flussi contabili semplici e sul loro raggruppamento.

Nel frattempo, nei giorni successivi a quello dell'estrazione dei dati effettuata con l'aiuto di Mario, mi recai ogni sera a casa sua per vedere di capire qualcosa attraverso le elaborazioni eseguite dal mio amico.

Le preoccupazioni di Gretel per Hänsel

Valentino mi aveva detto del suo incontro con il Conte e dei suoi sospetti. Avrei voluto davvero aiutarlo, ma come facevo con quel maledetto problema che adesso rappresentava Hänsel?

Avevo provato a dirlo al mio amico, la persona a cui mi sentivo più legata, il mio amore segreto, l'unico grande affetto della mia vita, a parte i miei familiari. Ma non aveva capito nulla. Certo, la colpa era mia. Credo che quando glielo dissi, le parole mi uscirono dai polmoni senza alcun suono, o forse con un suono assai sommesso, come fossero un sussurro della notte buia che ci circondava. Evidentemente quel fatto era per me così penoso che provavo vergogna a parlarne anche con Valentino, col mio Valentino.

Tutto era accaduto proprio il primo giorno del nostro lavoro. Ci eravamo seduti alle nostre postazioni e l'amministratore, in presenza della signora Esperanza, ci aveva dato informazioni grossolane su quella che doveva essere la nostra attività.

«Il vostro è il lavoro più delicato e riservato di tutta l'azienda. Siete stati scelti dopo attenta selezione perché siete tra i veterani del posto e, nonostante il vostro scarno curriculum scolastico, avete maturato una cultura non indifferente attraverso le molte letture effettuate. Beati voi che avete avuto anche il tempo di leggere! Vi presentate bene e sapete esprimervi in perfetto italiano, con termini appropriati e, spesso, forbiti. Vi è stata impartita un'educazione degna del migliore collegio svizzero. Avete un carattere sufficientemente estroverso, senza eccedere in pose che possano suscitare dubbi di troppa confidenza nel vostro interlocutore e sapete essere discreti e riservati. Sono queste, fondamentalmente, le doti che cercavamo per gli addetti alla segreteria personale della signora

Benigna Esperanza, titolare di questa nuova azienda che rappresenta già da ora il fiore all'occhiello della città. Forse anzi dell'intera Regione! La signora è la migliore imprenditrice della nostra provincia, figliola della sorella del signor Sindaco e autrice di alcuni saggi sull'economia che sono stati punti di riferimento per i maggiori consulenti finanziari del nostro Paese. Vi limiterete a eseguire i suoi ordini, a protocollare la posta in arrivo, a sottomettere alla sua attenzione i fatti aziendali di maggior rilievo, contabili e non, che io stesso vi passerò, a predisporre le lettere che la signora vorrà spedire, inserendole a protocollo solo quando richiesto esplicitamente e se non si tratta di questioni, diciamo così, personali, di interesse extraaziendale. Riferirete alla signora ogni fatto o circostanza di cui verrete a conoscenza e che potrebbe rappresentare un pericolo, anche solo di immagine, per la fabbrica e per la reputazione della signora stessa. È un lavoro facile, ma che richiede molto spirito di sacrificio, l'applicazione di un orario di lavoro assai elastico e incondizionato attaccamento all'azienda per cui lavorate».

Subito dopo questo primo discorso di presentazione, la signora rientrò nel suo enorme e lussuosissimo ufficio e l'amministratore, dopo essersi accomiatato, uscì dalla segreteria che si trovava al primo piano del castello, proprio all'inizio del corridoio che conduceva all'ufficio della signora.

In effetti, la stanza adibita a segreteria era stata ai tempi del Conte il suo studio. Seguiva poi un'altra stanza che fu lo studio della signora Contessa e che adesso era adibita ad angolo di riposo per l'Esperanza e la stanza da letto del Conte, ora ufficio della titolare dell'azienda. Dall'altra parte del corridoio non c'erano altro che finestre che davano sul cortile interno del castello. Dalle nostre finestre invece lo sguardo si allargava su quelle che erano state le piantagioni della tenuta e che ora erano divenute uno spazio adibito a deposito merci in arrivo e in partenza, stipate in celle frigorifere all'interno di grandi capannoni di legno. Le finestre dell'ufficio della signora erano due e davano, rispettivamente, sul deposito la prima e sul bosco la seconda.

L'altro corridoio che correva in quella parte dell'edificio che chiudeva il cortile interno dal lato opposto al nostro comprendeva diverse stanze, utilizzate dal Conte o da sua moglie per varie esigenze (guardaroba, cucinotto, stiratoria, lavanderia, stanza dei trofei di caccia, ecc.) erano state adibite a uffici per l'amministrazione. L'ultima, quella corrispondente all'ufficio della signora Esperanza nell'altra ala del castello, era quella adibita a ufficio dell'amministratore ed era proprio quella che il Conte aveva impiantato come propria biblioteca, un tempo ricchissima di volumi di ogni genere, dai più semplici manuali ai romanzi, ai libri di geografia e storia, fino ai preziosissimi volumi antichi finemente rilegati che il Conte si era portati nella sua residenza cittadina.

Quando l'amministratore si congedò da noi, la signora uscì di nuovo dal suo ufficio e vidi che si sbottonava due bottoni della sua camicetta, mettendo in mostra un balconcino di tutto rispetto. Si avvicinò alla scrivania di Hänsel e si piegò su di lui, alle sue spalle, come per dirgli qualcosa di riservato, mettendo in mostra in modo inequivocabile tutto il suo nudo seno. Mi accorsi subito che mio fratello non restò indifferente a quella vista e vidi dall'espressione della signora che anche lei se n'era accorta e che ne era molto compiaciuta. Anzi, fui certa che la mossa era stata premeditata. Quando si rialzò da quella posa, Hänsel si sollevò in piedi e la seguì nel suo ufficio. Capii subito quello che stava succedendo. L'ufficio della signora aveva una porta che dava nella sua stanza di riposo e fui certa che dallo studio erano poi entrati in quella stanza perché udii chiaramente provenire da lì i gemiti dei due, certamente non dovuti a espressioni di stupore per qualcosa che stavano leggendo!

Quando Hänsel rientrò in ufficio era accalorato e scapigliato, con la camicia non perfettamente chiusa e con un'espressione di sognante soddisfazione.

Dopo quel giorno, la signora lo chiamava nel suo ufficio quotidianamente, per discutere di cose di lavoro. A me non rivolgeva quasi la parola, se non per impartirmi ordini precisi su cose da fare, sempre con estrema urgenza.

Ho provato più volte a parlare con mio fratello, ma non sono mai riuscita ad avere alcuna informazione sulla loro relazione. Le sua risposte sono sempre evasive e poco attendibili. Il suo atteggiamento invece lo trovo molto cambiato. È diventato esageratamente aziendalista e critica tutto quello che fanno gli altri. Gli unici che si salvano siamo l'amministratore, Valentino e io. Gli altri non valgono una lira, fanno sempre e soltanto errori grossolani che con un po' di maggiore attenzione si sarebbero potuti evitare. Mi accorgo che presta orecchio con molta attenzione a quello che tutti si dicono e, sicuramente, riferisce alla strega. È particolarmente spietato, questo me l'ha detto lui stesso, nei confronti di papà e Ula, rei di averci buttato fuori casa e di avere cancellato ogni traccia della memoria di nostra madre.

A volte, la sera, mi guarda sorridendo, come se ormai fosse arrivato a un livello della scala gerarchica insuperabile, senza neppure rendersi conto che il suo salario è rimasto fermo al palo.

«Stasera faccio tardi, Gretel. Ho un sacco di lavoro da fare. Vai a casa con Valentino e non mi aspettare a cena».

Sapevo sempre in che cosa consisteva il suo lavoro fuori orario e che veniva annunciato puntualmente dopo l'arrivo di una telefonata.

In queste condizioni come avrei potuto aiutare Valentino? È evidente che il mio segreto non avrebbe potuto restare tale vivendo in casa con Hänsel.

Avrei dovuto parlare più apertamente e più correttamente con Valentino di questi aspetti. Forse mi avrebbe potuto anche aiutare o solo darmi suggerimenti su come comportarmi.

Mario e il suo contributo

La sera stessa in cui mi incontrai con Valentino diedi una prima occhiata ai dati memorizzati. Capii subito che c'era qualcosa che non quadrava. Dalle spiegazioni che mi aveva dato il mio amico con i capelli rossi, dovevo trovare alcuni bonifici di persone che nulla avevano a che vedere con le forniture aziendali o con eventuali consulenze esterne. E notai subito che c'erano numerosi bonifici di importo non indifferente eseguiti sia dal barone Granati sia da altri personaggi in vista dell'imprenditoria della vicina città. Elaborai una macro d'estrazione che andava a pescare tutte le entrate contabili effettuate da persone che non risultavano in nessun modo iscritte nei libri dell'azienda, né come acquirenti di prodotti né come consulenti o altro. Ne feci una lista che comprendeva una ventina di nominativi e mi saltarono all'occhio due informazioni assai importanti. La prima era che c'era dentro anche il Sindaco e la seconda era che l'importo complessivo era enorme. Rappresentava oltre il sessanta per cento del fatturato aziendale. I flussi di uscita, d'altro canto, per pari grandezza economica, erano rappresentati da bonifici in uscita verso paesi esteri, tutti di importo contenuto e con una ventina di beneficiari. Le causali erano sempre le stesse: "Consulenze export". Solo che l'azienda non effettuava esportazioni!

Memorizzai sul disco rigido del mio computer i primi dati elaborati e cominciai a riflettere su quanto mi aveva detto Valentino. Se volevo trovare qualcos'altro in modo specifico avrei avuto bisogno dell'aiuto di un altro ragazzo del gruppo, ma prima era necessario parlare con il mio amico. Così attesi che lui venisse da me il giorno appresso.

Quando Valentino arrivò a casa mia gli feci vedere a monitor la lista completa delle entrate e delle uscite aziendali e la prima elaborazione che ero riuscito a ottenere con la macro che avevo realizzato. La guardò con attenzione.

«Tutti i bonifici in entrata sono con causali del tutto assurde, l'hai notato?»

«Perché ti sembrano assurde, sono a pagamento di ordini e la numerazione è quella provvisoria prodotta in automatico dal sistema. Se poi ti riferisci al fatto che questi ordini non sono mai stati evasi è un altro discorso…»

«Non mi riferisco a questo. Non hai notato che gli ordini sono tutti con numerazione di sei cifre, seguiti da una P?»

«Ebbene?»

«La numerazione provvisoria prodotta dal programma gestionale dell'azienda è formata da una A seguita da sei cifre,

Mario. Inoltre i numeri sono in ordine progressivo. Qui abbiamo numeri casuali che vanno dal più basso, il cinquecentosessantasei, al più alto il novecentomilaottocento settantasette. Magari avessimo avuto novecentomila ordini!»

«È vero! A questo particolare non avevo fatto caso! È facile quindi dimostrare che sono dei falsi. A questo dato si deve poi aggiungere la circostanza che nessuno di quei nominativi è inserito nella nostra lista clienti, eppure sono tutti ordini superiori a cinquantamila euro ciascuno!»

«Se poi al dato elaborato andiamo ad affiancare quello relativo alle uscite aziendali per consulenze export, di importo preciso al totale delle entrate dei nostri importanti imprenditori di città, potremmo dedurre che l'azienda si occupa prima di tutto di esportazione di capitali all'estero e questo, sicuramente, dovrebbe rappresentare un aspetto assai interessante per la Guardia di Finanza!»

«Ma non è tutto, Valentino. Ti voglio far vedere alcuni bonifici in uscita che non riguardano propriamente il pagamento di consulenze, ma neppure l'acquisto delle materie prime o il pagamento di salari o altro. Guarda questi dieci bonifici in favore del barone Granati. Innanzitutto ti prego di osservare che l'importo in uscita è uguale a quello che complessivamente il barone poi bonificherà all'azienda per il saldo delle forniture mai evase. Guarda le date: queste sono dei bonifici in uscita e queste di quelli in entrata. È chiaro che prima l'azienda ha pagato qualche conto in sospeso al barone e poi il barone ha fatto andare l'ingente somma su un conto estero utilizzando la fabbrica. Ma la cosa più interessante sono le causali dei bonifici in uscita, leggi».

Valentino si avvicinò al monitor del computer ed ebbe un sobbalzo. La causale diceva "Acconto contratto acquisizione tenuta Conte Goffredo da Gora" in ben nove bonifici di ottantamila euro ciascuno e "Saldo contratto acquisizione tenuta Conte" nel decimo bonifico di pari importo agli altri. In totale dieci bonifici per complessivi ottocentomila euro. Una bella somma!

«E che cavolo significa, secondo te?»

«Significa che il barone ha inventato chissà cosa per costringere il conte alla vendita! Il chissà cosa non può che essere la morte di sua moglie, mio caro».

«Ma com'è possibile? La signora Silvestra e la madre di Hänsel e Gretel hanno avuto la stessa malattia che nessuno è mai riuscito a capire cosa fosse. Cosa ha potuto inventarsi per fare contrarre la stessa malattia alle due signore e solo a loro?»

«Ecco, questo è uno dei primi interrogativi che dovremmo porci. Solo che avremmo bisogno di aiuto per risolvere questa questione. E solo tu, o meglio ancora Gretel potreste autorizzare una ricerca di questo tipo. L'aiuto ce lo potrebbe fornire Marcello, il figlio di Andrea e Chanel, new entry al villaggio. Per tanti validi motivi. In primo luogo perché è stato uno dei migliori hacker informatici. È molto più preparato di me e sa veramente bene dove, come e con quali strumenti cercare e, soprattutto, trovare. Poi, circostanza non meno importante della prima, è praticamente il factotum dell'amministratore e se questi ha nascosto delle carte, solo lui sa dove cercarle. In ultimo, ma la questione è più importante delle prime due circostanze, è una persona di cui ci si può fidare. Vero è che suo padre era stato contattato ben prima della cessione della tenuta in quanto esperto macellatore, ma di lui, proprio di lui, ti puoi fidare. Io avevo già avuto dei contatti con Marcello per questioni informatiche anni fa. È una persona seria e corretta. Credimi. Poi il padre a me sembra piuttosto un tantino handicappato ma non certo il furbo da quattro cotte che avrebbe brigato per l'assunzione o ancor peggio per la cessione della tenuta! Tant'è che la moglie, Chanel, non è andata a finire in amministrazione, pur essendo certamente più colta e intelligente di Beppe e Totò, i figli di Franco e Antonietta che sono stati invece selezionati per quell'attività, ma è stata selezionata per il peggiore dei mestieri, la pulizia della prima catena industriale, quella dei maiali».

«Non me la sento di prendere io una decisione del genere. Dobbiamo parlarne a Gretel. Anzi le parlo io. Questo argomento è assai delicato, parliamo della morte di sua madre, e certamente andiamo a riaprire una ferita assai dolorosa. In più c'è la questione Hänsel. Ha provato a dirmi qualcosa di lui, ma non sono riuscito a capire un accidenti! Domani le dirò che ho bisogno di parlarle e le do appuntamento al lago, come di consueto. Passerà del tutto inosservato il nostro incontro, perché Hänsel sa bene che tipo di rapporto c'è fra lei e me e, poi, lo ritengo ancora un amico, anche se fa di tutto per sfuggirmi».

«Va bene, allora ci vediamo dopodomani per decidere il da farsi».

I due giorni successivi furono per me di grandissima tensione. Non facevo altro che pensare all'incontro tra Gretel e Valentino e non osavo pensare alle conseguenze. Sia in caso positivo sia in caso negativo. Nel primo caso, infatti, si trattava di passare alla fase più esecutiva, allargando il giro delle persone al corrente della faccenda. E ciò mi fece venire in mente che il Conte aveva pregato Valentino di mantenere uno stretto riserbo su tutta quella questione e di dirlo solo a Gretel. E già eravamo in quattro a saperlo, oltre ai genitori di Valentino e, adesso forse veniva coinvolta una nuova persona, Marcello. Di bene in meglio. In caso negativo saremmo stati al punto di partenza e l'unica cosa che avremmo potuto fare era quella di consegnare la nuova elaborazione al Conte che sarebbe facilmente arrivato alle nostre stesse conclusioni. E poi? Poi sicuramente il Conte avrebbe interessato le autorità per eseguire le indagini del caso. Ciò faceva vorticare una serie di altri pensieri nella mia mente gettandola in una prostrazione senza limiti, come quando una persona decide di suicidarsi gettandosi da un grattacielo di cento piani e se ne pente subito dopo il lancio. Ogni piano che passa velocemente davanti ai suoi occhi lo fa cadere sempre più profondamente nella disperazione e nell'angoscia e pensa a come fare per venirne fuori e grida chiedendo aiuto e cerca di appigliarsi a qualsiasi sporgenza del grattacielo, ma la sua velocità gli impedisce di avere una presa, anzi le sue mani si sfracellano prima dell'arrivo al suolo. In basso la gente guarda inorridita sentendo le sue urla ma ormai il terreno è sempre più prossimo come la sua fine. E tutto per quel solo istante in cui è stata presa la decisione di lanciarsi.

Probabilmente le autorità cui il Conte si sarebbe rivolto non avrebbero fatto nulla. Se il sindaco e i più autorevoli rappresentanti dell'economia cittadina erano coinvolti in tutta quella storia, certamente sarebbe arrivato uno stop alle indagini grande quanto un palazzo. E se il Conte avesse organizzato delle ricerche per i fatti suoi? Peggio che andar di notte! Avrebbero potuto anche incriminarlo per manipolazione degli elementi di indagine al fine di costituirsi delle prove! No, meglio non pensare a quell'evenienza. In ogni caso sarebbe stato opportuno parlare con lui anche di questo.

Finalmente Valentino venne a casa mia.

«Innanzitutto voglio annunziarti che Gretel e io ci siamo messi insieme», mi disse al colmo della sua gioia.

«Era ora. Com'è che ti sei deciso a dirglielo finalmente?»

«È stata lei. Appena arrivata al lago, quando mi ha visto, mi ha abbracciato fortissimo e mi ha baciato. È stato un attimo incredibile. Credo di aver perso l'equilibrio, le gambe mi hanno mollato, perché ci siamo ritrovati tutt'e due per terra sugli scogli a rotolare ridendo».

«Bene. Le hai parlato?»

«È stata lei a parlare con me. Quando ci siamo calmati mi ha detto che doveva assolutamente parlarmi di una cosa assai delicata. Si tratta di Hänsel. È diventato l'amante della strega e non capisce più niente. Lei teme che sia diventato un delatore e, mi ha detto, che ce l'ha a morte con suo padre e con Ula. Di lei non me ne può fregar di meno, ma del signor Felice sì. Mi ha chiesto aiuto e gliel'ho promesso. Non ho potuto parlarle della nostra questione, lo capisci?»

«Valentino, sei proprio rincoglionito! Avevi in mano un'occasione d'oro e te la sei lasciata sfuggire. Pensa che arma avrebbe Gretel tra le mani se si venisse a scoprire che la strega ha brigato per la cessione della tenuta del Conte arrivando ad architettare la morte della signora Silvestra e, conseguentemente, non so né come né perché, quella di sua madre. Cosa ne potrebbe pensare Hänsel da quel momento della strega?»

«Hai ragione perdinci. Devo incontrarla di nuovo domani sera. Glielo dirò. Porca la miseria non averci pensato!»

«Domani sarà dunque un altro giorno di alta tensione per me!»

«In che senso scusa?»

«Nel senso che ho passato i due peggiori giorni della mia vita in attesa che tu mi riferissi dell'incontro! Mi è venuta una depressione mortale a furia di pensare…»

Gli raccontai brevemente tutto quello su cui avevo riflettuto e anche lui parve alquanto sconvolto dalle mie elucubrazioni.

«E allora che facciamo?»

«In ogni caso è giusto che ne parliamo con Gretel. E anche col Conte. Però con lui dopo. Prima vediamo quali sono le alternative che ci potremo porre dopo la decisione di Gretel. Sarebbe opportuno che, nell'eventualità in cui Gretel decidesse di eseguire gli accertamenti e gli approfondimenti con l'aiuto di Marcello, i due non si incontrassero. Troppe persone che incontrano troppe altre potrebbero dare nell'occhio. E poi, si correrebbero maggiori rischi proprio per il coinvolgimento diretto di Gretel in questa storia».

«Ok. Ci penso io a parlare con Gretel e non le dirò neppure chi è il tuo amico che potrebbe aiutarci. Le dirò che tu non vuoi parlarne con nessuno perché hai timore a esporti».

«Benissimo. Attendo tue nuove, ma non farmi restare in sospeso fino a dopodomani sera. Domani, dopo che ti sarai incontrato con Gretel, fai un salto da me. Bussa alla mia finestra per evitare che si sveglino i miei genitori. A qualunque ora. Ti aspetto».

L'hacker Marcello

Eravamo in mensa a mangiare e, come di consueto, mi ero seduto accanto a Mario, un buon amico per me.

«Devo parlarti in modo riservato, Marcello», mi disse, «vediamoci oggi all'uscita dal lavoro, magari al lago, non mi pare che lì abbiano piazzato alcuna telecamera».

«Altrochè se le hanno piazzate! Ce ne sono almeno quattro, ma nessuna nel punto in cui andate a pescare voi. Che poi non ci andate più, ormai. È una zona a canneto con terreno roccioso e avrebbero dovuto spendere un bel po' di soldi per piazzarne una lì. Ho letto tutta la relazione tecnica fatta dall'azienda che ha fornito le attrezzature. Alla fine della relazione c'era un appunto scritto a mano dall'amministratore su quelle che andavano bene e per quel punto c'era scritto che sarebbe stato troppo oneroso creare l'impianto e che ormai le vostre riunioni al lago si erano quasi del tutto annullate dopo che avevate iniziato a lavorare. D'altronde il lago era sufficientemente presidiato con le quattro telecamere che sarebbero state piazzate in posti sufficientemente strategici. In fondo alla relazione, dopo la memoria dell'amministratore, c'era l'ok della strega».

«Bene. Allora ci vediamo lì?»

«Sì. Ma subito all'uscita dal lavoro perché dopo ho un impegno».

Mario era stato puntuale. Ci sedemmo su uno scoglio piatto che sembrava quasi messo lì apposta. Il mio amico aveva quasi un'aria da cospiratore e mi venne da ridere a vederlo così agitato e diffidente mentre si guardava intorno con sospetto, come se da un momento all'altro avesse dovuto sbucare fuori dalle canne qualcuno che temeva di incontrare.

«Ma che hai che ti agiti così?»

«Temo che possano spiarci, Marcello».

«Ma spiarci chi e per che cosa, Mario?»

«La questione è un po' complessa, ma devo dirti tutto dall'inizio…».

Brevemente mi raccontò dei suoi sospetti su un'attività illecita e sommersa che l'azienda faceva esportando denaro, anche per conto di persone molto importanti della vicina città. Mi diede l'impressione che mi stesse fornendo pochi particolari e che mentre parlava mi stesse studiando.

«Senti, Mario, ma a noi che ce ne può fregare se la fabbrica produce salsicce o effettua trasferimenti di fondi all'estero?»

«È una faccenda assai delicata e vorrei avere la certezza di potermi fidare di te!»

«Mario, ti ricordo che sei stato tu a convocarmi in questo posto pieno di zanzare!»

«Hai ragione. Ti racconto tutto dall'inizio. Vedi, prima che la strega mettesse su la sua fabbrichetta, noi eravamo veramente felici. Avevamo davvero tutto, la vita all'aria aperta, la pesca, i divertimenti. I nostri padri lavoravano alla tenuta del Conte guadagnando salari ben più alti di quelli offerti dalla strega e le nostre madri coltivavano gli orti dietro casa che ci fornivano da mangiare, insieme al pesce che noi figli ci procuravamo al lago e ai capi di selvaggina che ci regalava il Conte. Poi tutto è cambiato. È successo che si sono ammalate contemporaneamente la signora Contessa e la madre di Hänsel e Gretel e insieme sono morte in breve tempo. Il Conte ha abbandonato la tenuta e ha deciso di venderla alla strega che vi ha creato la sua fabbrica, trovando la manodopera nel villaggio dei boscaioli. Avendo bisogno di un numero maggiore di collaboratori rispetto a quelli utilizzati dal Conte, ha chiamato al lavoro anche le mogli dei boscaioli e noi figli e altra gente ha fatto venire allargando il villaggio. Oltre a noi, un'altra persona è rimasta a lavorare in fabbrica. L'amministratore che il Conte aveva assunto quando la moglie si era ammalata. Il tuo capo».

«Non vedo che cosa ci sia di strano. È l'unico esperto di amministrazione che non abbia un proprio studio in città».

«È vero, ma il problema è un altro. L'amministratore vanta amicizie importanti in città, tra le quali conta anche il Sindaco. Una delle persone che è più in contatto con lui è il barone Granati, acerrimo nemico da sempre del conte Goffredo da Gora».

«Te lo confermo, perché li vedo entrare e uscire dall'ufficio dell'amministratore…»

«La cosa strana è che il barone Granati ha avuto pagato dall'azienda della strega ben ottocentomila euro per un contratto definito per l'acquisizione della tenuta del conte. L'azienda gli ha pagato quella somma con dieci bonifici di pari importo. La somma è poi stata rigirata dal barone all'azienda per pagamento di merce mai evasa ed è uscita dall'Italia con altri bonifici che riportavano nella causale 'consulenza export'. A parte quest'operazione, ce ne sono decine e decine di altre eseguite tutte dai più importanti imprenditori che girano soldi alla strega e questa li trasferisce all'estero. Il problema è che questi importi rappresentano oltre il sessanta per cento dell'intero ammontare del bilancio aziendale. A parte il rischio di poter perdere tutti il nostro lavoro se dovesse venire chiusa l'azienda per le gravi irregolarità amministrative, la cosa che ci ha maggiormente insospettito è il pagamento al barone degli ottocentomila euro».

«È vero», dissi pensieroso a Mario. «Non mi risulta che il barone abbia fatto consulenze per l'azienda. E poi che tipo di consulenze potrebbe mai fare? Sembra strano anche a me. Ma tutte queste informazioni da dove le hai ricavate?»

«Ho fatto un paio di estrazioni dei dati contabili. Sono i dati elementari di prima immissione a sistema, se vuoi ti posso fornire anche il nome dell'operatore che li ha digitati. Sarò franco con te, Marcello. Io penso che quei soldi siano stati pagati per l'opera di intermediazione effettuata dal barone nella cessione della tenuta del conte alla strega».

«Il conte non poteva essere convinto in nessun modo, però. Non mi sembra neppure lontanamente legato al denaro. E poi, alla sua tenuta, questo lo sappiamo tutti, era molto legato. Tu stesso hai detto che se non fosse stato per la morte di sua moglie...».

Mi interruppi intuendo improvvisamente quale fosse il reale dubbio di Mario.

«Cazzo!», esclamai.

«Già, vedo che finalmente hai intuito. Solo che non abbiamo alcuna certezza...»

«Non abbiamo chi? A chi oltre a te è venuto questo dubbio?»

«Ora ho bisogno davvero del tuo impegno alla riservatezza, Marcello. Tu comprendi che queste informazioni sono da Procura della Repubblica e che rischiamo grosso...»

«Ma è la cosa che mi è sempre piaciuta di più. Dai, Mario, ti do la mia parola che non ne parlerò assolutamente a nessuno, ma a questo punto sto con voi e facciamo un casino infernale, ne abbiamo già a sufficienza per far chiudere l'azienda! Questo però non può che nuocerci. Le informazioni vanno usate con estrema cautela per riportare l'azienda sui suoi binari istituzionali...»

«Il conte Goffredo vorrebbe riacquisirla. Ne avremmo tutti un giovamento. Anche economico. Ti dico che a conoscere questa storia siamo noi due, Valentino, Gretel e il Conte.

Hänsel non sa nulla. È inaffidabile. È diventato l'amante della strega e il suo sicofante».

«Che cosa dovrei fare io?»

«Abbiamo bisogno di capire per che cosa sono stati pagati quegli ottocentomila euro al barone. Ci deve essere a monte un contratto, qualche carta specifica, qualcosa che ci possa aiutare!»

«Non penserai che la strega o l'amministratore abbiano fatto un contratto scritto con il barone per fare ammazzare la signora Contessa?!»

«No, certo che no, ma ci sarà qualche appunto dell'amministratore da qualche parte. L'idea, ne sono sicuro, è sua! Lui non parla mai con la strega, fa sempre promemoria. Deve avere fatto anche in questo caso qualcosa del genere. Tu sei l'uomo di fiducia dell'amministratore e, quindi, hai accesso a tutte le sue carte».

«Se ha qualcosa del genere non può che tenerla chiusa nella cassaforte del suo ufficio o in quella del suo appartamento. Intanto posso verificare in quella del suo ufficio. Già so come aprirla e quando farlo, perché mi è già capitato un paio di volte di dovere accedere a documenti personali dell'amministratore. La combinazione è elettronica ed è collegata al sistema informatico. Posso fare quello che voglio».

«E allora datti da fare. Quando saprai qualcosa riparlane con me a pranzo. Non fare mai capire a Gretel che sai anche di lei e di Valentino».

Ci lasciammo e tornai a casa mia terribilmente elettrizzato. Mi sentivo una spia dei servizi segreti nel pieno di una missione pericolosa e questo mi caricava inverosimilmente, mi eccitava.

L'intervento di Valeria

Gretel era venuta a trovarmi a casa mia che era quasi un secolo che non ci si vedeva più. Non perché non fossimo più amiche, lo eravamo come il primo giorno, ma adesso il lavoro, la stanchezza e, in ultimo, il fatto che non andavamo più a pescare, tutto aveva contribuito a mantenerci distanti l'una dall'altra. La sera, quando io tornavo a casa, avevo solo bisogno di dormire, ma invece dovevo ancora aiutare mamma a cucinare, a lavare, a stirare, a pulire. Poi finalmente ci siedevamo a tavola, sempre troppo tardi per papà che voleva mangiare presto e troppo presto per me che avevo un sacco di cose da fare. Quando finalmente riuscivo a entrare nella mia stanza, mi spogliavo e mi mettevo a letto cercando di leggere un po' prima di addormentarmi, ma immancabilmente dopo le prime righe di lettura gli occhi mi si chiudevano da soli e mi era anche capitato di addormentarmi con la luce accesa!

Anche la mamma si era incuriosita di quella visita e mi aveva fatto il terzo grado per capirne il motivo, ma io le avevo semplicemente detto che era venuta a comunicarmi del suo fidanzamento con Valentino, cosa vera peraltro, e fu anche la prima notizia che Gretel mi disse appena entrati nella mia stanza ed era al settimo cielo per la felicità perché era una vita che avrebbe voluto mettersi con Valentino e quello stupido era troppo timido per comunicarle i suoi sentimenti che tutti avevamo intuito da tempo.

Poi però mi raccontò tutta quella strana vicenda che io capii solo in parte perché era assai complicata con una serie di cifre da capogiro e pagamenti a gente che non aveva mai fatto consulenze e bonifici da gente a cui l'azienda della strega non aveva mai fatto forniture compreso il barone Granati che a me faceva un'antipatia…

Mi disse che insieme a Valentino stava facendo delle indagini per capire il vero motivo del pagamento di non so quante centinaia di migliaia di euro proprio al barone che non riuscii a capire in che modo c'entrava con la vendita della tenuta del conte Goffredo alla strega. Ma la cosa mi intrigava, forse ancora di più del bellissimo fidanzamento di Gretel. Poi mi disse che cercavano un promemoria che io non so neppure che cosa sia e che non l'avevano trovato in nessun ufficio dell'azienda e che pensavano fosse tenuto dall'amministratore nella cassaforte della sua stanza al castello e volevano che provassi un po' a vedere io di trovarlo.

«Ma come faccio ad aprire la cassaforte? Lo so dov'è perché faccio le pulizie in quell'appartamento come negli altri del castello e so tutto perché pulisco bene anche i quadri appesi alle pareti, ma la cassaforte in generale serve per custodire oggetti preziosi e non si può aprire se non si conosce la combinazione segreta che io non conosco anche se so dov'è la cassaforte».

«Tu non preoccuparti di questo. L'apriremo noi dall'esterno perché l'apertura e la combinazione sono elettroniche e collegate al computer centrale dell'azienda per motivi di sicurezza. Se qualcuno tenta di forzarla scatta l'allarme e arriva anche la polizia. Quando tu ci avvertirai, ti faremo trovare la cassaforte già aperta. Guardi dentro, prendi quello che ci serve e richiudi tranquillamente».

«Va bene», dissi alla mia amica Gretel, «l'importante però è che non metto a rischio il mio posto di lavoro perché altrimenti a casa non possiamo più campare».

«Vai tranquilla. Lo facciamo per il Conte. E anche per me. Alla memoria di mia madre e della signora Contessa».

Non capii assolutamente quello che voleva dire con quella frase, ma mi piacque, era bella, mi suonava assai romantica.

Qualche giorno dopo, dissi a ora di pranzo a Gretel di venirmi a trovare quella sera a casa perché volevo comunicarle alcune cose. Volevo dirle che sapevo come fare per avvertirli che avevo il campo libero e potevo dedicarmi con tranquillità alla cassaforte, ma volevo anche capire precisamente che cosa dovevo cercare. Così quella sera io dissi a Gretel che se io avessi avuto campo libero per la mia ricerca avrei aperto tende e finestre dell'appartamento dell'amministratore e lei avrebbe potuto vedere le finestre aperte dal bagno e farmi aprire la cassaforte. Poi le chiesi che cosa precisamente avrei dovuto cercare.

«Devi cercare una busta o una carpetta con riferimento al Barone Granati. Prendi tutte le carte che ci sono dentro e nascondile dentro una busta di plastica proprio nel bagno delle donne. Appena ti avrò visto uscire da lì, le andrò a recuperare io. Metti il sacchetto di plastica nell'armadietto dove tenete le scope e gli altri attrezzi di pulizia. Poggialo a terra vicino ai secchi in modo da non dare nell'occhio agli altri addetti. Ok? Appena vedo che apri le finestre ti apro la cassaforte».

«Come fai ad aprirla se non sei nella stanza?»

«Come ti ho spiegato, è tutto elettronico e si può manovrare dal computer dell'ufficio. Naturalmente bisogna saperlo fare! Non ti preoccupare, appena apri le finestre, torna alla cassaforte e la troverai aperta».

Il giorno dopo andai nell'appartamento dell'amministratore come facevo ogni giorno e iniziai a fare le pulizie di casa con i prodotti che avevamo in dotazione e, quando fui certa che l'amministratore non era presente perché dalla finestra lo vidi seduto alla scrivania del suo ufficio, andai ad aprire tende e finestre come concordato con la mia amica Gretel, poi tornai alla cassaforte ma era chiusa. Me ne stavo andando quando sentii scattare qualcosa all'interno e girai la manopola. Come per magia si aprì. Cominciai a cercare tra gli innumerevoli documenti che c'erano poggiati dentro e vidi che ce n'era uno pure intestato alla strega, poi trovai quello che cercavo, una grande e voluminosa busta gialla con scritto il nome del barone. Presi due riviste che avevo visto buttate a terra accanto al divano e le infilai una nella busta intestata al barone e una in quella intestata alla strega, prelevandone il contenuto originale che mi infilai sotto il maglione, richiusi velocemente la cassaforte e sentii lo scatto di chiusura (pensai di nuovo a un miracolo, alla tecnologia che sapeva veramente di miracoloso) e andai a richiudere finestre e tende prima di uscire dall'appartamento e scendere al piano sottostante con il carrello delle pulizie per andare al bagno delle signore.

Quando stavo per lasciare il bagno, vidi che arrivava Gretel e ci salutammo come se non ci vedessimo da molto tempo, ma poi pensai che era una scena inutile perché sicuramente gli addetti alla sorveglianza avevano visto Gretel venire a casa mia anche la sera prima, con le loro telecamere piazzate un po' dappertutto nel villaggio.

La sera Gretel non venne a trovarmi e neppure il giorno appresso. Non sapevo se era andato tutto bene oppure qualcosa non aveva funzionato. Il terzo giorno però bussò alla porta di casa mia e andò ad aprire mia madre.

«Ciao, Gretel. Ti si vede spesso in questi ultimi tempi. Non sei stanca dopo il lavoro?»

«Ciao, Vera. È un periodo che sono assai tranquilla e mi sento anche rilassata. Non so se Valeria te l'ha riferito. Mi sono fidanzata con Valentino. Lui però ha spesso orari micidiali in amministrazione e non sempre di sera ci possiamo vedere. Quando non è possibile, vengo a trovare Valeria così parliamo un po'».

«Non è che anche lei pensa a qualcuno, vero?»

«Sì, ma non glielo dire che te l'ho riferito. A lei piace molto Marcello, sai il figlio di Andrea e Chanel, ma credo che non si siano ancora detti niente. È solo un innamoramento a distanza per ora».

Sgattaiolai nella stanza di Valeria e le raccontai quello che avevo detto a sua madre.

«E chi è questo Marcello?»

«È il figlio di Andrea e Chanel, due dei nuovi del villaggio. Un gran bel fico, se lo vedi. E non credo che sia fidanzato. È in amministrazione ed è l'uomo di fiducia dell'amministratore. Te lo presenterò domani a pranzo, ok?»

«Mamma mia, se viene a sapere che ho scassinato la cassaforte dell'amministratore chissà che succede!»

«Te l'ha aperta lui, la cassaforte, Valeria. È dei nostri».

L'amica scoppiò a ridere, una risata cristallina, sicuramente di nervosismo, ma molto affascinante.

«Se fai questa risata a lui, sicuramente fai un colpo bestiale, ti fa estremamente sexy!»

«Se è fico come dici, domani troverò l'occasione di ridere anche con lui!»

«È andato tutto liscio, Valeria. Abbiamo trovato i documenti che cercavamo e sono tutti scottanti. Adesso abbiamo la possibilità di far tornare la tenuta al Conte!»

«Magari… Le cose andavano meglio per tutti allora! Ma il Conte, ora che è morta sua moglie, non pensa più alla caccia e – da quello che mi dicono i miei genitori che l'hanno visto in città – è magrissimo e ha un'aria depressa da fare schifo!»

«Non è più così, Valeria. Adesso lui la tenuta la vorrebbe riacquisire. Pensa sempre a sua moglie, ma i ricordi con il tempo diventano più evanescenti, fanno meno male».

La scoperta del Conte

Tra le carte che i ragazzi del villaggio mi avevano fatto avere (ah, che ragazzi! Come avevo potuto abbandonare delle creature così eccezionali! Silvestra me lo diceva sempre nei peggiori momenti della sua malattia, non ti dimenticare dei ragazzi del villaggio, li abbiamo fatti crescere noi, abbiamo loro dato prospettive e obiettivi diversi da quelli della società in cui viviamo, senza di noi potrebbero perdersi) ce n'era una veramente raccapricciante. Era una lettera del barone Granati all'amministratore della tenuta, cioè al consulente di mia moglie, che Dio se lo porti! Comunicava di essere venuto in possesso di una nuova arma chimica capace di una distruzione di massa senza precedenti, oppure… Oppure, in modo mirato, avrebbe anche potuto eliminare una o più persone secondo le esigenze. Gli ricordava poi come il conte Goffredo, cioè io, fosse eccezionalmente legato a sua moglie, una donna che non apparteneva all'aristocrazia e le cui origini sembravano essere quanto mai plebee. Nel caso in cui avesse perso quella donna, sicuramente il conte insieme a lei avrebbe perduto ogni interesse per i suoi passatempi, anche per la caccia e, molto probabilmente, si sarebbe finalmente deciso a cedere la sua tenuta alla nipote del signor Sindaco, la signora Benigna Esperanza che aveva mostrato grande preparazione economica e sicuro attaccamento al sistema. Concludeva dicendo che conosceva la sua devozione per quella donna ed era al corrente dei suoi tentativi per convincere il conte alla cessione della tenuta alla signora Esperanza e che lui adesso avrebbe potuto facilmente dare una forte spinta alla maturazione di quei tempi.

Una seconda lettera, sempre indirizzata all'amministratore, esponeva più dettagliatamente un diabolico piano per la diffusione di un'epidemia nel villaggio che avrebbe probabilmente decimato la sua popolazione e in modo più mirato avrebbe colpito anche la plebea Silvestra e le sue infette idee che già si erano pericolosamente diffuse nel villaggio e forse anche altrove. A questa erano allegate altre due missive, la prima dell'amministratore al barone proprio in risposta della sua, con la quale veniva sdegnosamente respinta l'ipotesi dell'epidemia al villaggio e la seconda, del barone all'amministratore, con la quale veniva difeso il principio dell'epidemia perché certamente avrebbe reso più plausibile la malattia di Silvestra e, comunque, in quest'ottica, sarebbe stato opportuno che il contagio venisse esteso almeno a una o due persone del villaggio.

Una terza missiva del barone all'amministratore confermava l'azione concordata di una somministrazione del virus nell'acqua che la popolana Libera, moglie del boscaiolo Felice, utilizzava per la preparazione del the alle erbe che usava offrire a Silvestra. L'operazione, per la cui attuazione veniva ricordato che l'importo da versare in suo favore era di euro ottocentomila, sarebbe stata messa in atto in modo mirato in modo da non coinvolgere altra gente e non appena ricevuto il compenso convenuto.

Seguivano altri promemoria che l'amministratore aveva scritto alla strega sull'intera vicenda e le annotazioni di quest'ultima per il benestare all'operazione.

Altra documentazione non meno importante riguardava i dieci bonifici eseguiti dalla signora Esperanza in favore del barone per complessivi euro ottocentomila e l'impegno a trasferire la somma all'estero sul conto che il barone avrebbe comunicato all'amministratore in data successiva all'inizio dell'attività dell'azienda.

Seguivano poi le puntuali relazioni effettuate dall'amministratore alla signora Esperanza sullo stato della malattia delle due donne e sugli inutili pareri medici. Fino alla morte delle due signore.

Altre relazioni, indirizzate alla signora Esperanza, riferivano infine sullo stato delle trattative con il conte per la cessione della tenuta. All'ultima di queste era allegata una lettera della signora Esperanza all'amministratore con la quale veniva lodato il suo impegno profuso per la cessione del castello e del resto della tenuta, anche se – veniva specificato – ciò aveva significato un maggiore esborso di euro un milione per il pagamento della mediazione del Granati che comunque avrebbero risparmiato nel prezzo d'acquisto che alla fine era risultato veramente modesto in virtù del disincanto del conte per la proprietà e del suo desiderio di sbarazzarsene al più presto. Una sola cosa era ancora avvolta nel mistero: la richiesta del barone di aver pagato per contanti gli ultimi duecentomila euro, somma per la quale dunque non c'era alcuna documentazione. Dal tenore appariva evidente l'insinuazione che quei soldi fossero finiti nelle tasche dello stesso amministratore.

Avevo letto tutta la documentazione con molta attenzione e sulla scrivania avevo anche tutte le registrazioni contabili dell'azienda in fase costitutiva e in fase di avvio lavori. Le elaborazioni che mi aveva fornito Valentino, e che rappresentavano uno spaccato del malcostume dell'imprenditoria e dell'amministrazione cittadina, erano però per me una fonte di perplessità. Tra i nominativi che figuravano tra coloro che avevano effettuato esportazione di capitali all'estero per mezzo dell'azienda dell'Esperanza vi erano due magistrati, un ufficiale della Guardia di Finanza e due ufficiali dei Carabinieri. Altri nomi di spicco comprendevano illustri personaggi della politica – e non solo locale – e dell'esercito. A prima vista sembrava che non fosse presente nessuno della Polizia, ma vi erano molti nomi femminili e, sicuramente, corrispondevano a quelli delle mogli di chissà chi.

Si rendeva necessario, prima di fare qualunque esposto in Procura, capire chi era effettivamente coinvolto in quella penosa vicenda. Oppure...

Oppure mettere in atto il piano B.

E di questo avrei dovuto parlare prima con Valentino e, successivamente, con i suoi genitori.

Valentino e il piano concordato con il conte

Io mi aspettavo un invito del conte. Il materiale che gli avevo fornito era davvero devastante e sapevo che ne sarebbe rimasto sconvolto, che avrebbe reagito. Avendo però esaminato attentamente la lista delle persone coinvolte ero portato a escludere che potesse essere depositato un esposto alla Procura della Repubblica, perché sicuramente non avrebbe potuto seguire un iter normale: anche nell'ipotesi che il Procuratore fosse persona integerrima, troppe funzioni intorno a lui erano comunque coinvolte e avrebbero tentato disperatamente di inquinare e depistare.

E così quella sera, quando sentii bussare alla mia finestra, già sapevo che si trattava di Alberto.

«Il signor conte ti vuole incontrare, Valentino. È già al lago che ti aspetta, al solito posto».

«Ciao Alberto. Ci vado subito».

Feci una volata e in cinque minuti ero già davanti al conte Goffredo.

«Buona sera, signor conte. Aspettavo la sua visita».

«Ciao Valentino, non ne dubitavo».

«Dalla sua espressione comprendo che la lettura dei documenti ha rappresentato il rinnovarsi del suo dolore. La prego però di non farsi sopraffare dalla rabbia e dalla voglia di vendetta, perché potremmo uscirne soccombenti».

Il conte sorrise con un'espressione amara che insieme mostrava tutti i suoi sentimenti, la rabbia, la sofferenza, la disperazione e la voglia di rivincita.

«Ero arrivato alla stessa conclusione, Valentino. Presentare un esposto al Procuratore non è, purtroppo, sufficientemente rassicurante e potrebbe portare a esiti alquanto inquietanti. È comunque necessario, prima, sapere veramente chi è coinvolto direttamente o indirettamente negli affari illeciti dell'azienda della signora Esperanza. Poi potremo pensare a una soluzione alternativa».

«Sono perfettamente d'accordo con lei, signor conte. Lei mi ordini quello che devo fare e lo farò».

«Vedi, Valentino, il signor Procuratore è un mio buon amico ed è persona al di sopra di ogni sospetto. A momento opportuno affronterò con lui tutta la questione, in modo informale, per condividere con lui le nostre azioni e restare sempre dalla parte della legalità. Prima, però, devo fare una mappa precisa di tutta la popolazione coinvolta in questa vicenda e la prima domanda è: questa lista che mi hai fornito è completa, esaustiva e, soprattutto, affidabile?»

«Sì, signor conte. Se vuole, le faccio avere il percorso completo di ricerca e la macro di estrazione che, le confesso, è stata realizzata da Mario, il figlio di Nino e Pina, che ho coinvolto nella ricerca perché è un asso con i computer».

«Parlami chiaro, Valentino. Chi altri è coinvolto in questo accertamento?»

«Gretel, naturalmente, Mario, Valeria - la figlia di Elio e Vera - e Marcello - figlio di Andrea e Chanel - due dei nuovi arrivati, altro esperto di informatica e assistente personale dell'amministratore. I documenti li ha prelevati Valeria dalla cassaforte dell'appartamento dell'amministratore, perché lei è addetta alle pulizie dei locali del castello non adibiti alla produzione. La cassaforte gliel'ha aperta a distanza Marcello operando sul proprio computer. I segnali li ha dati Gretel. Mi creda, possiamo fidarci di tutti tranne che di Hänsel, in questo momento, perché è coinvolto in una storia proprio con la strega».

«Hänsel? Quel caro ragazzo si è lasciato coinvolgere in una storia dalla signora Esperanza? Oh dio! Ne sono veramente dispiaciuto!»

«Signor conte, noi contiamo di recuperarlo fornendogli le prove della scelleratezza della strega. Sono sicuro che non potrà ignorare ciò che gli diremo. Questo, però, sarà possibile farlo solo in una fase successiva, altrimenti correremmo il rischio di inficiare tutte le nostre azioni».

«Il piano è questo, Valentino. Io mi occuperò delle liste e cercherò di fare una mappa precisa di tutte le funzioni coinvolte. Tu e i tuoi amici dovreste fare molta attenzione che nulla venga cancellato dal sistema informatico dell'azienda. Se Mario e Marcello sono così bravi con i computer, per loro sarà un gioco da ragazzi fare ricomparire le notizie eventualmente cancellate o modificate. Dì loro di fare un back-up della situazione attuale – vi fornirò io stesso il materiale di cui doveste servirvi – e, in caso di variazioni successive, giorno per giorno fare delle nuove fotografie della situazione che possano evidenziare le modifiche apportate. Sarà inoltre necessario che coinvolgiate tutti gli altri ragazzi, a cominciare da Paolo e Lucio che sono della vecchia guardia e poi tutti i nuovi ragazzi. Con i genitori, compresi i tuoi, parlerò io, concordandolo di volta in volta con te. Quando saremo pronti, faremo esplodere un putiferio».

«Non ne vedo l'ora, signor conte! Lei non può sapere come tutti noi rimpiangiamo i tempi in cui la tenuta era la sua riserva di caccia!»

«Fra una settimana manderò da te Alberto per fornirti gli aggiornamenti della mia ricerca e tu gli darai quelli sui progressi ottenuti con l'attività svolta da voi».

Il coinvolgimento di Paolo

Di würstel non ne avevo mai mangiati perché la nostra alimentazione al villaggio del conte era solamente vegetale. Di carne animale mangiavamo i pesci che pescavamo al lago e, una o due volte la settimana, la selvaggina che ci dava il conte. Ma adesso che so come vengono prodotti non ne mangerei mai.

Parlo, naturalmente, di quelli prodotti nella fabbrica della strega. Altrove non ne so un cazzo. Sono però troppo sconcertato dalla nostra produzione per assaggiare gli altri e l'odore di quella specie di amalgama che è alla base del composto di quelle strane salsicce ormai mi si è incollato sotto il naso, all'interno dei polmoni, nella gola e nel palato.

Quando incominciammo il nostro lavoro in quella strana catena di montaggio venne un ingegnere che parlava nordico a spiegarci come funzionava e per i primi due mesi di lavorazione ci attenemmo rigorosamente alle istruzioni. Poi le cose cambiarono. Solo il sapore rimase lo stesso o, forse, migliorò, da quello che mi dicono gli amanti di queste salsicce. Ma gli ingredienti per la produzione sono adesso altri.

Cominciamo dall'inizio.

L'ingegnere che venne a fare la presentazione delle apparecchiature montate in fabbrica ci spiegò prima quali fossero gli ingredienti per la preparazione di un buon würstel: muscolatura suina, preferibilmente i prosciutti, rigorosamente ripulita da nervi e cartilagini, lardo di maiale per un contenuto mai superiore al 25-30%, cipolle rosse dolci e aromi vari (sale, pepe, origano, salvia, zucchero, noce moscata e glutammato), con la presenza di qualche addensante e conservante. Alla carne suina, spiegò, può essere aggiunta qualche piccola parte di carne bovina e pollo.

Poi ci illustrò le tecniche di preparazione e lavorazione con le macchine industriali. La macinatura col cutter delle carni per ottenere una sorta di impasto morbido tipo farcia da condire con gli odori prescelti e da fare raffreddare e riposare per un paio di giorni prima di unirvi il grasso tagliato a parte; l'insaccatura, la stufatura, la cottura, la pelatura, il confezionamento sottovuoto, la pastorizzazione e l'incartonamento per la spedizione.

Io ero stato scelto per il lavoro iniziale, quello della preparazione della farcia. Dovevo controllare l'immissione nel cutter della materia prima, il suo regolare sminuzzamento e la consistenza dell'impasto.

Per i primi due mesi la procedura, seguita personalmente anche dall'ingegnere lombardo, fu pedissequamente quella da lui stesso illustrata. Poi l'ingegnere andò via, certificando il regolare flusso di lavorazione. E le cose cambiarono.

Un giorno fui chiamato dall'amministratore.

«Paolo, venga nell'ufficio della signora Esperanza, per favore».

«Subito, signor amministratore».

Fui annunciato da Hänsel, che lavorava alla segreteria della strega.

«Siediti, Paolo. Quello che ti diremo è strettamente confidenziale e non deve essere messo a conoscenza di nessun altro. Intanto, come ti trovi in questa azienda?»

«Molto bene. Io vedo solo la parte iniziale dei lavori ma vi assicuro che la lavorazione dei nostri würstel è da manuale, precisamente come spiegato dall'ingegnere».

«Ecco. È proprio di questo che dobbiamo parlare. Vedi, Paolo, la commercializzazione del prodotto non va come pensavamo. Dopo un incoraggiante inizio, le vendite hanno registrato una flessione continua e preoccupante. Abbiamo dato incarico a un consulente esterno di eseguire una comparazione con i prodotti di altre aziende, per comprendere i motivi del flop industriale, e i risultati sono stati a dir poco sorprendenti. A quanto pare, siamo gli unici a usare materie prime di pregio. E questo a discapito del gusto che non incontra quello desiderato dai palati dei consumatori. È per questo che abbiamo deciso di allinearci alla produzione corrente».

«Dobbiamo cambiare la tipologia delle spezie utilizzate per l'impasto?»

«No. Dobbiamo cambiare proprio la materia prima. La carne suina non dà il giusto sapore ai nostri würstel. D'ora in poi li produrremo con altri ingredienti. Ci siamo già messi d'accordo con alcuni commercianti cittadini e forniremo loro le carni derivanti dalla macellazione suina. Nel cutter da oggi arriverà solo carne residua recuperata con mezzi meccanici da orecchie, ossa e altri scarti con alta percentuale di cotenna. Saranno impastati con grasso congelato in pani riveniente da sfridi di gole e pancetta e rifilature del grasso dei prosciutti che gli stessi commercianti ci faranno pervenire nella quantità desiderata. In questo modo, il disavanzo aziendale dovrebbe essere coperto in breve tempo recuperando entrate dalla vendita diretta delle carni, nettamente superiori alle uscite derivanti dai pagamenti ai commercianti dei residui fin qui utilizzati solo per la produzione di alimenti per animali. Tu vedrai entrare nel cutter solo panetti surgelati e la cotenna che Gaspare pensa di inviare ai conciatori. Naturalmente nessuno dovrà sapere nulla per evitare che il mercato sia influenzato da notizie distorte. Fanno tutti così, Paolo».

«Come volete. Io non vedrò nulla. Ma il sapore delle salsicce non cambierà?»

«Certo che sì. In meglio. Il consulente ci ha dato tutte le dritte necessarie per la giusta percentuale di sapori e odori che dovranno allineare il nostro prodotto a quello offerto sul mercato nazionale ed estero. Questo che ti consegno è l'elenco delle percentuali dei vari prodotti da immettere nell'impasto. D'ora in avanti dovrai attenerti a questo».

Leggendo l'elenco capii che i nostri würstel, da quel momento, avrebbero solo avuto un lontano ricordo del maiale. Il suo sapore era assicurato dal gusto della cotenna e dei residui dei prosciutti, ma il grosso della materia prima di produzione era costituito da cartilagini, grassi, polvere di ossa e un po' di carne bovina e di polli.

Non ho più saputo se il trend delle vendite aziendali sia poi effettivamente stato quello auspicato finchè Valentino non mi disse di volermi incontrare al lago, dove prima andavamo a pescare. E quello che mi disse fu per me un'ulteriore doccia fredda. L'azienda andava molto male. Si teneva in piedi grazie a provvigioni di traffici illeciti e, anche la sua apertura, l'acquisizione della tenuta del conte, era stata effettuata con sistemi mafiosi e con accordi gangsteristici.

«Ma sei sicuro di quello che mi stai raccontando, Valentino?»

«Sì. Ti ho portato delle prove concrete. Guarda queste copie di documenti rinvenuti negli archivi dell'azienda...»

Esaminai le carte con molta attenzione e rimasi disgustato da quella lettura.

«Che cazzo dovremmo fare?»

«Il conte vuole riacquisire la tenuta».

«Magari! Si stava bene quando c'era lui!»

«Per ora dobbiamo solo attendere. Quello che il conte mi ha chiesto è di informare tutti i ragazzi che lavorano in fabbrica. Lui stesso parlerà con i nostri genitori. Poi ci fornirà nuove istruzioni».

«Fin ad ora a chi l'hai detto tutto questo?»

«Oltre a te, a Gretel, Mario, Valeria e Marcello. Ti debbo anche avvertire di non parlare assolutamente con Hänsel, per ora. È diventato l'amante della strega e il suo confidente. Non lo riteniamo affidabile. A momento opportuno sarà il conte stesso a informarlo».

«Come cazzo avete fatto a procurarvi queste carte?»

«È una storia lunga. Per ora limitati a sapere che esistono e che sono in troppe le persone altolocate coinvolte nei traffici illeciti dell'azienda per potere pensare di renderle pubbliche senza fare del male a noi stessi».

«Anch'io devo dirti una cosa, Valentino. Da mesi, ormai, la produzione del würstel è contraffatta, adulterata... Gli ingredienti che entrano nella produzione sono un insieme di schifezze che pervengono in azienda sotto forma di panetti surgelati senza alcun controllo alimentare. L'impasto che vedo ogni giorno in produzione non so se è nocivo, ma sicuramente non ha un cazzo di quello che risulta scritto nelle etichette del prodotto finale. Il mio compito è ormai limitato alla correzione del suo colore e del suo sapore, aggiungendo alla farcia coloranti e odori di ogni tipo. Purtroppo il foglio di lavoro che mi hanno fornito l'amministratore e la strega non porta alcuna indicazione della sua origine e, se io divulgassi in qualche modo la notizia, potrebbero sempre dire che l'adulterazione è stata fatta da me a danno dell'azienda».

«Fammi avere una copia, o meglio ancora l'originale di quel foglio. Devi sapere che non esiste una stampante uguale a un'altra. C'è qualcuno fra noi che è in grado di risalire dalla stampa alla stampante che l'ha prodotta».

«Te lo consegnerò domani a pranzo. Il tempo di farmene una copia io… Ma vedrai che la stampante utilizzata è quella di Hänsel»

«Controllare non nuoce certo. Bene. Ora anche tu sei a conoscenza di tutto».

«Devo informare qualcun altro?»

«No. Ci penserò io stesso. Posseggo più informazioni di quante ne abbia tu e potrò essere più convincente».

«Per il resto come te la passi?»

«Sto con Gretel, finalmente. Tu sai quanto le sono stato dietro e quanto ho sofferto insieme a lei per la morte della madre e per il nuovo matrimonio del padre…»

«Me l'immagino. Ti vedevamo sbavare dietro a lei da quando eri un pulcino! Anch'io mi sono fidanzato. Con Faustina, la figlia di Gianni e Annalisa, che abitano nel nuovo quartiere del villaggio. Lei fa le pulizie del castello. I suoi genitori sono addetti lui alla macellazione dei polli e lei alla pulizia dei locali di produzione».

«Li conosco. È una brava ragazza, me ne parla spesso Valeria».

«Ha due occhi verdi che mi fanno girare la testa, credimi!»

«Ho notato. Hai scelto bene. Adesso però andiamo via. Ricordati che ovunque stiamo, tranne in questo posto, siamo sempre sorvegliati! Ciao Paolo. Vado via prima io che sono in ritardo con Gretel».

Rimasi ancora qualche minuto da solo davanti al lago che rifletteva la luce della luna, guardando la sua acqua scura. I ricordi del passato mi passarono davanti agli occhi velocissimi.

Valentino mette al corrente Lucio

Quando Valentino mi chiese di incontrarlo al lago dopo l'orario di lavoro, capii che sicuramente doveva dirmi qualcosa di molto importante e non certamente del suo fidanzamento con Gretel che già tutti sapevamo.

Lavoravo alla seconda fase di produzione dei würstel di maiale, alla concia con gli aromi di quella sozza farcia prodotta nel cutter, dove lavorava Paolo. Mio padre e mia madre si occupavano rispettivamente del raffreddamento dell'amalgama e del suo trasporto al raffinatore. La catena successiva era curata da Rosetta, Felice, Diego, Maria, Nino e Pina. Rosetta è la moglie di Gaspare, già uomo di fiducia del conte Goffredo e ora addetto alla concia. Lei si occupa dell'insaccatura della farcia nel budello e al controllo della regolare porzionatura. Felice è addetto al carico delle filze dei würstel sui carrelli e al loro trasporto nelle stufe di asciugamento, affumicatura e cottura. Diego, padre di Paolo, è addetto al controllo delle operazioni di docciatura e di raffreddamento in cella frigorifera. Maria, madre di Paolo, ha il compito di controllare la pelatura dei würstel e di eliminare quelli difettosi. Nino, il padre di Mario, il mio migliore amico, adesso addetto all'amministrazione con non so quali compiti, deve curare il confezionamento delle salsicce sottovuoto e le operazioni di pastorizzazione, mentre sua moglie Pina si occupa delle operazioni di incartonamento e trasporto in frigorifero in attesa della spedizione.

Andai al lago facendo attenzione a percorrere strade non ispezionate dalle numerose telecamere posizionate dalla strega in tutto il circondario del villaggio e trovai Valentino seduto sulla sua pietra piatta ad aspettarmi.

«Ciao, Valentino. Se vuoi dirmi che dovremmo rivolgerci ai NAS per una verifica della qualità del prodotto aziendale, ti confermo che non ne assaggerei mai un solo pezzo, ma ti dico anche che non sono disponibile a farmi promotore di una denuncia per restare disoccupato!»

«Non è proprio di questo che volevo parlarti, Lucio».

Ci guardammo negli occhi nella penombra del cielo stellato e illuminato solo dal chiarore della luna. Il suo sguardo era molto cambiato dai tempi delle nostre pescate. Sicuramente eravamo tutti maturati parecchio in virtù delle vicissitudini vissute nel villaggio, dalla morte della signora contessa e della madre di Hänsel e Gretel alla cessione della tenuta alla strega e al nostro lavoro in fabbrica. Vedere il disfacimento del lavoro dei nostri genitori sia nel bosco sia nel villaggio rappresentava un altro fardello pesante da portare sulle spalle, circostanza che ci aveva fatto invecchiare tutti quanti.

«Non è solo l'amicizia che ci lega a impormi di parlare con te. Il conte Goffredo mi ha comandato di farlo, per mettere te e tutti gli altri ragazzi impiegati in azienda nelle varie mansioni a conoscenza di certe circostanze gravi che avranno sicuramente ripercussioni sul nostro futuro. Il conte si occuperà di parlare con tutti i nostri genitori. Finora abbiamo saputo di queste notizie solo Gretel, io, Paolo, Mario, Valeria e Marcello. Ti dico subito che la fabbrica va molto male e rischia di chiudere i battenti, ma il conte è interessato a riacquisirla».

«Meno male. Sarebbe veramente un brutto colpo perdere tutti insieme il nostro posto di lavoro. Non riusciremmo mai a trovarne un altro in quanti siamo. L'avevo capito che l'azienda tanto bene non doveva andare. Ho notato che la farcia per i würstel è diventata veramente uno schifo fautolente, malgrado l'impegno profuso da Paolo nel correggere colore sapore e gusto con additivi di ogni tipo! Ma chi cazzo deve comprare un prodotto di questo tipo? Appena apri la confezione ne esce prepotente solo l'odore dei conservanti chimici. Io metto gli aromi, ma non posso neppure abbondare per nascondere l'odore originale perché devo attenermi a un protocollo preciso che mi ha imposto l'amministratore. Mi hanno convocato nell'ufficio della strega e mi hanno detto che da quel momento dovevo attenermi a un preciso protocollo per allineare la qualità del nostro prodotto a quella del prodotto tedesco, che è considerato il migliore del mondo. Ho capito che le cose non andavano bene dal punto di vista commerciale. Non ho chiesto niente e ho subito assicurato che avrei eseguito gli ordini pedissequamente. Non mi posso permettere rischi di alcun genere io, Valentino».

«Hai fatto bene. Devi sapere però che l'azienda, ancorchè non venda bene il proprio prodotto, riesce a guadagnare tanti soldi con altri intrallazzi in cui sono coinvolti i più noti esponenti della politica, dell'amministrazione e dell'imprenditoria della nostra provincia e non solo. Il problema però nasce dal fatto che questi intrallazzi stanno per venire alla luce e l'azienda non avrà a quel punto neppure il tempo di barcollare prima di cadere a terra. Ti racconto tutto dall'inizio. Il conte ha scoperto che la strega si è avvalsa dell'opera dell'amministratore per convincerlo a cedere la propria tenuta».

«Ma il conte non l'avrebbe mai ceduta se non fosse morta sua moglie, la signora contessa!»

«Appunto», mi disse Valentino e mi guardò fisso negli occhi. Capii improvvisamente dove voleva arrivare.

«Cazzo! La morte della signora contessa non è casuale?»

«No. Lei e Libera, la madre di Hänsel e Gretel, sono morte per un'intossicazione chimica provocata volutamente immettendo un virus biologico nell'acqua da the che Libera usava per la preparazione del suo infuso da offrire alla signora contessa. L'esecutore materiale e ideatore del terribile delitto è il barone Granati. Leggi questi documenti che erano tenuti nascosti negli archivi della strega».

Mi porse delle carte che lessi con attenzione diventando sempre più paonazzo per la rabbia e il dolore.

«Cazzo, cazzo, cazzo!»

«Sì, ma non è tutto. Il conte ha anche scoperto che l'azienda, in verità, si occupa di tutt'altro che della lavorazione dei würstel. Fa esportazione di ingenti somme di capitale all'estero. Somme che rappresentano oltre il sessanta per cento del fatturato aziendale. Sono implicate alte personalità e se lo scandalo venisse alla luce provocherebbe conseguenze inenarrabili. Ecco ciò a cui dovremo prepararci. Il conte è deciso ad andare fino in fondo e chiede a noi il nostro appoggio. Lui è pronto a rilevare la tenuta dalla strega. Attenzione, ho detto tenuta, non fabbrica. Non so con quali azioni vorrà persuaderla, ma saranno certamente offerte che non possono rifiutarsi. Intanto ha voluto che io ne parlassi con tutti voi. Lui ne parlerà ai nostri genitori. Poi ci farà avere nuove istruzioni».

«Cazzo. Ho paura. Se finiamo tutti sul lastrico il conte come farà a tutelarci tutti? Vero è che è straricco, ma non può garantirci a tutti la sussistenza per sempre…»

«Non ti preoccupare. È tutto sotto controllo. L'importante è non fare errori. E innanzitutto non dire nulla a nessuno e tantomeno a Hänsel. È diventato l'amante spia della strega nera!».

«E Gretel?»

«Gretel avrà il compito di ricondurlo alla ragione, ma al momento opportuno. Per ora, finchè il conte non ci da il via, è prematuro. Solo che tutti dobbiamo essere al corrente di quello che accade, questa è la volontà del conte. Come ha sempre fatto quando era lui il proprietario della tenuta».

Mi raccontò ancora qualcosa del lavoro svolto per gli accertamenti, poi si accomiatò.

«Ascolta, Valentino. Un'ultima cosa. Mi hai detto che anche Mario è al corrente di tutto. Perché non mi ha detto nulla? È il mio migliore amico…»

«È un ragazzo d'oro. Il conte gli aveva detto che non ne doveva assolutamente parlare con nessuno e che solo io avrei dovuto dirlo a tutti, perché avevo più elementi per rispondere alle varie domande che avrebbero potuto sottoporre gli altri».

«Sì, ma l'amicizia gli avrebbe imposto…»

«Non in questo caso, Lucio. Era troppo pericoloso. Il conte ha voluto che fosse uno solo, cioè io, a parlare con tutti».

Lo salutai, ma non ero molto convinto che l'atteggiamento tenuto da Mario fosse stato quello giusto e gliel'avrei detto, alla prima occasione utile.

Le esperienze di Cinzia

Da quando avevamo lasciato la città la mia vita era completamente cambiata. Prima mio padre lavorava al macello comunale e mia madre presso una rivendita di carni cittadina. Io avevo molto tempo libero, tutto il tempo che volevo. Uscivo con gli amici, leggevo, chattavo in internet. Poi la strega propose a mio padre un lavoro attinente alla sua professione, da svolgere presso la tenuta del conte Goffredo che lei voleva acquistare. Mio padre si fece i conti con mia madre senza dire nulla a me e accettò. Il suo salario sarebbe stato incrementato del dieci per cento e anche quello di mia madre. In più avrei potuto lavorare anch'io. Erano tanti soldi in più e accettò. E io cambiai improvvisamente vita.

«È un'esperienza di lavoro, Cinzia. Male non ti farà. Invece di andare ciondolando con i tuoi amici per le vie della città senza far nulla dalla mattina alla sera, potrai contribuire a migliorare la vita di tutti noi guadagnando un po' di soldi. E potrai capirne il valore, prima di sperperarlo in libri e cinema...»

Effettivamente non sperperai più nulla, neppure un soldo. Non ne avevo semplicemente più l'opportunità. Adesso abitavamo in una casetta di un villaggio poco distante dal castello in cui era stata realizzata la fabbrica di würstel e intorno non c'era nulla. Avevo solo la domenica libera ma non sapevo neppure come raggiungere la città per stare con i miei amici di sempre almeno un giorno la settimana. Così, la domenica la passavo a leggere. Chiedevo sempre libri in prestito agli altri ragazzi del villaggio, ma solo in pochi amavano la lettura. Gretel era una di questi e con lei avevo stretto amicizia, ma era fidanzata con un bel ragazzo che lavora negli uffici amministrativi della fabbrica e le restava ben poco tempo da trascorrere insieme a me.

Aspiravo ad altro nella mia vita. Avevo studiato conseguendo il diploma di maturità classica con ottimo profitto, speravo di continuare gli studi frequentando la facoltà universitaria di lettere ma sapevo bene che la situazione finanziaria dei miei genitori non avrebbe consentito il mio mantenimento agli studi se non con enormi sacrifici che, comunque, non avrebbero neppure preso in considerazione non essendo culturalmente in grado di capirne il motivo. Già mi era costato molta fatica persuaderli a iscrivermi al liceo classico anziché in un istituto tecnico che, come sostenevano loro, mi avrebbe facilitato l'ingresso nel mondo del lavoro.

Avevo iniziato a scrivere su una rivista di critica cinematografica e avevo anche convinto il nostro parroco a organizzare serate a tema per le proiezioni del cinema parrocchiale che programmavo e presentavo con crescente successo.

Adesso mi occupavo della pulizia delle stanze del castello. Quando la strega e l'amministratore mi chiamarono a colloquio e seppero che avevo conseguito un diploma classico mi dissero che senza una specializzazione specifica non potevano darmi alcun incarico al di fuori di quello, almeno temporaneamente. In prosieguo le cose avrebbero potuto assumere risvolti diversi. Poi seppi che Totò e Beppe erano stati adibiti a lavori amministrativi, pur non avendo alcun titolo specifico. Anzi erano sempre stati di un'ignoranza da fare schifo, sbruffoni e arroganti, prepotenti e strafottenti. Solo che, sicuramente, i loro genitori avevano saputo contrattare bene il loro ingaggio. Come i miei, provenivano da un'attività di macellazione della carne e preparazione di prodotti gastronomici, ma avevano una propria bottega che era considerata una delle migliori della città. Totò e Beppe non vi erano mai entrati, se non per andare a chiedere soldi ai genitori per i loro divertimenti.

Se i miei amici avessero saputo del mio nuovo mestiere probabilmente non mi avrebbero più trattato. Avevo buttato via in un attimo tanti anni di studio, tutti i miei sogni, le interessantissime conversazioni sull'arte, le frequentazioni di persone colte e illuminate…

Tutto per fare la sguattera al servizio di gente che certamente non avrebbe contribuito a far crescere culturalmente la società!

Mi sentivo disperata e sgomenta. La depressione andava aumentando di giorno in giorno, montava coma la panna nel recipiente girando la frusta, cresceva oltre i limiti del mio controllo gettandomi ogni giorno in uno stato di prostrazione sempre maggiore. Finchè non incontrai Mario.

Abitava al villaggio da prima di me. Non che avesse grande cultura, ma almeno non faceva errori grammaticali quando parlava! E sapeva ascoltare gli altri, mostrando sempre interesse per quello che dicevano. Assorbiva notizie da tutti e le confrontava facendo ricerche in internet. Al computer, pur essendo autodidatta, era quasi insuperabile, sapeva destreggiarsi con velocità e sicurezza realizzando anche piccoli programmini che lo aiutavano, rendendo più veloci i suoi studi in rete. Sembrava quasi una spugna che risucchiava le conoscenze degli altri accumulandole in sé. Figlio di ex boscaioli ora adibiti alla produzione dei würstel di maiale, era intelligente, carino e sensibile. E mi piaceva.

Quando Valentino mi diede appuntamento al lago per parlarmi rimasi perplessa e non sapevo se accettare o meno l'invito. Poi si sedette al tavolo della mensa anche Mario che mi disse che si trattava di una questione assai importante e che proprio io non potevo astenermi dal giro di tam tam che stavano portando avanti con tutti i ragazzi del villaggio. Non riuscivo a capire, ma l'intervento di Mario mi aveva convinto.

Ci incontrammo al lago di sera come due ladri. Fui costretta a sgattaiolare fuori dalla finestra per non fare sapere ai miei genitori che uscivo di casa a quell'ora e a seguire un percorso tortuoso per evitare di essere ripresa dalle numerose telecamere piazzate intorno al villaggio, come un soldato che cerca di evitare i campi minati.

Quando mi raccontò quello che avevano scoperto sia sul conto della strega e dell'amministratore sia sulle attività illecite dell'azienda non ne fui molto stupita. Non so perché, ma avevo sempre pensato che c'era del losco dietro tutta quella attività. Tra l'altro non ero mai riuscita a capire come avesse potuto quell'anonima figura della nipote del sindaco, senza un proprio patrimonio, acquistare quell'enorme tenuta con castello e realizzare un impianto di produzione estremamente costoso.

«Non mi scandalizzo più di tanto, Valentino. È gente incolta e della peggiore specie sociale, capace di tutto pur di raggiungere un obiettivo prefissato. Solo che non riesco a capire che cosa potremmo mai fare noi per modificare la situazione attuale. Da quello che mi hai detto c'è coinvolta tanta di quella gente da fare impallidire anche un magistrato. E poi noi siamo solo dei ragazzini…»

«Aspetta. Non siamo solo dei ragazzini. Come t'ho detto il conte Goffredo ha interesse a far crollare questa impalcatura di cartone proprio in memoria di sua moglie che è rimasta schiacciata dall'ascesa di questa ciurmaglia senza scrupoli ed è anche disposto a rilevare nuovamente la tenuta. È con lui proprio che ho concordato tempi e modalità per dare informazione a tutti i ragazzi che lavorano in azienda di quanto accaduto e sta accadendo, mentre lui stesso, al termine del mio giro di comunicazioni, provvederà a informare i nostri genitori. Di più non so. Non so neppure come intenda informarli, se li convocherà una famiglia per volta o tutti insieme, né quali siano le azioni successive che intende intraprendere. Mi informerà a tempo debito e per allora dovremo tenerci pronti. Questo è tutto».

«Io sto con voi. Mi sembra quasi di rivivere il senso morale di una splendida raccolta di poesie di Elsa Morante intitolato *Il mondo salvato dai ragazzini*».

«Non lo conosco. C'era una rivolta di ragazzi?»

«Non proprio, nessuna rivolta, ma la morale che se ne traeva era proprio quella di una ribellione giovanile come rimedio ai guasti provocati dai grandi…»

«Lo leggerò. Nel frattempo ti informerò delle novità che matureranno via via che andiamo avanti. Ci vediamo sempre in mensa».

Ci salutammo e tornammo separatamente verso il villaggio.

Le preoccupazioni di Sergio e Tano

Io e Tano siamo gemelli monozigotici e, non so spiegarmi il motivo, riusciamo a sentire dentro lo stato d'animo dell'altro. Se Tano soffre, sento anch'io una profonda sofferenza. Se Tano è malato, anch'io mi ammalo. Se Tano è felice e allegro, lo sono anch'io. Abbiamo gli stessi gusti e ci piacciono le stesse cose. Tranne le donne, per fortuna. A me piace tantissimo Faustina che è addetta alle pulizie del castello, a Tano piace Gabriella, collega di lavoro di Faustina e sorella di Aldo e Pietro che lavorano come noi in amministrazione.

Da qualche giorno Tano si sentiva depresso e le sue sensazioni, il suo malessere, le sue preoccupazioni erano diventate mie.

«Perché sto male, Tano?», gli chiedevo la sera, quando eravamo tutt'e due in stanza.

«Non lo so, Sergio. Con Gabriella va tutto bene, almeno credo. Io ancora non le ho detto nulla, ma sento che lei ricambia i sentimenti di simpatia che nutro nei suoi riguardi. E lo stesso mi pare che vada tra te e Faustina. Ci vengono a cercare loro e in mensa siamo sempre insieme. Non so... Questo lavoro del cazzo che facciamo... E anche loro, le ragazze intendo, mica sono due imbecilli, hanno studiato come noi fino al liceo... A fare le cameriere di questi quattro idioti...»

«Non è per sempre, Tano. Non abbiamo speso una lira dei soldi che guadagniamo e sono tutti messi da parte. Fortunatamente papà e mamma guadagnano discretamente e non hanno bisogno del nostro contributo per la gestione familiare. Mamma è bravissima a risparmiare e sono certo che anche loro hanno saputo mettere da parte qualche soldo. Prima o poi ce ne andremo da questo posto e troveremo un lavoro più serio, vedrai».

«Non è per questo posto, che in fondo non mi dispiace. Qualche domenica fa, quando eravamo al lago a pescare con Paolo, Lucio e Mario, ho parlato molto con loro. Ricordando come vivevano quando la tenuta era del conte Goffredo, i loro occhi si sono inumiditi di commozione. Quando mi hanno detto come erano organizzati e come si divertivano lavorando, ho capito che inseguivano un sogno autarchico. Solo il capofamiglia lavorava come boscaiolo per il conte. E veniva adeguatamente pagato per il lavoro svolto, meglio di quanto non lo siano adesso che lavorano per la strega. Tutti gli altri membri della famiglia si occupavano della gestione domestica, l'orto, la legna per il camino, la pesca, le pulizie... Lo facevano giocando, divertendosi. E, mi diceva Paolo, avevano moltissimo tempo libero per leggere e coltivare i propri hobby, per riunirsi a parlare e a confrontare le proprie idee con gli altri. No, non è per il posto, credimi. Mi piacerebbe fare la vita che facevano loro. È per la vita attuale. Non riesco a vedere una via d'uscita.

Tu dici non è per sempre. Io sono convinto che se la strega sapesse che abbiamo soldi da parte ci diminuirebbe i salari facendoci un lungo discorso sull'economia e sul concetto di utilità marginale. Ho sentito dire da qualcuno dei ragazzi che le cose non vanno bene, le vendite del prodotto subiscono un continuo calo, i tecnici non sono riusciti a dare ai würstel il gusto richiesto dal mercato e stanno impazzendo dietro a questo problema. So che hanno chiamato dei consulenti, hanno comprato tutti i würstel prodotti dalla concorrenza sia in Italia che all'estero e hanno fatto delle campionature su quelli che vendono bene, ma non riescono a riprodurre lo stesso sapore. Ora danno la responsabilità agli aromi aggiunti all'amalgama, ora all'acqua. Ho sentito l'amministratore che parlava con un consulente e gli diceva che l'acqua era il componente essenziale della farcia e che, sicuramente, era determinante curare maggiormente il suo sapore. Quello gli ha risposto che la questione era stata già discussa e che la signora Esperanza aveva escluso categoricamente di spendere altri soldi in intrugli sciropposi da aggiungere alla pasta per correggere ulteriormente il sapore del composto. A nulla erano valsi i ragionamenti del consulente sull'uso dello sciroppo di mais per dare un retrogusto dolciastro gradito dai consumatori. La strega aveva risposto: create lo stesso gusto con i prodotti che abbiamo dentro la fabbrica. Credo che la strega si darà da fare per raggiungere buoni risultati di bilancio aziendali con qualunque mezzo, lecito o illecito».

«E tutto questo perché influisce sul tuo umore? Se ci riesce ben per lei, se no la fabbrica dovrà chiudere e torneremo a lavorare in città…»

«Ci pensi questo cosa significherebbe per i nostri nuovi amici che vivono in campagna e in piena libertà da quando erano piccoli?»

«Impareranno ad andare al cinema e a teatro, come facevamo noi…»

«In mezzo al traffico e allo smog, a gente che corre senza meta, a saracinesche che si aprono e si chiudono a orari precisi, alla necessità di portare a passeggio i cani invece di aprire la porta di casa e farli uscire autonomamente, uscire dalle mura domestiche che ti opprimono tutto il giorno per andarti a rinchiudere tra le mura di altri locali, cinema o pub che siano».

«Ho capito quello che vuoi dire. Ma che cosa possiamo fare noi?»

«Niente. È proprio questo che mi deprime. Sapere che ci sono cose da aggiustare e non essere in grado di farlo!»

Poi un giorno a mensa Valentino venne a sedersi con noi quando ancora Faustina e Gabriella non erano arrivate.

«Possiamo incontrarci al lago questa sera, dopo il lavoro? Vorrei parlarvi».

«Certo», risposi io. «Non c'è problema».

«Cercate di evitare le telecamere venendo. Ci spiano troppo».

«Ma non abbiamo nulla da nascondere».

«Io sì. È di questo che voglio parlarvi. Per ora non dite niente a nessuno di questo incontro, ok?»

«Va bene», rispose Tano.

Quando lasciò il posto a Gabriella che era appena arrivata, Tano mi chiese «perché vuole incontrarsi proprio con noi e non, per esempio, con Marcello, Corrado o Mario?»

«Cos'è successo?», domandò Gabriella stringendosi verso Tano per far posto all'amica Faustina che nel frattempo si stava sedendo accanto a me.

«No, niente. Valentino ci vuole parlare ma fa il misterioso. Domani ne saprai di più, ma tieni per te la cosa».

«Nessun problema».

Quella sera uscimmo dalla finestra della nostra stanza senza fare alcun rumore, per non far capire nulla a papà e mamma, e andammo all'appuntamento girando lontano dalle telecamere.

«Ciao, Valentino. Siamo qua».

Capii immediatamente, quando Valentino finì di parlare, il motivo del nostro stato di disagio e ci guardammo negli occhi con Tano per un tempo indefinito.

«E ora, che facciamo? Siamo nelle mani di gente senza scrupoli, di gangster della peggiore specie con le spalle ben protette, come al tempo del proibizionismo americano. Noi siamo solo dei ragazzini, che cosa possiamo fare contro squali con i denti così aguzzi?»

«Teoricamente nulla», disse Valentino. «Ma si dà il caso che anche il conte Goffredo è a conoscenza di tutta questa brutta faccenda e che lui sta peggio di noi! È sua moglie che hanno ammazzato! E la madre di Hänsel e Gretel. Sarà lui a dirci cosa dovremo fare, dopo avere informato tutti i nostri genitori e aver parlato con il Procuratore della Repubblica».

«E se anche il Procuratore fosse coinvolto?»

«È un suo amico e lui mi ha detto che è al di sopra di ogni sospetto».

«Ma anche il Procuratore non potrà più fidarsi dei suoi uomini per le indagini, tu stesso hai detto che probabilmente sono coinvolti anche alti gradi in uniforme…»

«È vero, ma presto sapremo di preciso i nomi di tutti quelli fin qui coinvolti e, sicuramente, non ci si rivolgerà né a questi né ai loro amici per svolgere le indagini del caso».

«In buona sostanza, in un modo o nell'altro noi siamo fottuti. L'azienda cesserà di esistere, probabilmente verrà chiusa dalle autorità, noi perderemo il nostro lavoro…»

«Non vi preoccupate di questo. Il conte mi ha anche detto che lui è interessato a rilevare di nuovo la tenuta e mi ha assicurato che in un modo o nell'altro manterrà gli attuali stati occupazionali, per quelli che vogliono continuare a lavorare con lui. Naturalmente la fabbrica cesserà di produrre salamini e verrà ritrasformata in una dimora per il conte, come era prima. Chi vorrà lavorare con lui dovrà cambiare mestiere. Avrà bisogno di personale, molto personale, per la gestione sia del castello sia del bosco. Rinasceranno gli orti vicino alle nostre case del villaggio. Voi non li avete mai visti, ma erano veramente uno spettacolo solo a guardarli, sembrava di stare in paradiso. Avremo la possibilità di tornare al lago a pescare per completare la nostra alimentazione con carne di pesce e, sicuramente, il conte, come faceva già in passato, ci procurerà anche carne di selvaggina. I salari torneranno a essere quelli maggiorati che ci faceva avere il conte, le nostre madri non avranno più necessità di lavorare se non per coltivare gli orti e noi ragazzi pure. Potremo ricominciare a vivere in libertà e a occuparci anche dei nostri hobby, la lettura, internet, la musica, la televisione...»

«E chi l'ha più guardata la Tv? La sera siamo così stanchi che l'unico nostro pensiero è quello di andare a dormire!»

«Ecco. Vedete. Sicuramente riconquisteremo la nostra vita!»

«Prima, però, bisognerà arrivarci e, in questo momento, tutto mi sembra così buio», disse Tano.

«Non ti scoraggiare, Tano. Mi sembri molto demoralizzato ma, credimi, quando il conte ci illustrerà il suo programma, se lo conosco bene, sarà per raggiungere l'obiettivo in un fiat».

«Chi hai informato, oltre noi?»

«Per ora a saperlo sono Paolo, Lucio, Mario, Valeria, Cinzia e Marcello. Non sa nulla Hänsel e non deve sapere niente. Ha una storia con la strega e le riferisce ogni cosa! I prossimi a essere informati saranno Gabriella e Faustina che ho capito che hanno con voi un feeling particolare e che quindi sarebbero comunque informate da voi stessi del fatto. Preferirei essere io a fornire loro tutti gli elementi conoscitivi, come d'altronde desidera il conte. E, a questo punto, vi pregherei di dire loro se, per cortesia, domani sera stessa possono venire qui al lago usando le vostre stesse precauzioni. Dovranno venire necessariamente anche Aldo e Piero, fratelli di Faustina ai quali lo dirò io stesso domattina. Io non so se Claudio dorme nella stessa stanza di Gabriella...»

«Sì», disse subito Tano. «Si addormenta presto, però. È ancora piccolo».

«Allora, per favore, date appuntamento per le dieci e mezzo di domani sera a Gabriella e Faustina e io fisserò per lo stesso orario l'incontro con Aldo e Piero».

Faustina con Aldo, Piero e Gabriella

Fu la prima cosa che domandai a Sergio in mensa il giorno dopo che lui e Tano si erano incontrati con Valentino.

«E allora? Cosa vi doveva dire di così misterioso Valentino? Se vi doveva comunicare il suo fidanzamento con

Gretel, mi pare che fosse del tutto fuori luogo l'aria del mistero. Lo sanno tutti!»

«Vuole incontrare te e Faustina questa sera alle dieci e mezzo al lago per dirvelo lui stesso. Rimarrete senza fiato, come siamo rimasti io e Tano. E saranno presenti anche i tuoi fratelli Aldo e Piero che lui stesso avrebbe provveduto a informare questa mattina in ufficio. Scusami, Faustina, tu hai capito che ti sono molto affezionato, ma non ti posso anticipare nulla, me l'ha fatto giurare!»

«Quindi si deve trattare di una cosa molto importante, se c'è tutto questo mistero...»

«Sì, è così. Non vi lasciate sfuggire nulla. Uscite di casa dalla finestra, come abbiamo fatto noi e state attente a evitare le telecamere della strega. È una cosa assai delicata e se la strega o l'amministratore o i loro galoppini lo venissero a sapere succederebbe un finimondo! Vi dico solo che potremmo anche perdere tutti il nostro posto di lavoro! Non fate capire nulla ai vostri genitori, perché per ora è una faccenda che deve restare tra noi giovani. E soprattutto non fate capire assolutamente nulla a Hänsel, perché è coinvolto in una storia con la strega!»

«E questo lo avevamo capito pure! Infatti ce ne tenevamo alla larga. Sappiamo anche che è diventato una spia! Non è così?»

«Sì, è proprio così. Noi non lo conoscevamo prima di arrivare al villaggio, ma ci hanno detto tutti che era un gran bravo ragazzo prima di frequentare la strega...»

«Ma come ha potuto mettersi con quella mignottona!? È pure carino, avrebbe potuto trovare di meglio certamente».

«Non ti porre questi quesiti. Sarà compito di Gretel ricondurlo alla ragione, ci ha detto Valentino. Di lui ci si può fidare. Lo capirai tu stessa questa sera».

«Ma io come devo comportarmi con i miei fratelli? Supponete che Valentino, per un qualsiasi motivo non abbia potuto parlare con loro in ufficio. Se non sanno ancora nulla, che cosa devo dire io?»

«Non ti preoccupare, se Valentino ha detto che li informerà, lo farà certamente. Vedrai che questa sera anche Aldo e Piero saranno già informati dell'appuntamento».

E così fu.

Quando tornai a casa, cenai con la mia famiglia e poi io e i miei fratelli ci ritirammo nella nostra camera. Sapevano tutto.

«Faustina, Valentino ci ha detto che dobbiamo fare molta attenzione per andare all'appuntamento al lago. Come siete rimaste tu e Gabriella?»

«Ci vediamo qua fuori. Verrà alle dieci e venti davanti alla nostra finestra. Mi sembra quasi di vivere uno strano complotto, non riesco a capire il senso di tutta questa messa in scena, questo mistero... Avrebbe potuto anche prenderci in disparte in fabbrica e parlarci, non vi sembra?»

«Non è sembrato per nulla spaventato, quando parlava. Piuttosto guardingo, questo sì. Fra poco ne conosceremo il motivo».

Due brevi ticchettii al vetro della finestra preannunciarono l'arrivo di Gabriella. Furtivamente uscimmo scavalcando il davanzale uno per uno.

«Conviene andare a due a due. Io e Gabriella andiamo prima, poi ci seguite voi», dissi rivolta ad Aldo.

«Va bene», rispose. «Non capisco il senso di questa marcia misteriosa, ma mi adeguo. A questo punto fate attenzione alle telecamere del retro villaggio. Fate finta di dirigervi verso la prima casa, quella di Valentino. Poi tagliate da dietro la vegetazione fino ad arrivare al canneto e, da quel punto, potete andare sicure fino agli scogli piatti».

«Ci vediamo lì».

Arrivammo al punto dell'appuntamento ma Valentino non si vedeva.

«Forse deve ancora arrivare. Aspettiamo. Nel frattempo arriveranno anche Aldo e Piero».

Poi, improvvisamente, da dietro una macchia del canneto, sbucò fuori Valentino.

«Ciao, ragazze. Scusate se vi ho fatto spaventare, ma è meglio essere prudenti. Dove sono Aldo e Piero?»

«Stanno arrivando», rispose Gabriella, «abbiamo preferito venire qui separatamente. Ci hai messo in apprensione con tutto questo mistero...»

«Avete fatto bene. Aspettiamo che arrivino anche loro e poi vi riferisco…».

Non ebbe il tempo di finire la frase che sbucarono da dietro le canne anche i miei fratelli.

«Ora ci siamo tutti. Cercherò di essere il meno prolisso possibile. Nessuno di voi ha vissuto la vita del villaggio ai tempi in cui il bosco e il castello rappresentavano la tenuta di caccia del conte Goffredo, ma tutti lo conoscete bene e sapete che è un uomo di grandi principi etici e di estrema correttezza morale. Come ben sapete, se non fosse stato per l'improvvisa malattia della moglie Silvestra poi conclusasi con la sua morte, mai avrebbe pensato di vendere questa tenuta. Rappresentava la sua vita, la sua libertà, i suoi sogni… La malattia della signora contessa arrivò improvvisa e colpì anche la signora Libera, la madre di Hänsel e Gretel. Contemporaneamente contrassero quello strano virus e contemporaneamente, nello stesso giorno, si spensero. Nessun medico fu mai in grado di eseguire una diagnosi certa della malattia né di indicare una cura. In molti siamo sempre stati più che perplessi delle strane coincidenze che si andavano palesando. Da un po' di tempo, infatti, l'amministratore - che il conte aveva assunto per aiutare la moglie nel complesso governo della tenuta - cercava di convincerlo a venderla alla signora Esperanza, ancor prima che la signora contessa contraesse la sua malattia, quando ancora l'amministratore non era neppure stato assunto dal conte. Cercò di persuaderlo con ogni mezzo alla vendita. Senza risultati. Poi, improvvisamente esplose quel virus mortale che colpì solo la signora Silvestra e la signora Libera. E guarda caso, quasi ogni settimana, la signora contessa andava a trovare Libera nella sua casetta del villaggio e si tratteneva lì per qualche ora a chiacchierare con lei».

«Fin qui niente di strano. Sono solo coincidenze e, forse, la stessa frequentazione delle due donne favorì al contrario il contagio del virus che, magari, una sola aveva contratto…», disse Piero.

«Vero, l'avevamo pensato anche noi. Ma allora perché non anche Felice e Hänsel e Gretel?»

«Virus…»

«Beh, adesso abbiamo la risposta certa, però. In amministrazione abbiamo trovato...»

«Abbiamo chi?», chiese Aldo.

«Io, Mario e Marcello. Dicevo, abbiamo trovato della documentazione comprovante un ignobile e vile complotto ai danni del conte, ardito dalla strega in combutta con l'amministratore e con il barone Granati. In poche parole, il barone ha provocato la contrazione del virus infettando l'acqua usata per il the che la signora Libera utilizzava quando la signora contessa andava a farle visita. Per questa sua abietta azione ha ottenuto dalla strega un pagamento di ben ottocentomila euro. Altri duecento sono finiti nelle tasche dello stesso amministratore che si è limitato a fare da mediatore. Questa è la corrispondenza che abbiamo trovato su questo episodio» e porse la documentazione ad Aldo che sembrava il più incredulo del gruppo.

Tutti e quattro leggemmo attentamente i fogli che Valentino ci aveva passato e vidi il volto di Gabriella e dei due miei fratelli divenire paonazzi.

«Ma chi ci dice che questa documentazione è autentica?»

«Abbiamo in mano proprio gli originali con le firme della strega, dell'amministratore e del barone. Non ci possono essere dubbi».

«Il signor conte ne è al corrente?», domandai timidamente, quasi volessi sentirmi dire di no.

«Sì, ne è al corrente. Purtroppo, però, non è stato per lui possibile finora rivolgersi alle autorità competenti per denunciare tutti. E ora vi spiego il perché. Per quanto questa operazione sia la più turpe, non è l'unica azione illecita condotta dalla strega. I soldi pagati per l'omicidio della signora contessa e della signora Libera sono, infatti, rientrati in azienda per poi essere messi al sicuro in conti all'estero. C'è stata un'intensa attività di trasferimento illegale all'estero di capitali che ha visto coinvolti non solo il barone, la strega e l'amministratore, ma anche molti imprenditori di spicco della nostra città e molti professionisti. Nella maggior parte dei casi i nominativi che abbiamo trovato sono quelli delle mogli di questi uomini, tranne qualche raro caso, come quello del signor sindaco. Temendo che dietro quei nomi si possa celare gente che sarebbe coinvolta dal magistrato nelle indagini, preliminarmente il signor conte sta svolgendo degli accertamenti per fare una mappatura precisa di tutti. Mi ha dato contemporaneamente incarico di informare tutti i più giovani di ciò che è accaduto e che potrà accadere. I nostri genitori verrano messi al corrente di tutto da lui stesso, appena io gli avrò fatto sapere di avere terminato il mio giro informativo. A quel punto, mi farà anche sapere che cosa intende fare. Già mi ha comunque detto di tranquillizzare tutti che lui è intenzionato a riacquisire la tenuta e manterrà inalterati i posti di lavoro, anche se l'azienda di produzione di würstel è comunque intenzionato a smantellarla».

«Quindi per noi nulla dovrebbe cambiare?»

«È proprio così. Il conte ha infatti promesso che l'impatto della sua azione contro l'azienda non avrà nessuna refluenza su di noi. Insomma, il trauma non si ripercuoterà sulle nostre vite».

«Che tempi sono previsti e che sicurezza abbiamo che la strega non intervenga anticipatamente per fare sparire le vostre prove passando al contrattacco? E che non venga a sapere che noi eravamo stati preventivamente informati e nulla le abbiamo detto?»

«Intanto sto informando solo gente che sicuramente non è molto felice del trattamento riservatoci dalla strega. Non intendo informare né Totò e Beppe, di cui non mi fido, né Hänsel che è diventato l'amante della strega e il suo più fidato informatore. All'ultimo momento sarà Gretel a informarlo, quando comunque qualsiasi sua eventuale azione contro di noi sia divenuta ininfluente… Comunque, proprio di Hänsel non ho paura. Quello che Gretel gli comunicherà sarà per lui fortemente traumatico. Stiamo parlando dell'omicidio di sua madre ad opera della strega, amici. Quando ne verrà a conoscenza, se lo conosco bene, non potrà più che nutrire odio per quella maledetta baldracca!»

«Chi manca ancora all'appello?», domandai io.

«Solo Corrado, Emilia e Rino. Rino lo conosco molto poco e, peraltro, è sempre impegnato nei turni di guardia. Ragion per cui io sarei dell'avviso di non fargli sapere nulla fino alla fine. Corrado e Emilia li informerò nei prossimi due giorni».

«Rino è un gran bravo ragazzo», disse Piero. «Io lo conosco da moltissimi anni, eravamo compagni di scuola. Non ti fare ingannare dal suo aspetto. Dietro quella corazza che è il suo corpo cresciuto a dismisura si nasconde una persona timida e dall'animo assai sensibile. Se vuoi, gli posso parlare io stesso, so anche dove e quando farlo».

«Va bene. Però, non prima che io abbia concluso con Corrado ed Emilia il mio giro informativo e non abbia poi avuto istruzioni dal conte su come lui intende procedere e con quali tempi. Potrai essere tu a informarlo, ma solo dopo tutto questo, ok?»

«Va bene. Teniamoci in contatto e, soprattutto, tienici informati di tutto. D'ora in poi basta il passaparola».

Ci salutammo e tornammo alle nostre case separatamente come eravamo andati al lago.

Quando il giorno dopo ci incontrammo a mensa con Sergio e Tano mi sentivo molto imbarazzata e, altrettanto, lo era Gabriella. Ma era chiaro per tutti che dovevamo evitare di parlare di quell'argomento. Parlare d'altro, far finta di niente e, magari, sorridere, risultò però quasi impossibile.

Il coinvolgimento di Emilia

Con Gabriella e Faustina siamo molto amiche. Coetanee, ci eravamo ritrovate catapultate in quella nuova realtà, la fabbrica di würstel, con analoghe mansioni, quali addette alla pulizia degli uffici amministrativi del castello.

Mio padre, Nicola, in città, faceva l'aiutante di Massimo, il padre di Gabriella, nella sua macelleria, una piccola bottega periferica che lui si sforzava di non fare fallire continuando a chiedere soldi in prestito a banche e a società finanziarie per ottenere quanto necessario per l'acquisto dei pezzi di carne da rivendere. I ricavati delle vendite, però, coprivano a stento le spese, dovendo ripagare anche gli ingenti interessi richiesti dagli enti finanziatori e quelli relativi al leasing sulle attrezzature necessarie per la conduzione dell'attività.

Anche Gianni, il padre di Faustina, aveva un'analoga attività e anche lui faceva i salti mortali per guadagnare quel poco che gli serviva per mantenere la famiglia, più numerosa della mia e di quella di Gabriella, con i due figli maschi, Aldo e Piero, che di lavorare non ne volevano sapere assolutamente nulla. Per fortuna sua, non aveva avuto bisogno di assumere nessun aiutante perché la moglie, Annalisa, si era dimostrata veramente brava non solo ad aiutarlo nel servire la clientela e a sostituirlo quando doveva andare in banca o all'ufficio postale, ma anche a preparare con grande maestria i piatti di gastronomia che rappresentavano la voce più gratificante del magro bilancio giornaliero.

Alessandra, la madre di Gabriella, invece non aveva potuto aiutare il marito perché, dopo molti anni dalla nascita della figlia femmina, era rimasta di nuovo incinta e aveva dovuto occuparsi della crescita e dell'educazione di Claudio. Fu un doppio handicap perché il padre aveva dovuto assumere mio padre per aiutarlo nel lavoro e lei, non sapendo nulla di tagli di carne, fu assunta nel castello per svolgere il lavoro peggiore, quello ritenuto al più basso livello della scala gerarchica, cioè la pulizia dei locali di produzione dei würstel. Lavoro faticoso e sporco e, per giunta, mal pagato.

Mia madre, Veronica, era sempre stata casalinga, ma sapeva cucinare molto bene. Ecco perché fu scelta dalla strega per la produzione di zamponi e cotechini. Rimase un mistero la scelta dell'amministratore di adibire anche la bravissima madre di Faustina, Annalisa, allo stesso lavoro di Alessandra.

Noi tre figlie, Gabriella, Faustina e io, facevamo pure un lavoro di pulizia, ma almeno in locali meno sporchi e puzzolenti di quelli di produzione.

Siamo state sempre insieme, durante il lavoro e anche dopo, finchè i due gemelli non hanno cominciato a far loro una corte sfrenata. Da quel momento i nostri incontri si sono diradati. Preferivano stare con loro e, anche se Gabry e Fausta mi invitavano sempre a sedermi con loro a mensa, io preferivo lasciarli soli, mi sembrava di ledere la loro privacy, se di vita privata in mensa si può parlare. Era proprio quello il luogo dove le spie della strega attingevano le loro informazioni da dare in pasto alla padrona!

Così, in mensa, avevo cominciato a frequentare Corrado e, presto, mi accorsi che era proprio il tipo di persona che io avevo sempre cercato e mai trovato.

Anche lui, come Aldo e Piero, lavorava in amministrazione ma era molto critico nei confronti non solo del tipo di lavoro che gli avevano assegnato, input di dati di fatturazioni e altra roba del genere, ma anche dei suoi superiori e dell'organizzazione imposta.

Mi aveva confidato che aveva inserito in contabilità cifre da capogiro relative a bonifici effettuati in favore di persone che non avevano nulla a che fare con l'azienda e che quegli stessi soldi erano poi rientrati a pagamento di merce che non avevano mai ordinato e che non era stata loro mai spedita! Aveva anche cercato di vedere come erano stati posizionati in contabilità generale quegli importi, ma non era riuscito a farlo. Era molto preoccupato per tutte quelle operazioni eseguite da sconosciuti, diceva che si trattava sicuramente di falsi nei bilanci dell'azienda e che avrebbero potuto solo procurare guai seri. Inoltre, in amministrazione si diceva che la commercializzazione dei würstel prodotti andava molto male e che l'azienda riusciva ad avere qualche entrata solo dalla vendita di zamponi, cotechini e vaschette di interiora di polli e maiali. Nessuno sapeva nulla della commercializzazione delle cotenne. Sicuramente quelle operazioni di grosso importo che la strega sperava di mascherare nel giro d'affari non si sarebbero potute nascondere, perché rappresentavano la parte preponderante di entrate e uscite. Sarebbe bastato camuffarle diversamente in sede di input. Ma sicuramente nessuno ancora pensava ciò che sarebbe potuto accadere in fase di commercializzazione.

Anche il padre di Corrado, come mio padre, lavorava al reparto di preparazione delle vaschette di interiora di maiali, mentre la madre, Lucia, lavorava insieme a mia madre nel reparto di produzione di zamponi e cotechini. Corrado aveva provato a parlare delle sue preoccupazioni in famiglia, ma sia la madre che il padre la sera erano troppo stanchi per riflettere veramente su ciò che il figlio diceva e si limitavano a liquidare l'argomento con un sorriso compiaciuto per il guaio che avrebbero potuto passare la strega e i suoi sgherri per la superficialità mostrata, aggiungendo però che sicuramente l'amministratore avrebbe saputo come mettere a posto le cose e che, certamente, non avrebbero mai passato nessun guaio.

Corrado sapeva fare davvero tutto. Era bravo con i computer e con la matematica, ma sapeva scrivere versi poetici che mi facevano squagliare dentro i suoi dolcissimi occhi. Era alto, scuro di carnagione e di capelli, ma aveva due occhi verdi così intensi che i suoi riflessi dovevano risplendere anche al buio. Era posato e riflessivo, ma aveva anche una carica di rabbia dentro di sé che cercava sempre di reprimere ma prima o poi sarebbe esplosa furiosamente. E allora sì che sarebbero stati guai per chi gli stava davanti. Una domenica, mentre eravamo insieme a passeggiare vicino al lago l'ho visto piegare con la sola forza delle braccia un paletto di ferro come se fosse carta stagna.

Un giorno, finalmente me l'aveva detto.

«Ti voglio bene, Emilia. Penso di venire a parlare con i tuoi genitori per dir loro che è una cosa seria, che non voglio giocare con te ma voglio mettere su famiglia».

«Anch'io ti voglio bene, Corrado. Sarei felicissima se tu lo facessi. Di parlare con i miei, intendo. E vorrei anche che ce ne andassimo da questo posto. Ovunque. A cercare un lavoro più gratificante per te, almeno. Io potrei fare la commessa in qualche negozio, ma tu potresti benissimo sfruttare meglio il tuo titolo di studio, sei un esperto informatico e sai quante aziende sono alla ricerca di personale qualificato in quel settore? Poi tu ne capisci anche di contabilità, sai scrivere bene, hai una bella presenza e dei modi molto signorili…»

«Sì, hai ragione. Ci ho pensato anch'io. Però vorrei mettere da parte ancora un po' di soldi prima di fare questo passo. Pensavo di aprire un negozio di elettronica in franchising, ma ancora non ho il capitale sufficiente per farlo».

«Ti posso aiutare io, Corrado. Come te ho messo da parte i soldi guadagnati e possono essere utilizzati per questo. È il futuro della nostra famiglia, la tua attività».

«Ti ringrazio, Emilia. Abbiamo aspettato finora, aspettiamo un altro poco. Anche perché sono convinto che qualcosa sta per succedere. Valentino, Marcello e Mario parlano fra loro in modo molto circospetto e penso che potrebbero avere trovato le stesse irregolarità che ho trovato io in contabilità. Forse stanno già facendo qualcosa. Devo parlare con Valentino che mi sembra la persona più posata di tutti e, poi, è fidanzato con Gretel che lavora alla segreteria della strega e, quindi, potrebbe anche aver saputo qualcosa di più».

Il giorno appresso a questa discussione fui avvicinata da Valeria mentre facevo le pulizie nel primo ufficio dell'amministrazione.

«Ascolta, Emilia. Valentino vorrebbe parlarti. Ti prega di andare questa sera al lago senza dare nell'occhio e senza dir nulla ai tuoi genitori, facendo soprattutto attenzione alle telecamere piazzate dappertutto per spiarci».

«Sai cosa vuole?»

«Sì, ma è opportuno che te ne parli lui stesso. Dopo il colloquio che avrà con te, ti chiederà di incontrare anche Corrado, domani sera, sempre nello stesso luogo e con le stesse precauzioni».

«Ci sarò. Glielo puoi riferire».

Mentre parlavo con lei riflettevo a quello che mi aveva detto Corrado e, non so perché, capii che c'era un nesso fra le due cose.

A mensa, naturalmente, ne parlai con Corrado e lui fece lo stesso ragionamento mio.

«Vai tranquilla. Anche perché so che Valentino è una persona molto seria e deve sicuramente dirti qualcosa di importante. Cercherò di capire nel frattempo. Vediamo se in ufficio riesco a parlare un momento con lui…»

Corrado va insieme a Emilia al lago

Emilia era la persona migliore che io potessi incontrare. Adorabile fanciulla, sempre allegra, nonostante il pesante lavoro che si era ritrovata a fare dopo aver conseguito un diploma di maestra elementare.

Non so come facesse a mantenere quello stato di allegria e di spensieratezza. Sicuramente sarebbe stata la migliore madre che avrei potuto scegliere per i miei figli.

Quel pomeriggio trovai il modo di parlare con Valentino e gli chiesi se poteva darmi un'anticipazione di quanto avrebbe dovuto dire a Emilia quella sera e a me il giorno appresso.

Sorrise.

«Fai una cosa. Vieni anche tu questa sera al lago, in quel posto che ti ho indicato per andare a pescare. Cerca però di non venire insieme a Emilia. Preferirei che veniste separatamente, per non dare nell'occhio, anche se di voi due si può pensare che vi state appartando per altri motivi!»

Sorrisi annuendo.

Non ebbi più occasione di parlare con Emilia e fu per lei una sorpresa trovarmi al lago all'appuntamento con Valentino.

«Sono contenta che tu sia venuto, però non vorrei che Valentino si risentisse per la tua presenza. Mi aveva fatto sapere che gli appuntamenti erano separati, per me oggi e per te domani…»

«È stato lui stesso a dirmi di venire questa sera, ieri pomeriggio. Non ho avuto più modo di vederti e non ho potuto avvertirti. Valentino mi ha fatto un sacco di paranoie sulle precauzioni da usare per venire qui, le telecamere, i controlli… e ho preferito non venire a casa tua a informarti».

«Non sono paranoie, Corrado», disse Valentino sbucando fuori dalla macchia di canne davanti al lago. «Ora che vi dirò tutto, capirete perché siamo preoccupati tutti di quello che abbiamo scoperto».

Valentino ci raccontò tutta la storia dell'intervento del barone Granati per favorire il passaggio di mano della tenuta del conte Goffredo da Gora, dell'uso del virus nell'acqua del the, dell'omicidio delle due donne, dell'incasso degli ottocentomila euro dall'azienda per le sue ignobili azioni, dei trasferimenti illeciti di capitali all'estero.

«Avevo già notato dei movimenti contabili allarmanti», dissi, «ma non ero riuscito ad approfondire la questione perché il sistema non mi ha permesso di andare oltre. Come hai fatto tu?»

«Non sono stato io a fare le ricerche. Io avevo notato, come te, i primi movimenti in uscita per il barone Granati e ho chiesto aiuto a Mario e Marcello che sono due esperti hacker...»

«E come cavolo hanno fatto a far fuori tutti i blocchi di sistema? Io credo di essere abbastanza pratico ma non ci sono riuscito».

«Perché tu hai operato dall'interno e con la tua utenza. Mario ha fatto tutto da un nodo remoto e ha utilizzato l'utenza di amministratore del sistema».

«Certo. Mi piacerebbe sapere come ha fatto materialmente, evidentemente ho ancora molto da imparare...»

«Parlerai con lui. Non mi sembra estremamente geloso delle sue conoscenze. Ha cercato di spiegarmi tutto, ma io non ci capisco niente. Credo che sarebbe felice di insegnartelo».

«E adesso?»

«Ora io comunicherò al conte che il mio lavoro è terminato e mi darà le ulteriori istruzioni. Restano fuori ancora Totò e Beppe, perché di loro non mi fido, Hänsel, a cui lo dirà Gretel e Rino a cui lo dirà Piero. Il conte, come vi ho detto dovrà parlare ai nostri genitori prima di chiedere un colloquio al Procuratore della Repubblica, suo amico da sempre. Quindi vi farò sapere non appena avrò notizie da lui».

La guardiola di Rino

È vero. Ho frequentato palestre per tutta la vita e ho una corporatura che potrebbe apparire sinistra a chi mi incrocia sulla sua strada. Però non sono come appaio. Ho studiato, ho conseguito il diploma di maturità classica e avrei voluto anche iscrivermi all'università, alla facoltà di lettere. Mi sento portato per l'insegnamento.

«Troppo costoso», mi ha detto mio padre. «Non è solo la spesa di iscrizione, che comunque è assai pesante. Tu sai quanto costano i libri di testo universitari? Scritti malissimo, mi dicono, ma costosissimi. E devi studiare per forza in quelli che ti dice il professore, se no rischi la bocciatura per qualche cazzata!»

Mio padre, Silvio, lavorava presso un grosso allevamento di polli situato alla periferia della città che non era proprio quello che può essere definito un allevamento moderno. Sì, la parte riservata all'ingrasso vedeva gli animali tenuti liberi in capannoni affollatissimi, in media con uno spazio disponibile di 20 centimetri quadrati per pollo. Poi, però, dopo un periodo relativamente breve, in media di quaranta giorni, i pennuti venivano catturati e infilati a testa in giù dentro una fila di imbuti dai quali fuoriusciva la sola testa che li conduceva in fila indiana verso la lama di decapitazione.

Ci voleva uno stomaco davvero resistente per occuparsi della loro morte. E questo me lo diceva mio padre stesso che da quando lavorava lì di polli non ne ha più voluto mangiare. Inoltre, mi diceva che se avesse potuto cambiare lavoro l'avrebbe fatto subito, ma che di allevamenti e macellazione di polli basta.

Naturalmente la strega l'ha assunto per occuparsi della macellazione di polli. Lui avrebbe voluto rifiutare l'offerta, ma la mamma aveva insistito, «non perdere anche questa occasione», gli aveva detto, «intanto perché è possibile che venga offerto un lavoro anche a me e avremmo due stipendi, poi sicuramente ti pagherà di più di quanto non ti paghi adesso il tuo datore di lavoro!». E alla fine lui accettò, concordando un salario poco maggiore di quello che gli offriva il suo precedente datore di lavoro e l'assunzione di mamma che sarebbe stata addetta alla pulizia dei locali di produzione.

Destino vuole che la mamma si occupi della pulizia proprio dei locali adibiti alla macellazione dei polli. Ora capisce anche lei perché papà voleva cambiare mestiere e non voleva più mangiare polli.

Io, invece, proprio per il fisico che mi ritrovo, sono stato assunto come guardiano della fabbrica.

Quando me l'hanno proposto ho pensato che avrei fatto di tutto per non spendere un soldo del salario guadagnato e risparmiare tutto per frequentare fra qualche anno l'università. Non sapevo allora che comunque non avrei potuto spendere una lira del mio guadagno. Stavo in guardiola ventiquattro ore su ventiquattro, con il permesso di dormire per sei ore dopo la chiusura serale della fabbrica interrotte da almeno tre giri di ispezione all'interno durante la notte. La strega diceva che il mio lavoro era il più leggero di tutti, dovendo di fatto stare seduto su una sedia all'interno della guardiola per tutto il tempo senza far nulla. Se volevo studiare, avrei avuto tutto il tempo di farlo! Avrei dovuto pagarla io per quella sistemazione che mi offriva tanto tempo libero! E invece lei mi pagava un salario elevatissimo, pari quasi a quello degli addetti alla produzione dei würstel. In un anno di lavoro avrei potuto mettere da parte un bel gruzzolo, mi disse.

Per fortuna che l'amministratore mi aveva consentito di ricevere visite in guardiola dopo l'orario di lavoro ordinario per la produzione, così di tanto in tanto venivano a trovarmi mamma e papà, ma anche qualche amico, come Piero.

Quella sera, appunto, Piero mi aveva preannunciato una sua visita, così citofonai in mensa per chiedere che, oltre al pranzo, mi mandassero un paio di birre ghiacciate per le sei del pomeriggio.

Quando Piero arrivò non aveva il solito sorriso sulla bocca e capii immediatamente che c'era qualcosa di diverso. Mi fece capire subito di non parlare e mi chiese di uscire all'aperto della guardiola perché lì dentro si soffocava dal caldo.

«Puoi uscire, vero? O il tuo lavoro lo devi svolgere per forza all'interno di questa pentola a pressione?»

«No, posso stare anche seduto fuori. Portiamoci le sedie».

Ci sedemmo all'aperto e vidi che Piero passava in rassegna con gli occhi tutta la guardiola, come se stesse cercando qualcosa. Poi si alzò di nuovo.

«Scusa, ma è meglio se ci spostiamo dietro la serra in cui lavori, qui c'è troppo sole».

Di sole non ce n'era quasi più, perché eravamo quasi al tramonto, ma ubbidii lo stesso perché avevo capito che doveva parlarmi di qualcosa d'importante e non voleva occhi e orecchi indiscreti e, purtroppo, su quella casetta a vetri utilizzata per la guardiania, c'erano puntate due telecamere e il sistema citofonico interno avrebbe potuto essere controllato a distanza, almeno credo, non me ne era mai fregato nulla e non avevo approfondito la questione.

Appena ci sedemmo, parlando sottovoce, mi raccontò tutta la storia del barone Granati, dell'omicidio della moglie del conte Goffredo e della madre di Hänsel e Gretel, dello scippo della tenuta con la complicità dell'amministratore, delle operazioni illegali effettuate dall'azienda in favore di tutti i maggiorenti della città e della regione, delle schifezze fatte eseguire in catena di produzione per risparmiare sulla realizzazione del prodotto finito, delle false registrazioni in bilancio, del cattivo andamento economico dell'azienda.

«Come… come hai fatto a sapere tutte queste cose?»

«Le abbiamo appurate in amministrazione, Rino. Valentino ha tutta la documentazione di supporto e abbiamo eseguito copia degli archivi informatici per evitare che le prove possano essere mistificate o, peggio ancora, distrutte. Nessuno deve ancora sapere nulla. Il conte stesso ci dirà come muoverci…»

«Muoverci in che senso? Mica vorrà che ci mettiamo a fare la rivoluzione!»

«Niente di tutto questo. In questi giorni lui e il Procuratore Generale che è suo amico concorderanno come muoversi, poi ci faranno sapere. Tutto nella legalità e con l'appoggio delle autorità competenti. Era comunque giusto che anche tu venissi informato, prima che quella benedetta rivoluzione esploda veramente, no?»

«Sei un vero amico, Piero».

«Attenzione. Non dire nulla a Totò e Beppe per ora. Valentino non si fida. E neppure a Hänsel perché è troppo vicino alla strega. Sarà Gretel a informarlo a tempo debito».

«Ho capito. Stai tranquillo. Però non penso che Totò e Beppe farebbero qualcosa per fermarvi. Sono due tipi strani quelli e se glielo dici magari potrebbero provare piacere nella programmata fine aziendale!»

«Non li conosco e non so effettivamente quali potrebbero essere le loro reazioni. Nessuno di noi li conosce bene e nessuno si è assunto l'onere di parlare con loro. C'è una voce che gira in mensa che li raffigura come spie della strega, ma probabilmente è solo messa in giro per invidia perché sono stati adibiti al lavoro amministrativo pur non avendone i titoli».

«Stai scherzando? Sembrano due teppistelli idioti e vuoti, solo muscoli e provocazioni, ma sono invece due menti matematiche eccezionali, preparatissimi in problemi statistici e organizzativi. Riescono a trasformare qualunque problema aziendale in equazioni numeriche il cui risultato rappresenta la soluzione del problema. Me li ricordo a scuola, quando il Preside aveva necessità di organizzare qualcosa se li chiamava sempre nella sua stanza e vi rimanevano fino a quando non avevano risolto il suo problema. In verità sono molto giocherelloni e, spesso, conoscendo il Preside, sapevano anche anticipatamente quale fosse la soluzione del problema che lui poteva apprezzare di più e preparavano le cose in modo tale che alla fine risultasse proprio qualla la soluzione ideale. Ma anche per far questo ci vuole una maestria incredibile: vuol dire affrontare il problema al contrario, conoscere la soluzione e costruire le equazioni che conducono ad essa!»

«Tu suggeriresti di parlare anche con loro? Non vorrei fare errori che alla fine costerebbero cari!»

«Senti, Piero. Se vuoi ci parlo io. Magari quando il conte ha finito il suo giro informativo e dà a Valentino le sue istruzioni».

«Ok. Ne parlerò con Valentino. Non credo che abbia niente in contrario neppure lui».

Il momento della verità

E fu così che infine si arrivò al momento in cui era necessario prendere delle decisioni. Toccava al conte proseguire il giro di consultazioni sia con le altre persone che lavoravano in azienda, i genitori dei ragazzi, sia all'esterno con le autorità competenti.

Il conte fu informato da Valentino su quanto fin a quel momento era stato fatto e sugli umori dei ragazzi dopo aver saputo come realmente la tenuta non era stata regolarmente acquistata, bensì era stata scippata. Seppe così che tutti erano in fremente attesa delle sue istruzioni e che, adesso, la palla era nuovamente passata a lui.

Gli errori di Felice

«Signor conte, appena ho saputo che mi voleva parlare sono venuto di corsa».

«Grazie, Felice. L'ultima volta che ci siamo incontrati ti ho maltrattato, ma devi capire che era un brutto momento per me. Non era trascorso molto tempo dalla morte della mia cara Silvestra e di tua moglie Libera. Io soffrivo ancora enormemente per la sua mancanza. Non mi fraintendere, non è che adesso la senta di meno, solo che il tempo che trascorre è come un fiume in piena e si trascina via tutto quello che travolge, le cose piacevoli e belle e quelle spiacevoli e brutte. Restano in te, ma i loro colori si sbiadiscono, come nei tatuaggi che un tempo individuavano il nostro casato. Possono riaffiorare improvvisi quei colori, riaccendersi con tutta la loro violenta luminosità quando gridano vendetta e giustizia. Per questo allora, quando vidi che ti eri fatta una nuova compagna mi parve un'offesa non solo alla memoria di Libera, ma anche a quella di Silvestra, che si proclamava sua amica. Oggi vedo le cose con toni più tenui e mi adeguo più facilmente alle nuove realtà. Non a tutte però e ancora il nome di Silvestra mi chiede giustizia».

«Signor conte, io a lei debbo molto, anzi tutto. Se deve chiedermi qualcosa sappia che non esiterò a farla, anche se questo mi dovesse costare caro!»

«Quello che sto per dirti coinvolge anche te e mi aspetto che il tuo sangue alla fine cominci a ribollire come il mio. Non mi aspetto reazioni di vendetta che possano solo farci del male. Mi aspetto razionali mosse che possano riportare giustizia!»

«Non capisco, signor conte».

«Le nostre due mogli, Silvestra e Libera, non sono morte per una malattia casualmente contratta, ma per un virus appositamente liberato da gente senza scrupoli che da quell'infame azione ne ha tratto profitto».

«Cosa? Ma perché loro due? Che profitto poteva trarne chi ha procurato la malattia e la morte di Libera e come ha potuto colpire proprio le persone che voleva colpire?»

«Chi l'ha fatto ha usato una potente arma chimica che poteva distruggere intere popolazioni ovvero miratamente una o più persone. Fu deciso di estendere la morte almeno a un'altra persona, oltre Silvestra che era quella da colpire, per dare meno nell'occhio e perché risultava più comodo per la somministrazione del virus».

«In che senso? E perché la signora contessa era la donna da colpire?»

«È giusto. Andiamoci per gradi. Da tempo mi veniva richiesta la vendita della tenuta alla signora Esperanza, nipote del sindaco, che voleva realizzarvi, come ha fatto, una sua azienda. In verità, quando mi venne richiesta la prima volta la vendita, ancora la signora Esperanza non sapeva neppure che tipo di azienda impiantare. Fu l'amministratore a suggerirle la fabbrica di würstel. Naturalmente io declinai qualsiasi offerta, non ero in alcun modo interessato al loro denaro e amavo troppo il mio bosco, i miei animali e il mio hobby venatorio. Sapendo che tipo fosse il barone Granati, l'amministratore, che curava non so quali operazioni contabili per lui, gli chiese aiuto per convincermi a vendere alla signora Esperanza. All'inizio il barone declinò l'invito, perché sapeva che non lo stimavo affatto e che, quindi, non avrebbe mai avuto argomenti di persuasione concreti. Poi, però, l'odio nei miei confronti andava montando sempre di più, ogni volta che al circolo gli altri amici si congratulavano con me per i risultati ottenuti nella gestione della tenuta, e si decise a fare la sua proposta. Silvestra era il mio punto debole. Persa lei, avrei sicuramente perso ogni interesse per la tenuta, anzi per la vita stessa. Così organizzò un piano che prevedeva la diffusione di un virus che avrebbe fatto uno sterminio di persone al villaggio, colpendo anche Silvestra che il villaggio spesso frequentava. Il disegno sembrò troppo infame persino all'amministratore e alla signora Esperanza e fu respinto. Allora il barone ne ripropose una nuova versione: avrebbe attivato il virus mortale attraverso l'acqua del the usata da Libera, quel the che tanto piaceva a Silvestra. Ecco perché Libera. E questo nuovo piano piacque ai committenti. Concordarono il pagamento di ottocentomila euro per portare a termine il loro scellerato disegno e tutto fu compiuto».

Rimasi senza parole con gli occhi sgranati davanti al conte.

«Quindi Libera e la signora contessa sono state uccise... Immagino che avete raccolto la documentazione per mandare in galera tutti... Ma dove può essersi procurato il virus il barone?»

«Ho documentazione da far tremare e crollare le fondamenta della fabbrica e far finire tutti in galera, da dove non devono più uscire per loro stessa convenienza perché fuori troverebbero il loro assassino! Non è tutto, Felice. Altre nefandezze ho trovato messe in piedi da quella cricca di delinquenti, anche se di minore spessore davanti ai nostri occhi indeboliti per quello che ci hanno fatto. I soldi pagati al barone, insieme ad altri di molta altra gente 'per bene' della città sono confluiti nella contabilità di quella maledetta azienda in forma di bonifici eseguiti a pagamento di merce mai acquistata e ne sono usciti con altri bonifici per essere piazzati su banche estere. Ho la lista completa delle persone coinvolte in queste operazioni illecite. Il primo della lista è proprio il barone Granati, con i suoi ottocentomila euro ricevuti a pagamento dei due omicidi. Poi c'è lo zietto della signora Esperanza, il sindaco della nostra bella città, che prima di essere eletto non aveva il becco di un quattrino e adesso ha trasferito in un suo conto estero quasi un milione di euro. C'è il tenente colonnello

Bonparente della Benemerita e il capitano Allotta delle Fiamme Gialle, personaggi ambigui sui quali già il magistrato in passato aveva puntato la sua attenzione non riuscendo però a trovare nulla. Molti nominativi, ancora, appartengono a casalinghe, mogli di imprenditori locali, di amministratori comunali, di politici regionali e nazionali... Ho fatto delle ricerche e ho la mappatura completa di quella parte della città corrotta che ha trovato nella signora Esperanza e nel suo amministratore il proprio tesoriere. E pensare che l'amministratore io l'avevo assunto alle mie dipendenze! Mi sono allevato una serpe in casa!»

«Signor conte, tutto quello che mi ha raccontato è terribile e non posso restare indifferente di fronte alle azioni compiute da tali criminali. Se lei ha un programma me lo dica e io mi ci adeguerò, ma se lei non lo ha lo possiamo studiare assieme se per lei va bene!»

«No, Felice. Io vi voglio bene tutti e non voglio che nessuno di voi si faccia male. La mia contromossa sarà repentina e non risparmierà nessuno degli accoliti dell'Esperanza. Se dovessi avere bisogno del vostro aiuto ve lo farò sapere, ma sarà solo un atto dimostrativo, quando ormai avrò informato l'autorità competente, che servirà a mostrare all'opinione pubblica che i lavoratori di quella sporca azienda si dissociano dall'illecito e lo denunciano. Ti dico subito che ho provveduto a informare tutti i ragazzini del villaggio di quanto accade in quell'azienda. Tutti tranne Hänsel che verrà informato a momento debito da sua sorella Gretel. Questo perché in questo momento potrebbe danneggiarci...»

«Ma che dite signor conte! Come potete pensare che Hänsel possa danneggiare lei o i suoi amici del villaggio!»

«Lo farebbe, Felice. Hänsel si è innamorato di Esperanza che lo ha ammaliato portandoselo a letto con il preciso intento di avere attraverso lui tutte le informazioni che le occorrono su voi tutti».

«Hänsel... Ma siete sicuro di ciò che mi dite?»

«Sì. Mi è riferito proprio da Gretel, cui ho dato il compito di fargli sapere come veramente è morta Libera per la fine di questa settimana».

I miei pensieri cominciarono a volare disordinati come una colomba che tenta di sfuggire all'assalto del falco e nel suo volo disorientato e senza regole scarta ora a destra ora a sinistra, ma sa che inesorabilmente finirà tra gli artigli del predatore.

Avevo dunque abbandonato Hänsel e Gretel al punto che il conte sapeva più di me della loro vita? Eravamo giunti in quella confusa destinazione nella quale anche i figli preferiscono confidarsi con estranei e non con il loro genitore...

«Come pensate dunque di muovervi, signor conte?»

«Per prima cosa devo informare tutti voi. Tu sei solo il primo di una lunga lista. Vorrei muovermi con cautela, ma anche con velocità. Tu stesso vedrai come, nei prossimi giorni. Fra tre giorni il Procuratore Generale, mio amico da sempre, sarà a cena a casa mia e in quell'occasione avrò modo di concordare con lui tutte le mie azioni. A fine settimana vi farò sapere».

Mi sentivo spaesato e svuotato dentro. Come un fantasma mi rimisi in macchina per tornare al villaggio, mentre i miei pensieri si accavallavano l'uno sull'altro, contorcendosi in forme geometriche irregolari e provocandomi profonde lacerazioni.

Assassini. Avevano distrutto la mia famiglia, il villaggio, la tenuta di caccia del conte, la nostra stessa vita per che cosa? Il conte mi aveva detto che i conti dell'azienda registravano un passivo talmente grande che non era assolutamente possibile solo pensare di far sparire dai libri le somme transitate per i loro illeciti affari, che rappresentavano oltre il sessanta per cento del bilancio aziendale e che coprivano il grande fiasco della produzione dei würstel. Davanti agli occhi mi passò tutta la mia vita, quella di Libera, il nostro grande amore, la nascita di Hänsel e Gretel, il lavoro nella tenuta del barone Granati e, poi, i tentativi di trovare lavoro in città, la prima visita di Gaspare che venne a chiedermi disponibilità a lavorare per il conte, la sorpresa per tutti della bellissima casetta del villaggio, di come era stato organizzata la vita in quella bellissima borgata che si specchiava sul fiume e gli orti e il lago e la pesca e la cacciagione offerta a tutti noi dal conte e, ancora, le visite della signora contessa alla nostra casa, il the... Già, quel maledetto the. Non l'avessero mai bevuto, forse Libera e Silvestra sarebbero ancora vive. No, avrebbero trovato un altro sistema, ma sicuramente dovevano portare a compimento il loro criminoso disegno.

Non potevo restare immobile con le mani nelle mani, sapendo di trovarmi a lavorare con degli assassini senza alcuno scrupolo. Intanto dovevo raccontare tutto a Ula. Incredibile quello che avevano fatto.

Certo Ula non l'avrei neppure conosciuta se non avessero allargato il villaggio e aveva rappresentato per me l'uscita da quel tunnel in cui ero sprofondato dopo la morte di Libera e dove sarei rimasto imprigionato se non fosse arrivata lei. Una donna bellissima. Ancora non credevo che si fosse potuta mettere con uno come me! In fin dei conti lei aveva trentadue anni e io cinquantacinque e avrebbe certamente potuto trovare di meglio. Con quel corpo e con quelle gambe. I capelli neri sciolti che le andavano sempre davanti agli occhi e lei che li ricacciava indietro con quella mossa della testa… Il collo lungo e la carnagione bronzea la rendevano ancora più attraente.

Si era infilata nella mia vita quasi con prepotenza. Era sola e aveva bisogno di sapere tutto sul villaggio e sulla sua vita. Mi venne a trovare una sera e sembrò fare amicizia subito con i due ragazzi. Ridemmo e ci divertimmo alle sue battutine allegre e anche un po' spinte. Portò in casa una ventata di allegria che si era ormai persa da troppo tempo.

Fu la stessa prima sera che volle andare a vedere il lago e l'accompagnai. I ragazzi non vennero perché erano stanchi. La luna era alta e quasi piena e il cielo era splendente e tutti gli astri si rispecchiavano nelle acque del lago. Parlammo a lungo seduti sugli scogli piatti dai quali usavano pescare i miei ragazzi. Poi, nel tentativo di accendersi una sigaretta mentre la fiamma dell'accendino veniva spenta regolarmente dalla brezza serale, si infilò tra le canne e non la vidi più. Passavano i minuti e non veniva fuori. La chiamai e non rispose. Mi precipitai in mezzo al canneto e mi trovai di nuovo nel precipizio dell'amore. Mi aveva aspettato in silenzio. Mi aveva abbracciato e senza mezzi termini mi aveva fatto rotolare a terra, sulle canne che si spezzavano al peso dei nostri corpi, si era alzata la gonnellina cortissima che indossava e si era sfilata le mutandine e, lei stessa, con le sue mani, cominciò a sfibiarmi i pantaloni e a aprirmi la camicia. Mi baciava con furia, come se avesse aspettato quel momento da anni e le sue gambe si avvinghiavano alle mie come per evitare che le potessi sfuggire da dentro il suo corpo e il suo fiato divenne sempre più corto e affannato. I suoi occhi mi fissavano disegnando un sorriso visivo di soddisfazione incancellabile dai miei ricordi. Sembrava insaziabile. Lo volle fare di nuovo e poi ancora, finchè non si fermò sfinita e si addormentò tra le mie braccia tenendomi stretto in un abbraccio per non perdermi.

La risvegliai dopo un'ora e mi trascinò nella sua casetta, una di quelle nuove realizzate dalla nuova proprietà della tenuta.

Era più piccola di quella in cui abitavo io e l'arredamento era un po' più dozzinale e mancava il camino, ma il resto c'era tutto, mi parve, come nelle nostre case costruite dal conte.

Mi trascinò a letto e mi baciò ancora e volle rifare ancora l'amore. Non potevo stare dietro ai suoi trentadue anni, ma cercai in ogni modo di non darglielo a intendere. Lei lo comprese ugualmente e mi sorrise. «Non mi conosci...» mi disse e cominciò quei suoi giochetti che ancora oggi riaccendono la mia fantasia e svegliano ancora i miei istinti.

Da allora ripetiamo ogni sera i nostri gesti tribali.

Il filo dei miei pensieri fu improvvisamente interrotto dal ricordo di quanto mi aveva appena raccontato il conte.

Con la mia auto stavo ormai arrivando al villaggio e tentai di pensare come parlare a Ula, come riferirle tutto quello che il conte mi aveva raccontato. Non riuscivo però a organizzare i miei pensieri, a renderli piani.

Io, boscaiolo e figlio di boscaioli, avevo fatto il servizio militare in marina e avevo imparato che una delle cose più importanti di una nave erano le cime, che venivano utilizzate per ogni cosa. E che quando venivano riposte dopo l'uso dovevano essere sempre messe in chiaro, senza grovigli che ne avrebbero potuto impedire il veloce riutilizzo in caso di bisogno.

I miei pensieri erano come le cime di una nave, ingarbugliati. E avevo bisogno di metterli in chiaro. Perciò rallentai prima di arrivare a casa, ma ormai ero troppo vicino e non riuscii nel mio intento.

Quando entrai lei era lì, quasi nuda, ad aspettarmi con quel suo sorriso di sempre.

«Che cosa voleva il conte?», mi chiese quasi come fosse un dovere chiedermelo, ma senza troppa curiosità, mentre invece il suo sguardo mi invitava a tutt'altro con evidente malizia e ci rotolammo sul nostro lettone.

Solo quando i suoi sensi furono appagati tornò sull'argomento.

«Ciò che mi ha detto è di una gravità enorme, Ula. Noi stiamo lavorando per degli assassini».

«Non pensi di esagerare? Assassini!»

«No, Ula. Il conte mi ha raccontato di come siano riusciti a strappargli il consenso alla vendita della tenuta...»

«Se l'ha venduta, vuol dire che voleva venderla. Un atto non si estirpa, salvo che non vengano fatte pressioni per mezzo di minacce mafiose o altro».

«È appunto quello che è successo, Ula. Peggio delle minacce. Sono arrivati a uccidere la contessa per convincere il conte a vendere. E insieme a lei hanno ucciso anche Libera».

«Ma dai, questa è fantapolitica, Felix».

«Il conte mi ha detto tutto, anche delle persone coinvolte in questo miserabile disegno e in altre azioni illecite che l'azienda ha fatto dopo».

«Hai visto documenti? Puoi essere certo che il conte non voglia adesso riappropriarsi della sua ex proprietà che prima era solo un centro di spesa e adesso, grazie all'intervento della signora Esperanza, da tutti osannata come una delle migliori operatrici economiche della regione, è divenuta un importante centro di profitto?»

«Ma quale profitto, Ula. Le cose vanno malissimo e rischiamo tutti di perdere il posto di lavoro con l'affondamento di questa nave pilotata dalla strega!»

«Anche questo te l'ha detto il conte?»

«Sì, mi ha raccontato tutto e mi ha detto anche dei libri contabili...»

«Che lui ha certamente visionato! Ma come puoi pensare che abbia potuto visionare anche i libri contabili dell'azienda! Come avrebbe fatto? È andato dalla signora Esperanza e gliel'ha gentilmente chiesti in visione? Ma non ti rendi conto che vuole solo il suo tornaconto? E poi perché raccontare tutto proprio a te? Eri solo o in compagnia di altri del villaggio?»

«Ero solo. Me l'ha detto perché ne sono coinvolto con la morte di Libera, Ula».

«E quindi tu sei la persona giusta da spingere avanti per gettare scompiglio in azienda! Ti rendi conto di quello che dici? Lascia stare, Felice. Non ti immischiare in questa faccenda che ti stritolerebbe subito. Non ti lasciare coinvolgere in lotte di potere che stanno metri e metri sopra la tua testa!»

«Ma non vuole coinvolgermi in nulla, Ula. Mi ha solo fatto sapere quello che lui aveva scoperto e, anzi, mi ha proprio detto il contrario, di non fare assolutamente nulla, di restare nell'ombra, perché era compito suo denunciare tutto alle autorità competenti...»

«Certo, conoscendoti sa bene che comunque non saresti stato con le mani in mano e avresti iniziato a parlarne ad altri, a fare opera di diffusione di queste notizie infamanti, a farle circolare negli ambienti della fabbrica, a farle veicolare anche fuori, finchè non ti chiamano in amministrazione e ti danno il benservito, Felice!»

«Senti, Ula. Io non farò nulla per ora. Qualunque cosa mi dovesse saltare per la testa, prima ne parlerò con te, va bene?»

«No che non va bene. 'Io non farò nulla per ora'. Quel *per ora* è assai pericoloso, Felice! Io non voglio perderti per colpa del signor conte, di cui non mi fido affatto! Ma se mi costringi, torno a vivere per i fatti miei e dico ai ragazzi di tornare qui per lasciarmi la casa. Non voglio in nessun modo essere coinvolta in una sorta di rivoluzione bolscevica contro il padrone di turno! E dirò tutto in amministrazione per mantenere distante la mia posizione dalla tua!»

«Ula, non ti arrabbiare. Mi dai dolore a vederti così. Dimmi tu che cosa dovrei fare...»

«Nulla. Mi devi promettere che la tua vita continuerà a rispecchiare quella precedente. Sei il lavoratore più veloce e sicuro della fabbrica e devi continuare a esserlo. Non devi neppure far capire che hai cambiato atteggiamento nei confronti dell'amministrazione dell'azienda. Ne sei capace? Te lo chiedo prima che sia troppo tardi».

«Va bene, Ula. Non ti preoccupare più di nulla. Come se non fosse successo niente!»

Mi guardò con occhi sospettosi, poi mi prese per mano e mi trascinò di nuovo verso il letto. Mi fu estremamente chiaro, all'improvviso, che la mia bravissima amante non era un'amica e che usava le sole armi che possedeva per mantenermi calmo e mansueto.

Ma le volevo bene.

Il giorno appresso accaddero due cose diverse. La prima riguardò la fabbrica, almeno apparentemente, e noi lavoratori in particolare. Si presentò al cancello una delegazione sindacale proveniente dalla città e chiese di entrare nei locali di produzione e in quelli amministrativi per parlare con tutti gli operai e gli impiegati dell'azienda. La seconda avvenne invece di sera e fu la visita inaspettata di Gaspare e Rosetta in casa nostra.

La visita sindacale mise in subbuglio tutta l'amministrazione e, in particolare, sia la strega sia l'amministratore. All'inizio rifiutarono il permesso di accesso e la questione stava prendendo una brutta piega, perché i responsabili della delegazione erano proprio i segretari regionali delle tre sigle sindacali più importanti esistenti nel paese. Quando la strega venne a conoscenza dei nominativi si precipitò ai cancelli personalmente trasportandosi dietro anche l'amministratore.

«Prego, entrate. Non sapendo chi fosse avevamo detto al guardiano di non fare entrare proprio nessuno per motivi di sicurezza. Sapete com'è, con i tempi che corrono! Certo, il guardiano ci avrebbe potuto riferire meglio…», si giustificò tra sorrisi e mezzi sorrisi. Ma l'errore era ormai stato compiuto.

«Grazie», disse uno della delegazione. «Lei sa che durante l'orario di lavoro noi abbiamo sempre diritto d'accesso alle fabbriche, anche se non ci sono nostri iscritti? Siamo in visita ufficiale e vorremmo parlare con gli operai e gli impiegati dell'impianto e, contemporaneamente, dare un'occhiata ai registri dello straordinario».

«Sì, certo, entrate pure. È stato solo un qui pro quo. Nessun problema, neppure per il controllo dei registri, anche se non troverete nulla. Non usiamo fare straordinari e alla fine dell'orario devono tutti lasciare il loro posto di lavoro...» disse l'amministratore.

La delegazione si incamminò verso l'ingresso senza più prestare attenzione a quello che l'amministratore continuava a dire.

Tutto questo ci fu riferito poi da Rino che, ovviamente, era ancora stordito per quanto accaduto e quasi certo che sarebbe stato oggetto di richiamo da parte dell'amministratore per non avere specificato chi fosse al cancello.

Ce li vedemmo comparire davanti nel salone utilizzato per la preparazione dei würstel di maiale, che era la stanza più grande del castello e, quindi, quella che poteva ospitarci tutti.

Il capo delegazione chiese gentilmente all'amministratore di convocare tutti i lavoratori in quella sala, naturalmente lasciando lavorare quelli che non volessero intervenire alla riunione sindacale. Nel frattempo il suo collega sarebbe andato con lui presso il suo ufficio a prendere visione del registro degli straordinari. L'amministratore chiamò dal telefono interno la segreteria della signora Esperanza e chiese al suo interlocutore, che poi seppi era Gretel, di invitare tutti i lavoratori a scendere nella sala di produzione n. 1, dove già vi era anche la signora Esperanza.

Attendemmo pochi minuti, durante i quali confluirono nella sala tutti quanti riempendo tutto lo spazio in brevissimo tempo. Poi il capo delegazione chiese se erano presenti tutti e ci guardammo intorno verificando che eravamo veramente tutti.

«Chiedo scusa dell'interruzione dal lavoro. Siamo qui per informarvi intanto che da ora in poi le nostre visite saranno frequenti in fabbrica, almeno una volta al mese e, se occorre, anche più spesso. Nessuno di voi, tranne Paolo Celestini, è iscritto al sindacato, ma questo non impedisce a noi di effettuare tutte le verifiche che ci sono consentite dalle leggi vigenti in materia di lavoro e assistenza sindacale. Alla fine di questo colloquio vi lasceremo della documentazione che vi preghiamo di leggere attentamente. In qualsiasi momento anche tutti gli altri potranno decidere in piena autonomia la loro eventuale adesione a una delle associazioni sindacali, nate allo scopo di tutelare i diritti dei lavoratori e assisterli nelle eventuali controversie con il datore di lavoro».

Mentre parlava, uno degli altri rappresentanti venuti in delegazione si allontanò con l'amministratore, mentre la strega continuò a restare nella sala ad ascoltare tutto il discorso.

«Sappiamo che i vostri salari sono regolari, impostati sul minimo salariale previsto per ciascuna delle vostre categorie, tranne alcuni casi trattati in misura migliorativa che però sono stati oggetto di attenta analisi dai nostri uffici perché il surplus è erogato in forma di assegno ad personam, teoricamente non pensionabile e non rientrante nel calcolo della tredicesima e delle altre eventuali gratifiche, peraltro riassorbito da eventuali miglioramenti economici futuri. Di questo parleremo alla fine della riunione con la parte datoriale. Ma non è tutto. Presso l'Ufficio Provinciale del Lavoro abbiamo visionato la lettera d'intenti firmata tra le parti, acquirente e venditrice, intervenute nell'atto di cessione della tenuta e abbiamo letto della previsione, fatta dalla parte acquirente, di mantenimento non solo dei precedenti livelli occupazionali, aspetto rispettato, ma anche dei livelli salariali. Un esame comparato con i precedenti livelli ha mostrato il mancato adempimento di questo aspetto e lo stesso responsabile dell'Ufficio Provinciale è sembrato piuttosto meravigliato dicendo che, evidentemente, qualcosa non doveva aver funzionato nei colloqui tra le parti. Anche di questo aspetto parleremo con la parte datoriale, perché se sono stati fatti degli errori devono essere prontamente corretti e devono essere versati a ciascuno di voi anche gli arretrati. L'ultimo aspetto che volevamo trattare, in questo primo incontro con voi, è quello relativo all'ambiente di lavoro e alla sicurezza. Esistono non solo specifiche leggi sulla sicurezza, ma anche precise regole che debbono essere portate a conoscenza dei lavoratori dalla parte datoriale e che, di primo acchito, non sembrerebbero rispettate. Se fin qui non è accaduto nulla non significa che tutto va bene e nulla può accadere».

Mentre parlava, il suo collega che si era allontanato con l'amministratore era nel frattempo tornato e chiese anche lui di aggiungere qualcosa.

«Sono andato a visionare i registri dello straordinario, meticolosamente chiusi in un cassetto della scrivania dell'amministratore e ancora intonzi. Non è segnata neppure un'ora di straordinario per nessuno dei lavoratori. Ho già detto all'amministratore che i registri non possono essere tenuti da lui e che devono essere messi a disposizione dei lavoratori negli stessi reparti in cui sono adibiti. Resta a cura proprio degli stessi lavoratori, nel momento in cui la fine dell'orario di lavoro dovesse subire dei ritardi, registrare la propria presenza in fabbrica apponendo firma e orario sia all'inizio dello straordinario sia alla fine. Il capo del reparto ha solo la facoltà di controllare che le registrazioni siano effettuate regolarmente, sottoponendo eventuali irregolarità subito all'amministratore. Non avere trovato una sola ora di straordinario registrata appare alquanto strano. Se infatti le linee di produzione possono effettivamente cessare l'attività a una precisa ora – e noi dubitiamo che, soprattutto all'avviamento della fabbrica, questo sia accaduto – sicuramente questo non può essere vero per gli uffici di amministrazione e per la segreteria della titolare dell'azienda. Cercheremo di capire anche questo...»

Durante tutti gli interventi la strega mantenne un atteggiamento quasi assente, lanciando però sguardi di fuoco ora su tutti noi e, in particolare, su Paolo che evidentemente riteneva il responsabile di quell'azione di ingerenza nei suoi affari, ora sugli stessi sindacalisti a cui, però, riservava dolcissimi sorrisi appena questi posavano su di lei i loro sguardi. Era evidente che avrebbe gettato ogni responsabilità sui lavoratori stessi, in particolare sugli addetti agli uffici amministrativi che dovevano esaminare tutti gli aspetti che riguardavano i processi produttivi e non e sottoporre alla sua attenzione eventuali irregolarità. Lei non poteva certamente conoscere tutte le regole, aveva impiantato quella fabbrica solo da poco e mai prima aveva avviato analoghe iniziative.

L'amministratore aveva lasciato subito la riunione per mostrare all'altro delegato sindacale i registri e non aveva più messo piede nella sala di riunione. Hänsel sembrava davvero turbato, come se fosse lui il responsabile di tutto. Ebbi un moto di simpatia per lui, provai grande tenerezza nei suoi confronti e fui preso dall'impulso di andare da lui per tranquillizzarlo, ma poi mi trattenni ripensando a tutto quello che mi aveva detto il conte. A parte il turbinio dei suoi sentimenti, certamente non vi sarebbe stata alcuna refluenza sul suo lavoro. Gretel appariva distesa e tranquilla e altrettanto Valentino. Paolo sembrava raggiante, nonostante le faville d'odio lanciategli dalla strega. Degli altri ragazzi non fui in grado di interpretare i sentimenti, tranne nel caso di Valeria, la figlia di Elio, che non so perché mi parve anche lei entusiasta di questa novità come il suo compagno Marcello. Ula mi apparve terrorizzata, come anche tutte le altre sue colleghe addette alla pulizia dei locali di produzione, Chanel, Alessandra, Annalisa e Matilde, mentre invece sembravano del tutto disinteressate le ragazze addette alla pulizia degli altri locali del castello, Cinzia, Emilia, Gabriella e Faustina. Impenetrabili gli sguardi di tutti gli altri lavoratori, dai miei vecchi compagni di lavoro nella tenuta del conte ai nuovi arrivati.

La riunione si sciolse e i rappresentanti sindacali cominciarono a girare tra i reparti per distribuire materiale illustrativo sui sindacati e sui miglioramenti conquistati dal mondo del lavoro grazie ai loro interventi, parlando con ciascuno di noi sull'importanza della nostra adesione a questa o quella sigla per dar loro maggiore forza contrattuale con la parte datoriale. Poi andarono su in direzione e noi riprendemmo il nostro lavoro. Ula si avvicinò a me preoccupata.

«Sei stato tu o il conte a invitare queste bestie feroci in fabbrica?»

«Io certamente no. Ma se vuoi sapere la mia opinione, non credo proprio che possano definirsi delle bestie feroci delle persone che rischiano per…»

«Quali rischi corrono quelli? Sono più che protetti da leggi e dalle pressioni che sanno di potere fare contando su di voi creduloni che siete poi gli unici veramente a rischiare!»

«Ti dimentichi i morti ammazzati tra le fila dei sindacalisti...»

«Sono robe del passato! Oggi le cose sono cambiate! Non vedi come tutto era tranquillo qui in fabbrica prima che venissero quelli?»

«Hanno forse detto qualcosa di sbagliato? Pensi che possa danneggiarci l'approfondimento fatto presso l'Ufficio Provinciale del Lavoro sui nostri contratti? O pensi che tutto questo possa avere ripercussioni gravi sul nostro lavoro?»

«Sì, penso che se l'azienda fosse costretta a pagare ingenti cifre per arretrati non reclamati mai da nessuno di noi potrebbe subire anche dei danni economici, non trovi?»

«Se i soldi ci erano effettivamente dovuti, io li voglio e li reclamo!»

«E se questo ti dovesse costare il posto di lavoro?»

«Qualcuno pagherebbe per questo!»

«Ne riparliamo a casa, mi sembri rimbambito e inconsapevole della realtà che ti circonda!»

Naturalmente a casa non avemmo più occasione di parlarne, perché inaspettatamente dopo il lavoro vennero a trovarci Gaspare e Rosetta.

Al loro arrivo vidi gli occhi di Ula folgorarmi, come se avessi organizzato io anche quella improvvisata.

«Ciao, ragazzi», disse Gaspare appena entrato in casa, mentre Rosetta abbracciò Ula baciandola sulle guancie e notando il suo irrigidimento.

«Che c'è Ula?»

«Vi ha detto Felice di venire qui?»

«No certamente, Ula. Ma se la nostra visita non ti è gradita ce ne andiamo subito!»

«Non intendevo questo... Solo che è da ieri che io e Felice abbiamo delle divergenze su una serie di cose che riguardano il nostro lavoro e pensavo che lui c'entrasse qualcosa con l'intervento dei sindacalisti in fabbrica e la vostra successiva venuta qui in casa!»

«Ula, mi stupisco di quanto vai dicendo. I sindacalisti sono venuti perché invitati da Paolo Celestini, dovevi capirlo da te. Noi siamo venuti per discutere proprio gli argomenti che hanno sollevato quelli della delegazione. Ci è sembrato giusto, fuori fabbrica, parlare con i nostri amici delle nostre questioni, dei nostri interessi… Venendo abbiamo visto anche Diego dirigersi in casa di Elio e Michele in casa di Guido. Ma sono sicura che in questo momento in tutte le case continua la riunione…»

«Ebbene, io non ne voglio parlare!», disse Ula. «Sono sicura che tutto questo non potrà che danneggiarci!»

«Ma io sì, Ula», intervenni io. «Non dire cazzate e prepara qualcosa da offrire ai nostri amici».

Ula uscì furiosa dalla stanza per tornare subito dopo con delle bottiglie di liquori che poggiò sul tavolo intorno al quale ci eravamo accomodati.

«Vi dico subito che io intendo andare dall'amministratore per dissociarmi da quanto accaduto e dalle azioni che potrebbero successivamente essere poste in essere da una o più persone che lavorano in fabbrica. Io intendo restare estranea a questa vicenda. Ci tengo al mio posto di lavoro».

«Di sguattera del livello più basso», dissi io provocando subito uno sguardo di rimprovero da parte di Rosetta.

Ula mi guardò con odio. «Evidentemente tu hai possibilità economiche che non ti conoscevo, se sei disposto a rischiare il tuo posto di lavoro, bello o brutto che sia! D'altra parte, non credo che nessun lavoratore dipendente e, in particolare, nessun operaio abbia mai avuto la facoltà di sceglersi il tipo di lavoro da svolgere, le sue mansioni e il proprio datore di lavoro!»

«Scusami, hai ragione. Sono stato duro e brusco e ho parlato senza riflettere. Però anche tu, che ti rifiuti di parlare con degli amici per capire che cosa potrebbe succedere e affermi anzi di volere subito andare dall'amministratore per dissociarti, non è che hai fatto una gran bella figura!»

«Forse è vero. Vi chiedo scusa. Parlare non danneggia nessuno».

Gaspare mi guardò un po' preoccupato. Non sapeva se fermarsi a casa nostra ancora o lasciar perdere e andar via. Io l'invitai con fermezza a fermarsi e a parlare.

All'inizio sembrò titubante e affrontò con distacco solo l'argomento relativo alla riunione sindacale della mattina, dicendo che secondo lui tutto sommato non poteva che procurarci effetti positivi, se fosse risultato vero quello che il rappresentante della delegazione aveva detto circa i livelli salariali. Ciò, indipendentemente dall'adesione di ciascuno di noi a una qualche sigla sindacale, cosa che lui pensava che avrebbe potuto comunque giovarci, perché un iscritto sicuramente era più tutelato di un lavoratore non aderente a nessuna sigla sindacale.

Ula intervenne ripetendo quello che aveva già detto a me nella mattinata, subito dopo la riunione sindacale.

«Io penso che se l'azienda si trovasse costretta a pagare ingenti somme a tutti per arretri potrebbe anche avere difficoltà economiche, non trovate?»

«Onestamente non credo», disse Gapare, «che le difficoltà finanziarie dell'azienda possano ricondursi a una tale circostanza. L'azienda è già in difficoltà e non sono di piccolo spessore. E ciò è dovuto alla distrazione di somme da utilizzare per la produzione per scopi diversi da quelli originariamente previsti, peraltro non propriamente leciti, Ula. Tu lo sai che la signora Esperanza ha trasferito in un proprio conto all'estero più di un milione di euro sottraendolo dai conti economici dell'azienda? E che dall'azienda sono transitati soldi, ingenti somme, solo allo scopo di far prendere loro la fuga dalla nostra nazione per essere anche quelli appostati in conti esteri?»

«Queste stesse notizie me le aveva già comunicate Felice, con parole suggerite abilmente dal conte che però non gli ha mostrato un solo documento di prova. Io credo che si tratti di falsità messe in giro appositamente da detrattori della signora Esperanza che ha saputo creare dal nulla una fabbrica che oggi è il fiore all'occhiello della nostra provincia! L'invidia provoca sempre queste maligne dicerie!»

«Nella fattispecie non si tratta di illazioni. Mio figlio Valentino mi ha mostrato tutta la documentazione che il signor conte, probabilmente per brevità, non ha mostrato a Felice. E quei documenti parlano da soli, Ula! Non è corretto nascondersi dietro un dito! Ti dirò brevemente quello che è successo, prima che l'azienda nascesse, prima che la tenuta fosse ceduta dal conte alla signora Esperanza e successivamente».

«Te lo puoi risparmiare, Gaspare. Mi ha raccontato tutto Felice dopo il suo incontro con il conte. Solo che io sono portata a non crederci. E se Valentino ti ha mostrato la documentazione che parla da sola, sono portata anche a credere che sia stata costruita apposta per convincere le persone più coriacee, come te. Il conte non ha mostrato nulla a Felice perché sapeva che comunque Felice gli avrebbe creduto. Io non ci credo neppure se mi mostrate la documentazione di cui parlate».

«Ula, la documentazione è tratta dagli archivi dell'azienda. Si tratta di scritture contabili registrate a sistema che sono ancora visibili a terminale. Se vuoi, Valentino può mostrartele direttamente a video, anche dentro la fabbrica!»

«Non mi interessa. E anche se fossero vere, non credi che stiamo parlando comunque di soldi della signora Esperanza? Se sono suoi, mi sembra che può farsene quello che vuole!»

«Non è così, Ula. Quando si impianta un'azienda, sia che la proprietà sia una società o una singola persona sotto forma di ditta individuale, i soldi impiegati nella ditta non sono e non devono essaere più nelle disponibilità della o delle persone che hanno avviato l'attività. Da quel momnto esiste un nuovo soggetto economico e i soldi del capitale iniziale possono essere utilizzati solo per gli scopi sociali. Queste sono le regole dettate dalle leggi. Tant'è che spesso, dopo il fallimento di un'azienda, tu vedi che i magistrati perseguono il titolare per bancarotta fraudolenta, che significa appunto che è avvenuta una sottrazione illecita di capitali che ha causato il fallimento assicurando ai titolari un roseo futuro».

«Io capisco solo che se ho dei soldi e li impiego in una fabbrica, in qualsiasi momento me li posso riprendere perché sono soldi miei. E ho anche il diritto di riprendermeli con gli interessi!»

«Anche se a farne le conseguenze sono gli operai che lavoravano in azienda e che inevitabilmente alla sua chiusura si troveranno col culo a terra?»

«Sì, certo. Anche in quel caso. Gli operai hanno mangiato, loro e le loro famiglie, per tutta la durata della vita dell'azienda, non ti pare?»

«Hai uno strano modo di ragionare, Ula. Anche quando stiamo a parlare del tuo posto di lavoro, del futuro tuo e della tua famiglia che lavora tutta in quell'azienda!»

«Ebbene sì. Questo è il mio modo di vedere le cose. E ora che l'hai saputo che cosa vorresti aggiungere?»

«Nulla più. Ora ho anche paura a continuare a parlare con te! Non so che cosa veramente potresti andare a raccontare in direzione e come potresti danneggiare tutti noi, te compresa, Ula!»

«Stai tranquillo, se la storia finisce qui non hai nulla da temere. Se continui a montare Felice, al contrario, potrei diventare veramente cattiva».

I nostri ospiti, tra il mio enorme imbarazzo e il forte disagio di Rosetta, se ne andarono da casa girando i tacchi, nella convinzione credo che fosse inutile parlare anche con me che non ero stato capace di frenare l'incontenibile arroganza di Ula.

Ula si vende all'Amministratore

Già da un po' di tempo avevo notato l'interesse dell'amministratore per me. Chiaramente gli piacevo, mi fissava negli occhi, il suo sguardo si perdeva all'interno della mia scollatura e, quando mi giravo, pure sul mio basso schiena.

La cosa mi piaceva. E non solo perché pensavo di poterla sfruttare per migliorare la mia posizione aziendale, ma anche perché l'amministratore mi piaceva anche fisicamente. Forse era perché sapevo che era un uomo ricco e potente, forse era solo perché mi piaceva.

Una mattina mi incrociò nei corridoi dell'azienda che avevo appena lasciato gli spogliatoi dove mi ero cambiata per iniziare il mio orribile lavoro di pulizia nei locali di produzione e mi rivolse la parola dopo avermi cordialmente salutato.

«Ciao Ula. È sempre un piacere vederti. Fermati un momento e vieni nel mio ufficio, vorrei parlarti».

«Certo, signor amministratore», risposi con un sorrisetto già complice di quelli che a me riuscivano sempre egregiamente e, camminando insieme a lui, lo accompagnai nel suo ufficio tra gli sguardi di interrogazione degli altri operai che incontravamo.

Mi fece accomodare sul divano e si sedette vicino a me, molto vicino, quasi a farmi capire che il contatto con me non gli dispiaceva affatto e io coglievo ogni occasione per strusciarmi a lui per fargli capire che anche a me non dispiaceva.

«Ula, penso che ti sarai stancata di lavorare in quello schifo di reparto dove la puzza è notevole. Io pensavo di farti avere un piccolo avanzamento di carriera adibendoti alle pulizie solo della mia stanza personale e del mio ufficio. Come vedresti la cosa?»

«E come potrei vederla, signor amministratore? Intanto, come avrà notato, io non sono un tipo di persona che ama lamentarsi o, peggio ancora, sputare nel piatto dove mangio! Lavoro dove mi dicono di lavorare e non fiato! Se poi il lavoro posso svolgerlo dove sta una persona che gradisco, anche fisicamente intendo, tanto di guadagnato».

«Vuoi dire che ti piace lavorare nei locali di produzione perché c'è tuo marito?», disse con aria di complicità e provocazione l'amministratore.

«No, dico che mi piacerebbe lavorare solo per lei, signor amministratore».

Nel dire questo, vedendo che fissava la mia scollatura, volutamente feci un movimento della mano che provocò lo sganciamento di altri due bottoni mostrando tutto il mio notevole davanzale.

L'amministratore si mise a ridere e portò senza reticenze la sua mano all'interno della mia scollatura cominciando a massaggiare il mio petto. Senza mezzi termini io portai la mia mano verso la patta dei suoi pantaloni e, fingendo un affanno che sarebbe comunque stato prematuro in qualsiasi circostanza, cominciai a massaggiare i pantaloni.

L'amministratore si alzò lentamente e cominciò a spogliarsi. Poi mi pregò di chiudere a chiave la porta.

Fu bellissimo. Sapevo di avere sottomesso uno degli uomini più potenti che conoscessi e che sicuramente avrebbe potuto fare molto per me. Non pensai neppure per un istante a quell'idiota di Felice che, nei giorni successivi, mi avrebbe riservato una serie di imbarazzanti e ignobili novità

La sua pelle mi scivolava sotto il mio corpo per il sudore che ambedue avevamo addosso, mentre aspiravo il suo alito affannato e cercavo la sua lingua con la mia.

Per il profondo piacere che gli diedi mi graffiò a sangue la schiena procurandomi un enorme godimento sessuale che mi fece scatenare in una serie successiva di capricci manuali e orali che lo fecero letteralmente impazzire.

Durò tutto poco più di dieci minuti che mi erano parsi un'eternità.

«Da domani sei in servizio qui da me. Dirò a quella deficiente di Valeria di sostituirti ai locali di produzione. Quella stronzetta mi convince poco e, secondo me, finge di essere sciocca e ingenua solo per potere fare l'amica del giaguaro senza sospetti».

Il giorno appresso, però, arrivarono in azienda alcuni sindacalisti in delegazione e l'amministratore mi disse che il nuovo incarico l'avrei potuto assumere solo dopo qualche giorno.

«Scusami, Ula, ma temo che questi possano fare qualche azione contro di me se io sposto subito Valeria. Agiremo in modo diverso. Appena posso, passati due o tre giorni dall'intervento sindacale odierno, non mancherò di farle un rilievo, tanto non mancano mai le occasioni, e la punisco mandandola a lavorare nei locali di produzione».

Naturalmente trovò il modo di chiamarmi nel suo ufficio per scoparmi di nuovo e lo fece anche il giorno appresso. Che fu il giorno in cui io gli raccontai della visita a casa di Gaspare e Rosetta e di quello che avevano detto a quell'idiota di Felice. Evitai di parlare dell'incontro di Felice con il conte, tanto c'era sempre tempo e, certamente, nessuno avrebbe mai potuto controllare l'esattezza delle date. Lo salvai perché volevo mantenere comunque il piede in due staffe. In ogni caso mi sarebbe stato utile per sapere i piani futuri di quei pezzenti!

L'amministratore ascoltò con grande attenzione quello che gli andavo dicendo e, alla fine, mi disse di essere meno dura nei confronti di Felice e anche di Gaspare e Rosetta, altrimenti non mi avrebbero detto più nulla. Avrei cercato di riconquistare la loro fiducia, non so come, ma ci sarei riuscita.

«Naturalmente questo produrrà un ulteriore ritardo all'assunzione delle tue nuove mansioni, potrebbero dare nell'occhio e renderti poco credibile».

Ci rimasi molto male, ma capii il motivo e quel giorno fui ancora più voluttuosa nei suoi confronti.

Eppure, nei giorni successivi, ebbi netta la sensazione che con il primo incontro-scontro avuto con Gaspare mi ero ormai giocata la possibilità di avere ulteriori informazioni da lui. Ne avrei dovuto parlare all'amministratore…

Hänsel e le vicende aziendali

Da qualche giorno le attenzioni di Benigna nei miei confronti si erano sopite.

Era come se si stesse spegnendo il fuoco della nostra passione che all'inizio pensai indirizzata verso qualcun altro. Eppure non frequentava altri che me. Ancora mi chiamava in continuazione nella sua stanza, ma mentre fino a pochi giorni fa da lì mi trascinava sul comodo sofà della stanza comunicante, ora invece si intratteneva con me solo per parlare dell'azienda, dei suoi problemi, dei lavoratori meschini pronti a tradirla, mordendo la mano del padrone che li sfamava.

Era fin troppo evidente che qualcosa stava cambiando.

Passava la maggior parte del suo tempo al telefono, tanto che inizialmente avevo pensato che stesse corteggiando qualcuno che prima o poi mi sarei ritrovato in azienda, probabilmente al posto mio. Poi capii che non c'era nessun altro. Era solo preoccupata, fortemente preoccupata per qualcosa che era successo in fabbrica che io non sapevo. Un paio di volte mi chiese di telefonare a un grosso avvocato di fuori e, appena passata la telefonata, metteva la luce rossa alla sua porta per non fare entrare nessuno, come faceva quando mi trascinava dentro con propositi bellicosi.

L'amministratore si vedeva sempre più raramente da quelle parti della direzione e io non riuscivo più a sapere nulla da nessuno, come se intorno a me si fosse improvvisamente creato un cerchio di fuoco che tutti cercavano di evitare. Chi si avvicinava troppo si bruciava.

Anche Gretel era improvvisamente diventata circospetta e cercava di evitare le mie domande sfuggendomi.

Che cavolo stava succedendo?

Il mondo mi cadde addosso improvvisamente.

Una mattina come tutte le altre entrai in ufficio e mi accorsi che il mio computer era acceso e sbloccato. Qualcuno aveva inserito la mia password? E per far cosa?

Io avevo l'abitudine di andare a lavorare molto presto e a quell'ora ancora non c'era proprio nessuno in ufficio.

Solo Rino era sempre in guardiola.

Non mi ero mai chiesto che cavolo di turni facesse quel ragazzo col fisico palestrato da fare invidia a chiunque!

A tutti potevo pensare tranne che all'amministratore. Entrò improvvisamente nella stanza tirandosi dietro Benigna, mentre io ancora in piedi guardavo con orrore quello che stava accadendo al mio monitor.

Il computer era manovrato da remoto: si vedeva il cursore del mouse che si muoveva autonomamente e improvvisa compariva una finestra di comandi che subito spariva e un'altra finestra con un disegno di divieto d'accesso che appariva di seguito e restava immobile. Non sapevo che fare, mentre anche l'amministratore e Benigna guardavano inorriditi quel che accadeva.

«Spegni il computer, Hänsel, spegnilo!»

Provai a dare il comando di spegnimento usuale, ma non avevo assolutamente il possesso del mio computer; allora provai a spegnere brutalmente quell'affare con il tasto di accensione, ma neanche quel comando pareva più funzionare.

L'amministratore infine tolse la spina e il monitor si spense.

«Che cosa c'era nel disco fisso del tuo computer, Hänsel?»

«Niente di importante, signor amministratore. Qualche lettera scritta per la signora Esperanza, qualche fattura non ancora caricata a sistema, qualche preventivo e molti promemoria scannerizzati che non dovevano finire nel serbatoio comune a tutti gli altri computer...»

«Non riesco a capire cosa cercassero, né chi possa avere osato, né per quale scopo!», disse Benigna. Era rossa in viso e sembrava terrorizzata.

«Benigna», disse l'amministratore, «credo sia arrivato il momento di far sparire tutta la prima nota contabile, anche a costo di simulare un disastro informatico».

«Perché?» chiesi io ingenuamente, ma fui letteralmente fulminato dagli sguardi dei due.

«Non fare domande e aiutaci a cancellare tutta la contabilità già registrata», mi disse Benigna.

«Per farlo dobbiamo riaccendere il computer o sederci in un'altra postazione».

«Questo non lo riaccendiamo più, per ora, non sapendo se cercavano qualcosa proprio là dentro. Andiamo al computer di Gretel».

Girammo velocemente dietro la scrivania di mia sorella e vidi di nuovo l'orrore disegnarsi sul viso dei due prima che io riuscissi a vedere il monitor. Anche quello era sotto controllo esterno e si chiuse improvvisamente. Semplicemente si spense. Quel che dovevano fare ormai l'avevano fatto. E avevano finito.

Restarono a guardarsi con espressione mista di terrore e di furia, poi l'amministratore mi disse ancora di sedermi alla postazione e cancellare ogni cosa registrata al sistema.

Mi sedetti alla scrivania e riaccesi il computer.

«Scusate, ma a che serve cancellare quello che ormai conoscono o hanno copiato?»

«Non importa, Hänsel. Noi cancelliamo tutto, poi sono questi imbecilli che devono dimostrare che i documenti che hanno copiato vengono effettivamente dall'interno di questo sistema».

«Io so però che un disco non viene cancellato definitivamente quando si dà il comando *delete*. Ci sono appositi programmi per cancellare definitivamente il contenuto di un disco, impiegano molte ore e noi non li possediamo».

L'amministratore e Benigna si guardarono sgomenti.

«Bastardi, chiunque ci sia dietro sono dei bastardi!»

«Ma ci deve essere una mano interna. Hänsel, è impossibile che tu non abbia sentito nulla in giro, qui c'è un complotto!»

«Benigna… signora Esperanza… È da qualche giorno che tutti mi evitano come se avessi la lebbra. Non riesco a parlare più con nessuno. Evidentemente è accaduta qualcosa… È come se aveste dato una punizione a qualcuno per quello che io avevo sentito da lui, facendo chiari riferimenti a parole rubate. Sono stato bruciato!»

«Era il caso di sostituirlo già da tempo con qualcun altro più pulito, Benigna, io te l'avevo detto!»

«Non pensavo che sarebbe arrivato a questo punto! Hänsel perché non mi hai detto niente di questo vuoto intorno a te? Non pensi che se io avessi preso in segreteria un altro, uno come Valentino per esempio, o come Paolo che è ben visto da tutti, io sarei stata informata per tempo?» gridò con una voce sgraziata Benigna che era andata su tutte le furie soprattutto per dover dare ragione all'amministratore una volta tanto.

«Mi spiace», dissi semplicemente io mortificato.

«Ti spiace un corno! Chi mi dice che non sei d'accordo con gli altri?»

«Scusa Benigna… Scusi, signora Esperanza…»

«Inutile fingere davanti all'amministratore, lui sa tutto! Sa che io mi servivo di te per avere informazioni. Sa che io non mi fidavo più di tanto neppure di te, ma riuscivo a dominarti con il sesso!»

Barcollai in preda alla rabbia e alla mortificazione e proprio in quel momento entrò Gretel.

«Buongiorno a tutti». Poi vide le nostre espressioni e si precipitò verso di me.

«Che cosa è successo Hänsel? Stai male?»

«Tu ragazzina levati dai piedi e portati via anche tuo fratello, prima che commetta un infanticida, anzi due!» gridò Benigna ancora con quella voce sgraziata.

Gretel mi prese il braccio, lo girò intorno alle sue spalle e velocemente mi trascinò fuori dalla stanza. Attraversammo il corridoio velocemente e ci infilammo nella mensa deserta.

«Siediti, Hänsel. Dobbiamo parlare. Dimmi prima che cosa è successo».

Le raccontai brevemente tutto quello a cui avevamo assistito inermi l'amministratore, la signora Esperanza e io prima davanti al mio computer e poi al suo.

«Aspetta. Devo avvertire Valentino».

«È inutile, ormai. Stanno distruggendo tutta la contabilità...» parlai a vuoto perché Gretel era già fuori dal locale.

Tornò poco dopo con Valentino e sembrarono tranquillizzati tutti e due.

«Non mi dite che si è risolto tutto!» dissi io speranzoso, ma poi pensai che comunque fossero andate le cose, la mia storia con Benigna era finita. In ogni caso. Ero stato mortificato come non mai da quella strega! Le parole che le erano uscite dalla bocca non erano cancellabili dalla mia mente.

«È tutto a posto, Hänsel. Parla tu Gretel».

«Devo dirti qualcosa Hänsel».

E mi raccontò. Rimasi come un cretino nell'apprendere che tutti, dico tutti, tranne Totò e Beppe, erano al corrente delle irregolarità contabili dell'azienda, degli illeciti trasferimenti di denaro di cui io stesso non sapevo assolutamente nulla e di altre nefandezze che Gretel continuava a dirmi...

La mamma! No, la mamma no! La signora contessa!

«Io a quella la vado ad ammazzare. E con lei anche l'amministratore!»

Mi alzai, ma fui subito rimesso a sedere da Valentino e Gretel.

«Non c'è più bisogno di niente, Hänsel. In questo momento già la guardia di finanza e la Polizia Ferroviaria stanno venendo ad arrestare la strega e il suo degno compare! Vedrai sfilare i due ammanettati davanti a tutti nel corridoio!», disse Valentino.

«Quando sono andata ad avvertire Valentino di quel che accadeva», disse Gretel, «mi ha tranquillizzata dicendomi che era stato il Procuratore Generale a ordinare alla Polizia Ferroviaria di copiare tutti gli archivi informatici della fabbrica. Sapeva già, perché lo aveva avvertito il conte per mezzo di

Alberto come al solito, che lo avrebbero fatto questa notte. Non mi aveva potuto avvertire perché Alberto era andato a bussare alla sua finestra già a notte fonda, ma non pensava che ci avrebbe preso un colpo questa mattina!»

«Non possiamo stare qui con le mani in mano», disse Hänsel. «Dobbiamo agire, potrebbero anche decidere di scappare quei due!»

«Hai ragione», riflettè Valentino. «Aspettatemi».

Uscì dalla mensa.

Gretel mi guardava preoccupata.

«Hai vissuto tutto in pochi minuti… Noi abbiamo avuto il tempo di far decantare tutta la vicenda, di condividere tra noi i nostri sentimenti di sdegno, per te è stata una mazzata improvvisa».

«Perché non mi avete detto niente, Gretel?»

«Eri troppo preso dalla storia con la strega, Hänsel. Non avresti accettato la realtà che ti davamo in pasto se non fosse intervenuto un fatto traumatico a turbare il tuo nuovo equilibrio. Questo almeno è quello che abbiamo pensato tutti. Ti vogliamo tutti bene, Hänsel. Però non potevamo rischiare che tutto finisse a puttane…»

«Non credo che vi avrei mai potuto tradire, Gretel».

«L'ho sempre pensato, Hänsel. Però rifarei tutto di nuovo come l'abbiamo fatto. È una sorta di compagnia partigiana quella che è nata tra noi ragazzi all'interno della fabbrica. Solo negli ultimi giorni anche i nostri genitori hanno condiviso queste notizie e non tutti hanno accettato quello che è stato loro raccontato. Ula, per esempio, ancora oggi è incredula e temo che possa reagire malamente».

«Ula! Temo che l'abbia già fatto, Gretel. Reagire malamente, intendo. Nei giorni passati l'ho vista entrare e uscire dalla stanza dell'amministratore. E certo non è stata una coincidenza, almeno credo. Poi la strega parlava di lei facendo strane allusioni e sorrisetti all'amministratore. Quello è un porco. Ci ha provato con tutte, forse anche con te, no? Sicuramente con Valeria che lo ha mandato al diavolo».

«Sì, ci ha provato anche con me ed è intervenuto Valentino che è andato da lui e l'ha minacciato di mandarlo in ospedale se lo rifaceva!»

In quel momento si aprì la porta ed entrarono tutti in fila indiana, proprio tutti quelli che lavoravano in fabbrica. C'era persino Rino che aveva lasciato il suo posto in guardiola ed era venuto anche lui in mensa.

«Insceniamo uno sciopero», disse Valentino. «Andiamo tutti nella stanza della strega reclamando gli arretrati di cui ci hanno parlato i sindacalisti e facciamo un bel casino!»

L'amministratore e il sistema informatico

Quello che mi aveva detto Ula mi aveva fatto capire che qualcuno all'interno della fabbrica stava lavorando per diffondere informazioni sulle nostre personali operazioni finanziarie effettuate a tutela dei capitali investiti. Avevo immediatamente avvertito Benigna e avevo aumentato i controlli di sicurezza sul sistema informatico. Sapevo che Marcello, il mio uomo di fiducia dell'ufficio amministrativo dell'azienda, era molto ferrato in informatica e l'avevo subito chiamato dandogli la responsabilità di amministratore di sistema.

«Marcello, qualcuno qui dentro sta tentando di mettere mano negli archivi, non so ancora se da solo o aiutato da quei tecnici che ci hanno assistito nel metterli in sicurezza solo pochi giorni fa. Forse è il caso che dai un'occhiata tu al sistema. Se trovi delle irregolarità informami. Vedi anche se riesci a capire chi ha messo mano là dentro».

Marcello mi guardava sbigottito.

«Capo, il sistema è blindato e nessuno potrebbe bypassare l'autorità che viene assegnata alla sua utenza. Abbiamo studiato insieme, matricola per matricola, le operazioni consentite e quelle che sarebbero state comunque negate. Secondo me i casi sono due, o ha ragione lei e quei tecnici che sono intervenuti, guarda caso proprio quattro giorni fa, hanno manomesso qualcosa che non dovevano toccare, o qualcuno che aveva accesso ai dati più importanti non ha ben custodito la propria password. In quest'ultimo caso gli accessi sarebbero effettuati a nome di quella matricola. Potrò essere più preciso più tardi, appena terminate le analisi degli ultimi log di sistema. Avrei bisogno solo di sapere quando si è accorto di possibili anomalie».

«Sarò franco. È stata Ula a raccontarmi che c'era qualcosa di strano qui in fabbrica e che avevano trovato dati contabili non propriamente attinenti all'attività della ditta. Sai, si tratta degli importi di capitale sottoscritto dai soci fondatori, che sono stati reinvestiti in fondi per cercare di attenuare le perdite degli ultimi tempi...»

«E Ula le ha detto che cosa precisamente?»

«È stata poco chiara. Mi ha semplicemente messo sull'avviso che c'era gente... Mi ha parlato di Gaspare, il padre di Valentino...»

«Non mi sembra un tipo che capisca di informatica. Comunque le saprò dire fra poco».

Marcello si andò a sedere alla sua postazione e cominciò a smanettare sulla tastiera del suo computer guardando fisso il monitor. Poi stampò qualcosa e tornò da me.

«Possiamo andare nella sua stanza?»

«Sì, certo. Hai trovato qualcosa?»

«Sì».

Ci sedemmo alla scrivania e mi porse i fogli stampati, pieni di cifre per me incomprensibili.

«Che cosa sono questi?»

«Quei fogli contengono i dati di qualsiasi accesso al sistema e, come può verificare lei stesso, sono tutti eseguiti in orario di lavoro e dall'interno della fabbrica. Non ho rilevato alcuna anomalia. Se guarda il secondo blocco di stampe, per ogni matricola sono segnati gli accessi eseguiti e, a occhio, non mi sembrerebbe che nessuno abbia fatto cose illecite. Naturalmente la matricola di Gaspare non compare, come quella degli altri operai addetti alla produzione, perché non sono abilitati al lavoro con il sistema. Le uniche matricole che accedono regolarmente alla contabilità, con una visione globale, mi sembra che siano la sua e quella della signora Esperanza».

«Quindi non è vero nulla di quanto raccontatami da Ula?»

«Non è detto che lei sappia qualcosa di vero… Potrebbe anche essere che, magari, Felice abbia capito che qualcosa non va nel suo nuovo matrimonio e gliel'abbia fatto sapere apposta per metterla alla prova…»

«Può darsi… Da questi listati puoi dirmi che tipo di inquiry ho fatto io di recente e anche la signora Esperanza?»

«Certo. Sono tutte richieste di informazioni su dati contabili. Le sue sono più particolareggiate, riguardano la contabilità giornalmente registrata e i dati di bilancio. Quelle della signora Esperanza sono più generiche, riguardano i risultati giornalieri e settimanali, i trend commerciali, i settori di maggiore perdita. Le ultime ricerche che ha effettuato lei sono di ieri e riguardano alcune scritture registrate a pagamento di merce dei signori Mastrangelo e Mercuri. Conferma?»

«Confermo. Quindi sembrerebbe tutto regolare. Tu dici che potrebbe essere stata una bufala messa in giro da Felice per controllare l'attendibilità di quella stronza di Ula?»

«Può darsi, mi sembra la cosa più attendibile. Però come le ho detto prima, qualcosa ho trovato di strano. Gli unici che possono entrare a sistema con password di amministratore siete lei e la signora Esperanza. Qui però vedo che anche Hänsel di tanto in tanto entra a fare ricerche di profondità e questo è un fatto anomalo».

«Di Hänsel lo so. È stata proprio la signora Esperanza a fargli fare ricerche per suo conto. È per questo che ha voluto dargli una password di amministratore. Lei con il computer non si trova proprio a suo agio e preferisce dare incarico ad Hänsel che è persona di cui si fida».

«Allora non c'è altro».

«Hai controllato tutte le sicurezze?»

«Sì e mi sembra che sia stato fatto un buon lavoro. Per giove, poi non è che nel nostro sistema ci siano segreti militari!»

Mi tranquillizzai allora.

Per rilassarmi di più chiamai Ula e le feci chiudere la porta a chiave. Al monitor di servizio mi godetti la scena ripresa dalla telecamera piazzata nei locali di produzione vedendo che Felice la seguiva con lo sguardo mentre usciva per venire da me. Al colmo del sadismo feci rivedere la scena a Ula mentre cominciava a sfibiarmi i pantaloni.

«Ho pensato di fare capire in maniera esplicita a tuo marito il mio interesse per te. Voglio vedere cosa fa!»

«Non mi sembra il caso... È un boscaiolo e la sua reazione potrebbe essere violenta!»

«La cosa mi eccita, a te no?»

«Dipende da quello che mi riserva il futuro, capo! Se devo continuare a essere sua moglie e a lavorare in quello stesso reparto dove lavora lui, ne vedo solo i lati negativi. Se vengo trasferita in altro reparto già la cosa la vedo in modo diverso. Certo lui ha già capito... La sera io faccio odore di sesso e lui se n'è già accorto!»

«Come ti ho detto, per ora non è il caso di ufficializzare un tuo trasferimento, ma mi farebbe piacere se tu tornassi a stare nella tua casetta del villaggio separandoti da lui. Io potrei venire da te ogni tanto anche di notte».

E così decidemmo di fare.

Ula mi raccontò il giorno appresso di avere volutamente fatto infuriare Felice dicendogli che non provava più alcun piacere a scopare con lui e da lì la successiva decisione di separarsi e, conseguentemente, di far tornare Hänsel e Gretel nella casa paterna.

Infine, il casino! Ero stato a casa di Ula a fare sesso come dio comanda e, rientrato al castello, mi ero accorto che due o tre terminali stavano lavorando. Mi ero precipitato nella stanza di Benigna e lei, nell'aprire la porta, mi aveva rivolto uno sguardo interrogativo con un impercettibile sorriso malizioso sulle labbra.

«Sei così arrapato da non potere aspettare domattina? La tua puttanella oggi non ti ha fatto nessun servizietto e vieni da me?»

«Benigna, sta succedendo qualcosa di strano... Vieni».

La presi per mano e mi misi a correre verso il terminale più vicino, quello di Hänsel. Il computer era acceso e il sistema sembrava in fibrillazione.

«Può darsi che si sia messo in moto un back-up automatico, no?»

«No. Qui qualcuno è entrato nel sistema e sta copiando dei dati. Secondo me i tecnici che sono venuti a impiantare i vari livelli di sicurezza hanno venduto informazioni a qualche concorrente. È assai pericoloso, Benigna! Se trovano le nostre informazioni siamo fottuti!»

La trascinai nell'altra ala del castello, quella dove si trova il mio ufficio e le feci vedere gli altri terminali al lavoro.

«Se si tratta di concorrenti potrebbero usare ogni informazione a loro vantaggio, forse hai ragione tu. Vediamo di spegnere tutto il sistema».

«Dobbiamo ritornare nella tua zona. Gli unici in grado di farlo sono Hänsel e Marcello. Siccome io con Marcello non ci vado a letto, mi sembra più affidabile Hänsel. Andiamo ad aspettare che arrivi, tanto lui viene sempre prestissimo».

Entrammo nella stanza che era già arrivato ed era in piedi dietro il computer che guardava inorridito.

Poi tutto precipitò.

Hänsel fu letteralmente cacciato dalla stanza da Benigna che non era mai stata capace di essere diplomatica. E lo fece non appena entrò quella stronzetta di Gretel. Io ero lì che stavo ancora spiegando a Benigna che avrebbe dovuto essere meno imprudente, dopo quella inaspettata visita sindacale, che sentimmo tutto quel fracasso nel corridoio.

Guardai prima il terminale collegato alla telecamera, ma era spento. Quello come tutti gli altri. In ogni caso sarebbe stato inutile perché già Benigna aveva aperto la porta della stanza e aveva fatto un salto indietro terrorizzata.

Entrarono Valentino e Paolo, ma dietro di loro c'era una confusione allucinante, un pullulare di operai in divisa da lavoro, sudati e inferociti.

La tenuta salvata dai ragazzini

La strega e l'amministratore erano palesemente spaventati, ma la loro arroganza rendeva ancora incontenibile la rabbia e l'indignazione per quella invasione inaspettata di pezzenti.

Pietro Cuffaro – questo era il nome dell'amministratore - era un ragioniere giovane, di circa trentacinque anni, magro e di bell'aspetto, coi capelli neri e gli occhi grigi, vestito, come sempre, con abiti dignitosi ma certamente acquistati in grandi magazzini. La sua enorme ambizione lo portava ad amare il denaro più di ogni altra cosa e in quella circostanza, come già da qualche tempo aveva intuito, vedeva nella signora Esperanza solo un intralcio al suo piano di accumulo di capitali, per quei comportamenti che poco o nulla si addicevano a un furbo imprenditore e che si adattavano invece a una ragazzina troppo viziata.

Paolo fece cenno ai suoi compagni di tacere perché adesso doveva parlare lui e gli altri, tutti gli altri, improvvisamente si ammutolirono al punto che potevano sentirsi volare le mosche nella stanza.

La strega si fece avanti con aria baldanzosa, respingendo di lato l'amministratore che si trovava tra lei e Paolo.

«Esseri ingrati e ripugnanti che osate entrare non invitati nei miei uffici di direzione! Fate un passo indietro e tornate al vostro lavoro finchè siete ancora in tempo, o domani vi troverete tutti senza lavoro e senza casa».

«Signora, stia calma e si rilassi. Qua non è a casa sua, ma in una fabbrica che lei gestisce».

«Questa fabbrica è mia, poveri idioti, e quindi sono a casa mia!»

«Lei evidentemente ha poco chiaro il concetto di ciò che è personale e ciò che è riferibile alla vita di un'azienda, signora. Se vuole un consiglio, rifletta prima di parlare con me, perché non sono un ignorante. Il 'poveri idioti' poteva pure risparmiarselo, cara signora, ma in questa fase glielo rispedisco semplicemente indietro!»

La strega, che fin lì era di colorito bianco come la carta, divenne rossa come un peperone e per la prima volta dall'apertura di Würsterlandia si rivolse all'amministratore chiamandolo per nome.

«Pietro, chiama la polizia!»

L'amministratore guardò lei, poi Paolo e Valentino, poi gli altri operai, infine il telefono.

«Aspetta, Benigna. Ascoltiamo prima che cosa hanno da dirci. Tu stai calma e lascia parlare me».

«Sì», disse Paolo quasi sussurrando, «non peggiori le cose signora Esperanza, gli animi di tutti sono già esasperati e basta molto poco a fare esplodere una scintilla!»

L'amministratore passò di nuovo davanti alla strega e con un'espressione di pacata intermediazione la guardò negli occhi e con quello sguardo le disse tutto: la sua confusione per l'atto di insubordinazione che stava facendo, il suo rimprovero per avere lei precipitosamente assunto un atteggiamento di pura aggressione, la sua volontà di mettere a posto ogni cosa, la sua paura di perdere in un attimo la posizione di privilegio sociale che era riuscito a occupare.

La strega forse non capì quello sguardo, ma le sue paure erano maggiori delle voglie di rivalsa e si tirò indietro nella certezza che se le cose non andavano per il giusto verso avrebbe avuto un capro espiatoio su cui buttare tutte le responsabilità del fallimento di quella insana trattativa, ma anche nella speranza che in poco tempo le cose sarebbero tornate a essere quelle di prima. In ogni caso già rifletteva con goduria al trattamento da riservare a Paolo e Valentino non appena tutta quella storia fosse finita.

Paolo il sindacalista

Ula era l'unica assente. Sarebbe stata premiata dall'amministratore per quel suo atto di grande coraggio. Felice ancora la cercava in mezzo alla folla, ma il suo sguardo tradiva la tristezza che ormai lo aveva assalito. Troppe volte nei giorni passati aveva visto salire in direzione la sua Ula e ridiscenderne dopo un po' tutta scapigliata e ancora affannata per il tradimento consumato e, infine, la raccapricciante richiesta di separarsi e tornare a vivere nella sua casetta del villaggio. Me l'aveva già detto Valentino che l'aveva saputo da Gretel.

La strega era lì, davanti a me, con quella sua aria arrogante che l'aveva resa subito invisa a tutti. Nella stanza eravamo entrati solo io e Valentino, ma tutti gli altri erano alla porta che aspettavano solo un nostro gesto per intervenire. Tutti sapevano che quell'invasione degli uffici di direzione era solo un pretesto, un'azione di copertura di un sequestro di persona vero e proprio, mascherato dietro una richiesta sindacale: i due volponi, lei e l'amministratore, dovevano essere trattenuti lì in attesa che arrivassero le forze dell'ordine che aspettavamo.

«Il conte Goffredo da Gora, già proprietario della tenuta oggi trasformata in una fabbrica, al momento della cessione ci aveva detto che avrebbe stipulato l'atto di vendita solo dietro precise assicurazioni del mantenimento dei livelli occupazionali e salariali precedentemente esistenti».

«Vero è», disse l'amministratore, «ma i livelli occupazionali non solo sono stati mantenuti ma addirittura aumentati e quelli salariali migliorati attraverso l'estensione dei contratti di lavoro a tutto il nucleo familiare di ciascuno di voi».

«Non è propriamente la stessa cosa. La catena di produzione ha bisogno di mano d'opera in numero maggiore rispetto alla gestione di un bosco. Voi l'avete trovata a basso costo sfruttando ragazzini e casalinghe per lavori pesanti che in molti casi richiedono qualificazioni e responsabilità da voi liquidate con un corso di formazione iniziale che altro non era che un sintetico manuale di istruzione sull'uso delle macchine. E, per giunta, senza alcun approccio all'argomento sicurezza».

«Abbiamo investito moltissimi soldi sia sulle strutture destinate ai vostri alloggi sia sulla sicurezza perimetrale di tutta la tenuta!»

«No. Voi avete speso i vostri soldi in telecamere utilizzate esclusivamente per controllare tutti noi. In quanto agli alloggi, poi, quelli nuovi piazzati al villaggio sono solo quattro capanni prefabbricati i cui costi sono già stati ammortizzati dal mancato pagamento ai lavoratori delle spese di trasporto e dal migliore rendimento sul lavoro derivante proprio dal taglio dei tempi di arrivo in fabbrica e del ritorno a casa di ciascuno di noi. Ho dato un'occhiata al bilancio di previsione e ho visto gli ammortamenti dell'azienda».

«Anche se fosse vero, questo è un fatto che a voi non riguarda, perché comunque godete di un benefit totalmente assente nelle altre fabbriche».

«Un benefit che ha il costo di un vero e proprio affitto per noi».

«Il minimo recupero che effettuiamo mensilmente è solo una garanzia legale che domani non venga accampato da nessuno il diritto di usucapione e ci è stato consigliato dai legali della stessa azienda».

«Si tratta di un balzello vero e proprio che vi ha consentito di recuperare più velocemente i costi da ammortare e che poteva essere diversamente risolto con semplici contratti di comodato d'uso, come quelli che ci aveva fatto firmare il conte».

«Il conte non aveva speso i soldi che noi abbiamo investito per la vostra sicurezza e che adesso imputate a spese per il vostro controllo».

«Se si fosse realmente trattato di misure di sicurezza, certamente avreste dovuto anche assumere dei guardiani che potessero accorrere nell'eventualità di un allarme. Invece qui di guardiani ce n'è uno solo, Rino, presente in guardiola ventiquattro ore su ventiquattro e, forse, senza diritto a ferie per mancanza di sostituti!»

«Insomma quali sono le vostre richieste? Tenete presente che, comunque, devono essere discusse con l'intera proprietà della fabbrica e, quindi, passerà sicuramente del tempo prima che possiamo darvi una risposta, positiva o negativa che sia».

«Non è prevista una risposta negativa. Noi chiediamo l'applicazione dei nostri diritti. Intanto ci asterremo dal lavoro finchè non verrà presa la decisione. Qualora entro quarantotto ore le nostre richieste non fossero soddisfatte, la nostra iniziativa si trasformerà in occupazione dei locali di produzione e la nostra legittima richiesta si trasferirà da questi locali a quelli dell'Ufficio Provinciale del Lavoro, assistita dalla intera delegazione sindacale che è già intervenuta in fabbrica.

Cambierete solo i soggetti con cui trattare. Le nostre richieste. Innanzitutto vogliamo ripristinati i vecchi salari, regola da estendere a tutto il personale senza favoritismi. E pretendiamo gli arretrati. In secondo luogo o provvedete ad abolire la guardiania d'ingresso o assumete altre due persone per la corretta turnazione. In terzo luogo vogliamo la disinstallazione di tutte le telecamere piazzate nei pressi del villaggio. Potete mantenere quelle perimetrali solo se giustificate da un adeguato servizio di guardiania. In ultimo vogliamo ripristinati i contratti di comodato d'uso gratuito degli alloggi e vogliamo restituiti i soldi da noi versati a titolo di affitto».

«Richieste assurde. Tu inoltre mi reputi troppo potente, Paolo, io non sono nient'altro che un intermediario in questa storia...»

«Allora non hai capito. Sappiamo che sei stato tu a fare mirabile opera di mediazione per la cessione della tenuta del conte alla tua cara amica strega servendoti dei servizi del barone Granati. Tu sei il responsabile dell'omicidio della signora Silvestra e della signora Libera. Tu hai incassato, per questi servigi, la somma di euro duecentomila, sottraendola ai conti dell'azienda, spacciandola per ulteriore versamento in contanti al barone, mentre a lui hai versato la somma di euro ottocentomila per i suoi delitti. Tu hai consentito alla strega di peggiorare la qualità del prodotto nel vano tentativo di maggiorare i margini di guadagno, producendo il tracollo economico aziendale, tu...»

«Non ti permetto di fare insinuazioni, vipera! Ricordati che stai parlando con la direzione...»

«...tu hai crocifisso due volte il povero Felice, facendogli prima portare la croce dell'immatura scomparsa della moglie che adorava e successivamente rubandogli la seconda donna con vane e subdole promesse di favori personali, tu sei più colpevole ai nostri occhi della stessa strega che ha capitanato questa fabbrica come fantoccio di più elevati interessi cittadini, tu...»

«Ora basta. Non ascolterò più le tue luride e infondate accuse senza reagire! È ovvio che non posso riporre più alcuna fiducia in te e, pertanto, avvierò il procedimento di licenziamento per giustificati motivi. Tu hai montato una protesta nell'interesse di terzi, tentando di svendere a una concorrenza che le autorità non faticheranno a individuare questo gioiello industriale. Tu hai cercato, da solo o in combutta con terzi, di manomettere la sicurezza del sistema informatico. Tu non ti asterrai dal lavoro di tua iniziativa, io ti invito a non mettere più piede in questa azienda e provvedo subito a chiamare la polizia! Benigna!» gridò infine, richiamando la strega che era rimasta dietro la porta della sua stanza ad ascoltare tutto il discorso e subito si riportò nella sua segreteria. «Benigna, ti prego di chiamare la polizia. Le cose qui sono più complesse di quello che sembravano. Questo individuo ha montato la protesta prezzolato da terzi e tutti gli altri, inconsapevoli, gli sono andati appresso…»

In quel momento dalle finestre vedemmo arrivare in fabbrica cinque automobili scure. Da quattro di esse scesero persone in divisa, quattro poliziotti e dodici finanzieri, dall'ultima scese il Procuratore Generale della Repubblica accompagnato da due assistenti e dall'autista.

«Hai già chiamato…» chiese l'amministratore alla strega.

«Io non ho telefonato a nessuno. Potrebbero aver saputo…»

«E da chi, Benigna?»

«Li abbiamo chiamati noi», disse Paolo rivolto alla strega.

«E che c'entra la Guardia di Finanza? Telefonerò subito al maggiore Tonelli» e si voltò per afferrare il telefono, ma Rino, che era entrato nella stanza, le si parò davanti.

«Tu per ora non telefoni a nessuno. Quando il Procuratore sarà qui ti dirà lui a chi puoi telefonare», le disse lanciandole uno sguardo che non ammetteva repliche.

Poi fu solo confusione, agitazione, vocio, invocazioni, fino all'ingresso delle autorità.

Il Procuratore si rivolse alla strega: «Abbiamo motivo di reputare che questa azienda sia stata realizzata compiendo efferati delitti e allo scopo di metterne in atto altri, non violenti e di natura finanziaria. Abbiamo anche motivo di credere che era in atto un tentativo di bancarotta fraudolenta, ai danni di primari esponenti della società che hanno riposto la loro fiducia nelle vostre capacità manageriali. Ho disposto alla Guardia di Finanza i necessari accertamenti contabili e alla Polizia un'accurata perquisizione di tutti i locali, tanto quelli adibiti a uffici quanto quelli adibiti ad abitazioni personali».

In quel momento si fiondò nella stanza Ula, rossa in viso e chiaramente agitata.

«Non so chi lei sia, ma devo denunciare un complotto ai danni della direzione aziendale a opera di mio marito in combutta con il suo amico Gaspare da cui sembra ormai stregato!»

«Signora, nel suo interesse non dica altro e torni al suo posto. Qualunque altra dichiarazione potrebbe metterla nei guai».

Ula si guardò intorno spaventata e parve forse rendersi conto solo in quel momento che tutti i suoi compagni di lavoro le erano contro e la fissavano con sguardi di condanna. Come le fosse potuto saltare per la testa di fare quell'irruzione isolandosi e schierandosi in favore della parte che era troppo evidente fosse la parte soccombente rimane tuttora un mistero. Un atteggiamento che le costò caro, perché infine non solo perse definitivamente l'affetto di suo marito, ma la rese invisa a tutti al punto di costringerla, di lì a poco, a lasciare il villaggio e tornare in città.

Le forze dell'ordine impiegarono diverse settimane a raccogliere tutta la documentazione necessaria a impiantare l'atto di accusa che doveva dare avvio a un processo che, all'origine, ci eravamo prefigurati di dimensioni devastanti ma che alla fine si concretizzò con una portata ben più contenuta. Infatti, per evitare il fallimento dell'azienda, il Procuratore volle credere all'impianto di difesa dei maggiorenti coinvolti in quella triste vicenda secondo il quale sarebbero stati tutti truffati dalla strega e dall'amministratore, investendo denaro nell'attività che sembrava dovesse produrre altissimi guadagni e trovandosi improvvisamente derubati di tutti gli averi fatti confluire nella ditta e poi spariti nel nulla. Proprio nel nulla no. Infatti, grazie anche alle indicazioni documentali che avevamo prodotto, fu possibile verificare il trasferimento di tutte le somme all'estero, ma non fu possibile identificare i beneficiari di quelle transazioni perché le banche estere dove i soldi erano confluiti consentivano l'anonimato degli intestatari dei conti.

Il conte, che voleva rientrare in possesso della sua tenuta, nelle more che il lunghissimo procedimento giudiziario civile e penale prendesse avvio, fu nominato commissario dell'azienda e il suo primo atto fu quello di portare i registri societari in Tribunale dichiarando il fallimento dell'attività. Lui stesso fu nominato liquidatore e diede avvio alle trattative di vendita dei macchinari liberando le stanze del suo castello.

I nostri salari furono regolarmente pagati mese per mese e, alla fine, il conte volle tenere una riunione con tutti noi.

Filippo esprime la sua gratitudine al Conte

Era ovvio che il conte si sarebbe trovato in difficoltà. La forza lavoro che si trovava a dover pagare era sicuramente in esubero rispetto a quella che gli serviva per la gestione di una tenuta di caccia. Rispetto a quando lui aveva ceduto alla strega il castello e il bosco erano state ingaggiate ben trentuno nuove persone che costituivano nove nuclei familiari distribuiti in altrettante nuove casette del villaggio.

Fin lì aveva assicurato il pagamento dei salari, ma tutti eravamo stati adibiti alla pulizia del bosco dalle sterpaglie e al ripristino degli ambienti ecologicamente necessari alla vita degli animali.

Quella riunione avrebbe chiarito sicuramente quali sarebbero stati i lavoratori che avrebbero potuto continuare a svolgere la propria attività in azienda e quali invece avrebbero dovuto lasciare. Noi che eravamo arrivati dopo la cessione della tenuta eravamo naturalmente già rassegnati a sentircelo dire. Però Gaspare e Felice, Paolo, Valentino e Mario in quel periodo, che durò circa sei mesi, ci dicevano di rilassarci, perché il conte sicuramente aveva idee nuove. E poi, anche i giovani delle dieci famiglie che originariamente costituivano il villaggio, non lavoravano per il conte, come anche tutte le mogli dei boscaioli e, quindi, anche per loro, si sarebbe reso necessario un riciclo in altra attività. In tutto c'erano altre sedici persone che improvvisamente avrebbero smesso di lavorare.

Bisognava attendere le decisioni del conte con animo sereno, insomma.

La riunione fu tenuta a palazzo, nella sala un tempo adibita alla prima fase della produzione dei würstel, in cui si trovava il grande cutter ormai dismesso e venduto a una fabbrica del nord. La sala in cui lavorava Paolo.

Il conte, come sempre elegantissimo, con un vestito di lino bianco, scarpe di tipo inglese bicolori cuoio e bianco e una camicia bianca col colletto aperto, prese la parola mentre tutti noi cercavamo di capire dal suo sguardo quello che avrebbe detto, trovando solo un viso inespressivo che aumentava il nostro panico.

«Scusate il ritardo con cui mi presento a tutti voi. In parte è dovuto al mio stato d'animo dal momento in cui ho rimesso piede all'interno di questa mia antica dimora che ero abituato a condividere con la mia amata moglie che oggi non c'è più. Vi parlo di lei perché era persona piena di idee che mai avrebbe permesso che una sola persona fosse costretta a lasciare un posto di lavoro pur nelle condizioni in cui quel lavoro avesse cessato di esistere. Ecco. Questo è il punto. Ho dovuto far lavorare molto il mio cervello che ormai non è più giovane ed elastico come prima e ho dovuto ragionare come avrebbe fatto mia moglie. Lei avrebbe detto che certamente un lavoratore non ha mai nessuna responsabilità se il suo lavoro perde di utilità. Semmai la responsabilità è del datore di lavoro che non ha saputo prevedere per tempo la necessità del cambiamento».

Si fermò guardando tutti mentre si schiariva la gola. Eravamo in tensione, ma quelle prime parole già aprivano degli spiragli che fin lì non avevamo sperato si aprissero.

«È fin troppo ovvio che non è neppure pensabile utilizzare forza lavoro in esubero per il lavoro di gestione della tenuta, originariamente svolto da dieci boscaioli. Era pertanto necessario cercare di capire come impiegare le quarantasette persone in esubero. Fermo restando che io sono sempre aperto a eventuali suggerimenti che provengano da voi, vi dico intanto cosa ho pensato io. In questa fase di reimpianto della tenuta reputo che la forza lavoro necessaria per la sistemazione del bosco, ancora assai lontana, e il ripopolamento della tenuta con

163

i cinghiali, i daini, i cervi e la selvaggina minore, allo stato ancora in gabbia, potrà essere di quindici persone. I loro salari saranno quelli che venivano pagati prima della cessione, quindi maggiori del 15 per cento rispetto a quelli pagati da Benigna Esperanza, importo che non va a compensare la perdita di lavoro delle rimanenti persone che compongono i relativi nuclei familiari. All'interno della tenuta vi sono spazi enormi che prima erano solo in parte utilizzati da mia moglie per un grande orto biologico. Ho fatto venire qui un mio amico biologo, esperto in questa materia, e mi sono fatto preparare un progetto che mi è sembrato assai interessante e che potrebbe tenere occupati altri venti lavoratori. La natura del lavoro è indirizzata più alle donne che non agli uomini. Il bunker dove prima si trovava l'allevamento intensivo del pollame lo sto trasformando in uno spazio chiuso che ospiterà un grande ipermercato dove, tra l'altro, confluiranno i prodotti agricoli di coltivazione biologica cui ho appena fatto cenno. Questa altra attività potrà assorbire altri dipendenti, il cui numero a regime dovrebbe essere intorno a quindici elementi. Ne rimangono fuori ancora sette. Avrei pensato di reimpostare un laboratorio di produzione di insaccati e di confetture alimentari che, se realizzato in modo intelligente, potrebbe occupare tranquillamente tutto il resto della gente presente al villaggio. Vi faccio distribuire subito i piani dettagliati del mio programma e i tempi previsti per la messa a regime di tutte le attività. Fino a quel momento, inutile dirlo, assicurerò a tutti lavoro e salari. Sarete voi stessi a fornirmi la lista delle persone che dovranno essere adibite a ogni singola attività prevista e, eventualmente, a suggerirmi altre ipotesi che possano integrare quella già in fase di impianto. Ovviamente, se le signore vorranno dedicarsi solo alla famiglia e alla coltivazione degli orti che potranno essere reimpiantati dietro le vostre case, non avrò problemi a installare nuove casette nel villaggio facendo arrivare nuova gente che vorrà venire a insediarsi qui da noi».

«Signor conte, credo di poter parlare a nome di tutti per formularle i più vivi ringraziamenti per aver pensato a tutti noi e ritengo che la soluzione che lei ha già illustrato possa essere ampiamente condivisa da noi tutti. Qui parlo in modo particolare a nome di coloro che sono arrivati alla tenuta dopo la cessione a quella signora che aveva offerto mari e monti già prima ancora che lei decidesse, o meglio fosse costretto a decidere, di venderle ogni cosa. Mi scusi, non mi sono neppure presentato. Io sono Filippo Abate, qui tutti mi chiamano Filippo. Lavoravo nel settore della macellazione e della vendita al dettaglio di tagli di carne e gastonomia in genere. In fabbrica mi sono occupato del confezionamento delle vaschette di interiora di polli. Dal momento della chiusura dell'impianto ho lavorato sodo insieme a Gaspare e Felice e a tutti i boscaioli che già lavoravano nella sua tenuta, con l'intento di apprendere un mestiere nuovo che, apparentemente noi pensavamo fosse molto più semplice di quello che svolgevamo nelle macellerie di città e che, invece, si è dimostrato complesso e pesante, ma molto più ripagante in termini di qualità della vita. Tutti i più anziani, non in senso anagrafico ma in senso di tempo di lavoro alla tenuta, ci hanno raccontato di com'era la vita qui prima che arrivasse quella che tutti noi abbiamo sempre chiamato la strega. Sappia che siamo felicissimi di lavorare per lei e lo faremo con impegno e dedizione».

«Non ne ho alcun dubbio. Intanto perché ho già imparato a conoscervi in questa prima fase di riorganizzazione della tenuta. Uno per uno. Non me ne vogliate, ma ho anche chiesto referenze vostre. E tutte sono state concordanti specificamente sul fatto che siete lavoratori attenti e capaci, professionalmente assai validi. Niente da dire sulle scelte fatte dalla precedente amministrazione che mi appaiono mirate e sapienti, anche se poi, per una serie di circostanze ancora a me poco note, alcuni di voi sono stati adibiti ad attività attinenti a quelle di provenienza mentre altri a tutt'altro genere di lavoro. È anche per questo che io preferirei che siate voi stessi a decidere il genere di attività cui vorreste dedicarvi nella nuova azienda. L'unica cosa che vi prego di evitare è qualsiasi proposta che veda aperto al pubblico il bosco o, peggio ancora, l'organizzazione di battute di caccia per gente che si è arricchita con attività commerciali e adesso vuole dimostrare di essere di origine nobile. Io, come sanno tutti quelli che hanno già lavorato per me, non sono un grande lavoratore. Mi piace leggere, dedicarmi alla ricerca scientifica e ai miei hobby in generale. Voi vi organizzerete da soli, sulla base di decisioni assunte collegialmente e, spero, all'unanimità o quasi e non a maggioranza. Il ricavato della commercializzazione dei prodotti, compresi quelli provenienti dalla caccia, sarete voi a decidere come utilizzarlo. Tenete in conto che, in questo sistema di autogestione, dovete prevedere il reinvestimento di una parte dei ricavi nelle opere di manutenzione, acquisto di materie prime, ripopolamento del bosco e così via, oltre a decidere l'ammontare dei vostri salari che, ripeto, in questa prima fase di avvio, fino a che tutte le attività non si possano considerare a regime, provvederò io stesso a pagare. Ora la palla passa a voi. Io ho detto tutto quello che volevo dirvi. Un'ultima cosa. Vi informo che il barone Granati è finito in galera insieme all'amministratore e alla signora Esperanza. Farò in modo che le guardie carcerarie dedicate alla loro custodia li trattino precisamente come qualsiasi altro carcerato e che le chiavi delle loro celle vengano gettate a mare. Se però dovessi sapere che uno solo di loro esce di prigione senza avere scontato l'intera pena, per un motivo qualsiasi, anche per buona condotta, per ravvedimento, per contrizione o altro, personalmente provvederò a farlo sparire per sempre».

Il conte si ritirò e Paolo provvide a distribuire i piani dettagliati degli interventi programmati che avremmo dovuto leggere e discutere tutti insieme. Così aggiornammo la nostra riunione a quello stesso pomeriggio nello stesso luogo.

Andrea e il progetto di agricoltura biologica

Quel pomeriggio c'eravamo proprio tutti e, dopo aver letto i piani di dettaglio, sembravamo tanti ragazzini pieni di entusiasmo intenti a organizzare una propria città in autogestione.

In effetti, il concetto era proprio quello. Quello era il messaggio che aveva voluto mandarci il conte. Lui era un ricco possidente ma sicuramente non avrebbe potuto provvedere al nostro sostentamento per sempre. Quindi adesso toccava a noi.

Fui il primo a parlare.

«Qua c'è lavoro veramente per tutti e, forse, anche di più. Intanto sarebbe opportuno contarci, sapere cioè chi tra le nostre donne non è più disponibile a lavorare o, meglio, chi preferirebbe dedicarsi esclusivamente alla propria famiglia. Avremo le idee più chiare prima di decidere chi si deve dedicare a che cosa».

«Finchè non sono terminati i lavori di ristrutturazione del capannone esterno che verrà adibito a ipermercato», disse Rosetta, «io penso che tutte noi potremmo essere più utili se cominciassimo a reimpiantare i nostri orti di casa e a riorganizzare il governo delle nostre famiglie. Cosa ne pensate?», disse rivolta a tutte le altre mogli.

Gretel si disse subito d'accordo comprendendo anche se stessa in questo genere di attività, in assenza della propria madre. Tutte le altre si accodarono dicendo di condividere il pensiero di Rosetta.

«Così siamo rimasti in diciannove oltre ai ragazzi che sono complessivamente quattordici», dissi io. «Il lavoro del bosco impegnerà inizialmente quindici persone. A regime ne basteranno dieci come prima. Per questo tipo di attività io penso, intanto, che dobbiamo già segnare i nomi dei boscaioli che la svolgevano prima, salvo che qualcuno non pensi di volere essere adibito a qualcos'altro».

Il silenzio di tutti confermò la mia proposta.

«Adesso dobbiamo sceglierne altri cinque che, comunque, fra meno di un anno, dovranno poi scegliersi un'altra attività».

Filippo si fece subito avanti. «Io sono disponibile. Quando saranno terminati i lavori di impianto del nuovo laboratorio di produzione di insaccati e confezioni varie, potrò sempre essere riadibito a quell'attività che è la mia d'origine, se nessuno è in disaccordo».

Come lui, anche Massimo, Gianni, Silvio e io stesso demmo la nostra disponibilità per il tempo necessario alla risistemazione del bosco e all'impianto del nuovo laboratorio.

Quest'altra attività era previsto che avrebbe occupato circa sette persone. Cinque erano proprio quelli che avevano parlato, cioè Filippo, Massimo, Gianni, Silvio e io. Gli altri due che si dissero disposti ad assumere un ruolo all'interno del laboratorio non appena terminati i lavori di impianto furono Gustavo e Nicola.

«Resta adesso da decidere l'impegno nel campo dell'agricoltura biologica e quello relativo all'ipermercato. Qui è necessario tenere presenti alcune cose. Per i lavori agricoli sono previste venti persone e quindici per l'ipermercato. In totale trentacinque persone. Inizialmente, per i lavori di impianto del campo biologico, direi che potrebbero essere impiegati Hänsel, Valentino, Paolo, Lucio, Mario, Sergio, Tano, Corrado, Totò, Beppe, Marcello, Aldo, Piero, Gustavo, Pino, Franco, Nicola e Rino, oltre a Gustavo e Nicola che fino al completamento del laboratorio di insaccati sono liberi da altri impegni. Cosa ne pensate? Valeria, Cinzia, Emilia, Gabriella e Faustina per ora potrebbero occuparsi di tutti gli aspetti amministrativi e contabili, inizialmente guidati da Paolo e Marcello».

Tutti si dissero d'accordo. Venti persone. A regime il progetto fissava la manodopera in venti persone. Per i primi mesi, intanto, la questione sembrava risolta. Poi, a lavori ultimati dell'impianto dell'ipermercato, si sarebbe potuto ridiscutere tutto, alla luce anche delle eventuali disponibilità delle donne che per ora si volevano dedicare ai lavori casalinghi.

«Caso mai, se siete d'accordo, a ipermercato terminato potremmo pensare di assumere qualcun altro e rimescolare le carte. Penso che sia opportuno, però, prima vedere che tipo di incassi riusciamo a fare con la vendita del biologico sul campo».

«Io ho un po' di pratica con l'agricoltura», disse Pino. «Prima di lavorare in macelleria mi sono occupato della coltivazione di alcuni terreni dove, tra l'altro, io e mio cognato avevamo impiantato anche due serre e un campo di angurie in tunnel. Ogni serra è di mille metri quadrati ed è sufficiente il lavoro di una sola persona per curarla. Le nostre erano seminate a pomodoro che è un prodotto che ha bisogno di molta cura. In due riuscivamo tranquillamente a gestire tutto il nostro terreno e i guadagni erano sufficientemente alti. Nel periodo di raccolta assumevamo altre quattro persone per una quindicina di giorni.

Non ho mai lavorato con il biologico, ma penso che la stima di venti persone per lavorare un campo di due ettari di terreno sia un po' esagerata. Il nostro campo era di un ettaro, c'erano le due serre e i tunnel per le angurie e il resto del terreno era coltivato a vigneto e a fichi. Facevamo due campagne ogni anno, una invernale con il pomodoro e una estiva con meloni gialli e angurie. La campagna estiva serviva per pagarci le spese di tutt'e due le campagne. Quella invernale produceva quindi solo utili che, tolte le tasse, ci facevano stare bene. È un mestiere massacrante, d'inverno andare anche di notte quando si temono le gelate, d'estate con le temperature altissime che si raggiungono in serra, era diventato un incubo e, alla fine, ho deciso di cambiare lavoro. Da quello che ho potuto capire, il conte vorrebbe realizzare grandissime serre in vetro e metallo, completamente apribili, non usare nessun prodotto chimico ma solo moderne soluzioni già sperimentate in altri paesi, come Israele e lavorare in modo totalmente automatizzato, per mezzo di macchine appositamente studiate per la potatura e la raccolta dei frutti, la semina degli orti e l'irrigazione, difendendo le piante dai parassiti volanti con i particolari raggi UV fatti deviare dalle plastiche di rivestimento dei vetri e da quelli che attaccano le radici da sottoterra semplicemente con l'uso di particolari grandissimi vasi riempiti con terra sterilizzata per mezzo di processi di solarizzazione. Tecniche modernissime che, secondo me, dovrebbero ulteriormente ridurre la manodopera da utilizzare. Penso che, ultimati i lavori di definizione dell'ipermercato, gli aspetti commerciali potrebbero diventare un po' il volano dell'azienda e il personale femminile in quel settore non potrebbe che portare benefici. Se è come penso io, all'agricoltura potremmo essere addetti solo in dieci e ancor meno. Lo vedremo a regime. In ogni caso, io mi propongo per continuare con quel lavoro, purchè non diventi un incubo!»

Definiti tutti i ruoli la riunione ebbe termine e, insieme a Filippo, Gaspare e Felice ci facemmo annunciare al conte.

Di fronte al nostro entusiasmo il conte si mise a ridere felice.

«Non potete sapere come mi si rallegra il cuore a sentire gente entusiasta che parla della tenuta. Mi sembra di sentire mia moglie Silvestra, quando parlava di quel suo fazzoletto di terra sul quale andava a sudare ogni giorno, anche quando alla fine il suo corpo andava perdendo ogni forza. Vi confesso che i numeri non sono opera del mio consulente. Sono stato io a imporli perché avevo l'obiettivo di dare lavoro a tutti. I vostri calcoli corrispondono a quelli fatti realmente dal mio consulente. Almeno per quanto riguarda il biologico. Per l'ipermercato ci sono pareri contrastanti. C'è qualcuno che pensa che siano sufficienti gli addetti alle casse nel numero che sarà di momento in momento necessario avere, oltre a una persona che faccia da coordinatore e raccolga gli eventuli reclami della clientela o effettui i cambi di merce. Ma queste previsioni normalmente tengono conto di eventuali perdite per piccoli furtarelli che non sarebbe possibile controllare e, di conseguenza, considerano un aumento del prezzo del prodotto in funzione delle perdite eventuali per furti. A me, non ve ne abbiate a male, questa cosa suona assai male. Non mi piace aumentare il prezzo della merce a causa di pochi ladruncoli e non mi piace alzare troppo il prezzo di prodotti portandoli fuori mercato, soprattutto quelli provenienti dall'agricoltura biologica che, proprio per la particolare coltivazione, hanno costi di produzione più elevati. In linea generale sono comunque d'accordo con voi. Le cose vanno fatte passo dopo passo. Se avete condiviso tutti il programma, potete cominciare da subito».

Il ritorno al villaggio

Ecco. Per tutti loro quelle decisioni collettive che consentivano il ritorno alla normalità rappresentavano il viaggio di ritorno al villaggio.

Era un ritorno allegro, perché per tutti, sia i più anziani sia i più giovani, significava la riconquista della famiglia, di quella quiete routine di faccende casalinghe e di svaghi che solo attività meno invasive nella propria sfera intima potevano ridare.

Era un ritorno doloroso, perché per ottenerlo avevano dovuto riconquistarlo con la lotta che non è mai un fatto isolato del proprio cammino, perché – tutti lo sapevano bene – poteva dare il gusto della competizione.

Era un ritorno desiderato, soprattutto dai boscaioli che già avevano vissuto l'esperienza di vita familiare e collettiva della tenuta del conte, ma anche da tutti coloro che lo avevano vissuto solo nei racconti degli altri, perché rappresentava l'arrivo alla meta aspirata, alla tranquillità, alla coltivazione delle amicizie, ai week end lunghi, al ritorno ai propri hobby.

Era il ritorno.

Valentino parla a Gretel di metter su famiglia

Già da qualche giorno avevamo iniziato a lavorare con le nostre nuove mansioni.

Ogni sera, alla fine del lavoro, passavo da casa di Gretel e insieme andavamo a fare una passeggiata al lago.

Il suo orto era tra i migliori del villaggio, pareva curato da un mago e riusciva a ottenere risultati miracolosi non solo per la qualità dei prodotti ma anche per le loro dimensioni. Ormai tutte le donne del villaggio andavano da lei a chiedere consigli. E la cosa buffa era che lei non ne sapeva dare! Ripetevano insieme tutte le operazioni fatte per portare a maturazione un certo ortaggio e tutto le sembrava fatto alla perfezione, senza alcun difetto tecnico, ma le sue melenzane erano grosse il doppio di quelle della sua vicina, cioè mia madre.

Lei sembrava impazzire a pensare se avesse utilizzato qualcosa per fertilizzare il terreno cui gli altri non avevano pensato, ma alla fine constatava che facevano tutti la stessa cosa.

Alla fine concludeva che sicuramente era l'intervento soprannaturale di sua madre che l'aiutava dall'al di là.

«Valentino», mi chiese un giorno mentre eravamo seduti sui nostri scogli da pesca, «raccontami qualcosa dei Rom, come nascono, come vivono...»

«Ti posso solo raccontare storie che a me sono state raccontate da mio padre. Come sai lui fu espulso dalla Vica, che è una sorta di famiglia estesa, il perno dell'organizzazione sociale, dopo aver scelto di disobbedire a suo padre che aveva chiesto la mano di una ragazza per dargliela in sposa, quando lui aveva ancora quattordici anni. Il matrimonio nella società Rom è ben diverso da quello che viviamo noi. Il padre è il capo della famiglia ed è lui che decide quando e con chi il figlio deve sposarsi. Quando decide, comunica al figlio la sua decisione e va a chiedere al capo famiglia della ragazza scelta la sua mano, offrendogli una somma di denaro. Questa somma rappresenta una sorta di ringraziamento per avere allevato bene la ragazza e, al contempo, la prova di possedere denaro che renderà meno dura la vita della fanciulla. Questo passo era già stato compiuto e mio padre, improvvisamente, si innamorò di Rosetta e la sposò. La storia dei Rom probabilmente non la conosce nessuno. Un'antica leggenda racconta che uno scià chiese a un sovrano indiano diecimila Luri, uomini e donne, per divertire il suo popolo con la loro musica. Però, al loro arrivo, lo Scià disse ai musicisti che voleva insediarli nelle terre incolte del suo regno perché potessero coltivarle e diede loro buoi, asini e semi di grano da piantare. I Luri, che non avevano mai fatto i contadini, mangiarono i semi e, finiti, dopo un anno tornarono dallo scià per averne degli altri. Questi, adirato, ordinò loro di andare via per il mondo senza tornare finchè non avessero voglia di lavorare la terra. E i Luri caricarono gli asini con i loro beni e con gli strumenti musicali e da allora vagano nel mondo. È una storia anche questa che mi hanno raccontato. So che è un popolo che ha ricevuto persecuzioni in tutti i tempi e in tutte le terre, culminate con il genocidio nazista che ha visto morire nei lager circa cinquecentomila zingari. Impossibile dire quanti ne siano morti effettivamente in quel periodo. Al di fuori dei campi di concentramento moltissimi furono fucilati: i gruppi di azione avevano ricevuto l'ordine di fucilarli ovunque li incontrassero, senza alcuna spiegazione. Anche la lingua, ormai, sta morendo. C'è una canzone che parla della lingua Rom e dice:

Tu hai viaggiato insieme a noi
lungo le strade del mondo,
eri il fuoco delle nostre canzoni,
ed ora
in questi terreni malsani
che i gagé ci riservano
tu muori un poco ogni giorno,
come noi.

Ti confesso che mi piace poco parlare dell'argomento, anche perché lo conosco poco. Provo invece un piacere immenso a sentire parlare te».

«Di me sai tutto. Mi conosci da sempre».

«È vero. Ti ho sempre desiderata e non avevo il coraggio di dirti quanto ti amavo. Adesso sento la necessità di creare con te una nuova famiglia».

«Anch'io, ma dobbiamo aspettare. Sai quanto ha sofferto mio padre prima per la morte di mamma, adesso per la fuga di Ula. E quanto sta soffrendo anche Hänsel per la rottura di quel legame con la strega…»

«Sì, però lui poteva essere un po' più accorto. Non si accorgeva che era invisa a tutti, ma proprio a tutti? Se c'è qualcuno che critica un altro, si può pensare che quel giudizio sia fondato sul nulla, solo su posizioni emotive, ma se la critica arriva da una pluralità di persone la cosa deve fare riflettere».

«Ti vorrei ricordare che nel medioevo la caccia alle streghe era dettata da superstizioni così diffuse da costituire quasi la normalità ma oggi ci appare sbagliata; eppure allora era un convincimento così radicato nella gente che doveva essere interpretato come giusto! La stessa cosa accadeva ai tempi del nazismo in Germania o del fascismo in Italia… Cos'è giusto e cosa sbagliato? In effetti i due concetti sono molto relativi. Se sei convinto di stare nel giusto è molto difficile che ti si possa convincere del contrario. Per Hänsel sicuramente sbagliavano tutti, perché lui era l'unico a conoscere a fondo la strega. Il suo giudizio si basava però sulla maschera che lei utilizzava quando stava con lui, quando gli parlava, quando gli spiegava com'era stata difficile la sua vita da donna che voleva diventare una manager, impiantare un'azienda nuova nella quale applicare concetti economici da lei descritti nel suo libro».

«Già, un libro copiato da altri testi di economia, peraltro ormai superati! E copiato pure male! Pubblicato grazie alle conoscenze di suo zio e venduto sempre per la stessa ragione! Tuttavia hai ragione tu. È difficile giudicare una persona che ha una forte spinta emotiva che diventa quasi un ideale. Tu sai però che Hänsel non l'abbiamo mai messo alla gogna, neppure quando cominciò a fare il sicofante. Tutti gli volevamo bene perché lo conoscevamo già da prima e sapevamo quanto sapesse essere dolce e generoso. Anche Sergio, Marcello, Tano e tutti gli altri che sono arrivati quando già era cambiata la vita del villaggio e non avevano avuto l'opportunità di conoscerlo prima e, credimi, senza alcun intervento da parte mia o di Paolo o di Mario, avevano capito che il suo carattere era stato plagiato da quella malefica donna. Nessuno ha mai pensato di vendicarsi di lui. Tra l'altro, lui stesso cercava di minimizzare tutti i discorsi che sentiva fare contro la strega e li riferiva già edulcorati, per non fare male a nessuno. Alla strega, poi, faceva solo piacere sapere che era odiata da tutti, se ne faceva un vanto».

«Basta parlare di lui, adesso. Abbiamo parecchie cose da fare e da organizzare se vogliamo mettere su famiglia. Intanto la casa. Potremmo andare ad abitare in quella che era la residenza assegnata a Ula, che adesso è di nuovo vuota, ma prima dobbiamo chiederlo al conte e cominciare a impiantare il nostro orto. E chi curerà l'orto di papà e Hänsel? Non posso abbandonarli e neppure pensare di gestire due case».

«L'alternativa è quella di andare ad abitare a casa di tuo padre e chiedere a Hänsel di tornare da solo ad abitare nella casa di Ula. Riflettici. Io con tuo padre vado perfettamente d'accordo. Hänsel, dal canto suo, non sarà solo per molto tempo. Da quando è terminata sul nascere la storia tra Valeria e

Marcello, lei cerca sempre la compagnia di tuo fratello e a me sembra che a lui non dispiaccia affatto. Valeria sembra un po' per aria, distratta, sbadata, svampita, ma è invece una donna con i piedi ben per terra. Secondo me ci fa. È il suo modo di rendersi piacente, di farsi corteggiare».

«È vero. A me non è mai dispiaciuta Valeria. L'ho sempre stimata e non è un caso che ho incaricato lei di andare a recuperare i documenti che ci servivano nella cassaforte dell'appartamento dell'amministratore. Perché sapevo che l'avrebbe fatto senza commettere errori. Valeria era mia compagna di scuola, di banco. E siamo sempre state buone amiche e abbiamo continuato a esserlo anche qui al villaggio».

«E quindi? Basterà una piccola spintarella e quei due si ameranno alla follia!»

«Non essere cinico, adesso! Però l'idea non mi dispiace».

Decidemmo di darci da fare.

Al ritorno dal lago accompagnai Gretel a casa sua e lei mi invitò a pranzo da loro. Ne approfittai subito per parlare con Hänsel e portare il discorso pian piano su Valeria. Mi era rimasto sempre molto amico e di me non aveva mai detto una sola parola alla strega che potesse mettermi in cattiva luce o appiattirmi sul giudizio di inimicizia che si era formato nei riguardi di tutti gli altri. Ci stimavamo prima di quell'oscuro periodo e continuavamo a stimarci anche adesso.

«Ho notato che ti guarda come se fossi il suo idolo!»

«Non ti nascondo che anche a me piace moltissimo. In certi momenti quel suo modo di fare svampito e ingenuo risveglia tutti i miei sensi, mi turba, stimola i miei ormoni maschili, ma poi guardo i suoi occhioni dolci e mi vien voglia di baciarla, di stare mano nella mano con lei di fronte al tramonto sul lago...»

«Perché non glielo dici?»

«Tu dimentichi che ho avuto una relazione con quella troia della strega - e tutti ne erano a conoscenza - e certamente non mi ha messo in bella luce neppure con lei!»

«Scusa, mi sembra un non senso con quello che ci siamo appena detti. Lei ti guarda affascinata tu la guardi arrapato, vi piacete e ti spaventi a dirglielo?»

«Sono sempre stato timido, fin dai tempi di scuola».

«Questo non ti ha impedito di spassartela con la strega, però».

«In quel caso ha fatto tutto lei, mi trascinò nella sua stanza e mi violentò».

«E aspetti che Valeria faccia tutto lei? Se aspetti, prima o poi succederà che lei ti salti addosso, ma può anche succedere che arrivi qualcun altro prima di te! Non ti scordare che anche Marcello aveva puntato il suo sguardo su Valeria e che solo circostanze particolari lo hanno per ora dissuaso dall'impegnarsi sentimentalmente in modo serio e duraturo con una donna!»

«Hai ragione. Questa sera dopo cena, la invito al lago. Se accetta il mio invito, vediamo come si mette la serata...»

«Ok. Questa sera, dopo cena andiamo tutti e quattro al lago, poi io e Gretel ci appartiamo per lasciarvi soli».

«Era dunque tutta una scusa per poterti appartare con mia sorella. la tua, eh?» mi disse gettandomi un cuscino in testa.

Eravamo così. Ogni cosa poi prendeva il verso della burla o, come diceva lui facendo proprio riferimento alle mie origini, della zingarata.

Valeria

Vennero a casa mia dopo cena che quasi mi stavo andando a coricare ma mi fece molto piacere, sia perché con Gretel eravamo veramente amiche sia perché suo fratello mi piaceva da morire.

Mia madre fu molto graziosa con Gretel e Valentino ma molto formale con Hänsel, evidentemente non poteva dimenticare facilmente quello che aveva fatto nel periodo della fabbrica dei würstel. La cosa a me non piaceva perché Hänsel mi interessava proprio tanto e Gretel era mia amica da sempre e cercai di farglielo capire, ma non ci fu verso... Non lo prendeva in considerazione, come se non fosse presente fra noi.

Allora io invitai i ragazzi ad andare tutti nella mia stanza, ma Hänsel disse di no, che gli sarebbe piaciuto andare al lago, a rivedere i luoghi che lui frequentava prima che accadesse tutto quanto e lo disse con una voce che era quasi una supplica più che un invito e anche mia madre lo notò e finalmente si accorse di lui e fu proprio lei a dirmi di andare, di riportarlo all'aria pura che sapeva di canne fango e acqua palustre così si sarebbe ricordato dei suoi amici e di come invece li aveva considerati nemici.

Hänsel si sentì ancora di più a disagio e mi fece molta tenerezza mentre impacciatissimo le rispose che sì, aveva ragione, che lui avrebbe voluto chiedere scusa a tutti per il suo comportamento, che in effetti non aveva quasi il coraggio di guardare negli occhi nessuno per quello che aveva fatto...

«Ma tu non hai fatto proprio nulla», intervenni io allora. «Hänsel, la passione acceca e tu eri travolto dai sensi, lo vedevano tutti!». Poi mi rivolsi a mia madre in tono più sommesso e parlando quasi sottovoce le dissi: «Mamma, cerca di essere riflessiva quando parli come hai sempre fatto, non ti riconosco più, è come se ti avesse fatto qualcosa di male, ma non di male normale, ma di male irreparabile! Non vedi che fatica a riconoscersi e che è veramente rattristato per... Ma poi, per che cosa? Che cosa ha fatto di male?»

«Beh, nulla! Che cosa vuoi che sia diventare la spia della strega nel momento peggiore della vita aziendale, quando lei cercava un qualsiasi motivo per licenziare perché i conti non andavano come lei aveva sperato...»

«No, mamma. Tu sei ancora scossa e non vedi le cose nel modo giusto, per come sono andate. Intanto i conti aziendali andavano male perché i capitali che dovevano servire per la produzione erano stati distratti e trasferiti all'estero, e questo già te l'avevo detto, poi dimmi che cosa avrebbe fatto Hänsel per definirlo una spia. Quando parlava con la strega le riferiva solo cose che lei già sapeva e, comunque, di nessun interesse e, certamente, non gravi al punto di promuovere contestazioni e procedimenti disciplinari nei confronti del personale... Ti risulta che ne siano stati fatti?»

Lo sguardo di mia madre fu attraversato improvvisamente da un senso di colpa e divenne triste, poi si riaccese di luce intensa e tornò ad essere benevolo, disponibile, comprensivo, indulgente, dolce e amorevole e il tono della sua voce tornò a essere quello cordiale di sempre.

«Hai ragione, Valeria. Sono stata troppo severa e ho mostrato un'intolleranza che non mi appartiene. Anch'io sembro stregata…»

«Non ti preoccupare, mamma. Hänsel capirà che nessuno vuole le sue scuse e che tutti gli siamo sempre amici».

Gretel, Valentino e Hänsel erano già andati nella mia stanza e mi aspettavano. Non si erano neppure accorti della mia conversazione con mamma, per fortuna.

«Allora? Andiamo al lago? Ho tanta voglia di tornare a guardare la luna specchiarsi sull'acqua», dissi entrando.

«Oh, sì. Andiamo», rispose Hänsel con gli occhi che sorridevano.

La serata era di quelle che non si possono dimenticare, con la luna alta e rotonda che illuminava tutto il paesaggio.

Procedemmo di buon passo lungo la campagna, dietro le case del villaggio, risalendo verso la collinetta alle cui spalle c'era il nostro lago circondato dal canneto.

Ed eccolo. Una grande distesa di acqua con colorazioni differenti da punto a punto. Grige nei pressi della sponda, dove l'acqua sciabordava sul fango della riva, celesti poco più avanti, dove i fondali erano ancora poco profondi, di un metro o poco più, poi azzurre sempre più intense via via che i fondali divenivano più profondi, fino a divenire nere nel centro dello specchio d'acqua.

Naturalmente quella sera i colori me li immaginavo soltanto, perché per quanto la luna potesse schiarire la nottata, tutto intorno era solo buio con le sue sfumature di grigio e di nero.

Arrivai al lago quasi di corsa lasciando gli altri alle mie spalle e quando mi girai per cercarli c'era solo Hänsel. Sicuramente Valentino e Gretel si erano appartati per parlare un po' fra loro. Restare sola con Hänsel però mi faceva piacere, il cuore aveva già accelerato i suoi battiti e un leggero tremore intrappolava le mie gambe.

Quante volte in passato Hänsel e io eravamo rimasti soli sulla riva del lago, mentre poco più lontano vedevamo

Valentino e Gretel che pescavano seduti su quegli strani scogli piatti e ancora più in là tutto il resto del gruppo di ragazzi. Allora io avevo solo otto anni, ero ancora una bambina e Hänsel mi proteggeva come un padre farebbe con i propri figli.

Adesso era tutto cambiato, Hänsel aveva venticinque anni e io ne avevo diciassette. Ne avevo dicissette ed ero innamorata. E mentre riflettevo su questo, Hänsel mi prese la mano fra le sue e io non gli lasciai più il tempo di continuare il suo corteggiamento, perché di slancio mi poggiai con tutto il mio corpo su di lui e lo strinsi a me e lo baciai.

Restammo tutti e due senza fiato per un attimo, guardandoci negli occhi, poi lui mi strinse ancora a sé e mi baciò ancora e poi ancora e poi ancora.

Quando arrivarono Gretel e Valentino a cercarci noi eravamo distesi a terra tra le canne che ancora ci stavamo baciando e loro si misero a ridere a più non posso, ridevano prima sommessamente e poi a squarciagola come per attirare la nostra attenzione.

«Sono le tre del mattino, ragazzi. Domani dobbiamo lavorare e la notte sta quasi finendo. Non potete scolarvi tutta la bottiglia fino ad arrivare a vedere il fondo, cioè l'alba».

E così, a malincuore, decidemmo di tornare alle nostre case, dandoci però appuntamento per la mattina del giorno dopo per raggiungere insieme la meta di lavoro.

Hänsel e i preparativi del matrimonio con Valeria

Percorsi col cuore in tumulto la via del ritorno, non smettendo per un attimo di guardare il volto di Valeria che mi guardava sottecchi e sorrideva.

Le chiome degli alberi, come leggiadri ventagli spagnoli, si esibivano in una danza andalusa di cui percepivo appena il respiro.

I suoi occhi di colore verde intenso come il migliore degli smeraldi brillavano più intensamente del bagliore della luna che adesso mi pareva diffondere solo un fioco chiarore, un piccolo alone che indietreggiava al risplendere di tanta luce.

La sua pelle bianca come un abito da sposa contrastava in modo quasi travolgente con il rosso dei suoi capelli e con il disegno sensuale della sua bocca vermiglia, che abbozzava un sorriso malizioso quasi a sfoggiare con trasgressiva passione gli impeti d'amore di cui era capace. Non teneva nascosti i sapori dei suoi baci e l'odore del suo fiato.

Questa terra, con i suoi colori e i suoi odori così violenti che ripetono la violenza della gente che vi abita, i concerti musicali ripetitivi e ossessivi delle cicale e dei grilli, il clima rigido invernale, e caldo e umido estivo che ti si appiccica addosso, nei vestiti, nella pelle... questa terra con cui ho condiviso tutto non potrò che amarla per sempre.

Fu tutto così veloce che quasi non ci rendemmo neppure conto di quel che ci accadeva intorno, ma i sentimenti che nutrivamo noi erano gli stessi che da tempo nutrivano anche mia sorella e Valentino.

Così decidemmo di sposarci Valeria e io e Gretel e Valentino.

Fu nei giorni successivi alla nostra gita notturna al lago. Ci incontravamo tutti e quattro di sera, dopo il lavoro, a casa nostra o in quella di Valeria e discutevamo per lunghe ore. Concludemmo infine che la migliore soluzione era quella pensata da Valentino. Ci saremmo sposati nello stesso giorno e lui e Gretel sarebbero andati ad abitare con papà, mentre Valeria e io saremmo andati nella casa di Ula.

I preparativi matrimoniali furono molto rapidi ma a noi sembrarono durare un'eternità. I genitori di Valeria, Elio e Vera, sorpresero tutti per il loro anticonformismo che noi ci aspettavamo da papà, la cui convivenza con mamma - che aveva respirato in casa sua cultura anarchica, laica e antireligosa - certamente doveva avere marcato più incisivamente il suo modo di pensare. Invece, l'idea del matrimonio di Valeria con me aveva sbaragliato la forte religiosità dei due coniugi di origine irlandese e, quindi, fortemente cattolici, riportandoli alle origini celtiche, secondo le quali i due amanti contraevano davanti a testimoni un matrimonio di prova della durata di un anno. Cioè, in parole povere, i genitori di Valeria suggerivano una nostra convivenza prima del passo definitivo.

«La casa l'avete, grazie a Gretel che ha deciso di continuare a vivere con Felice per occuparsi anche di lui e del suo orto. Cosa aspettate?»

«Io vorrei sposarmi con l'abito bianco tradizionale», diceva Valeria ai suoi genitori, «e vorrei anche una cerimonia tradizionale. Non voglio fare cose bizzarre e trasgressive!»

«Non c'è niente di bizzarro e trasgressivo nella cerimonia nuziale celtica, Valeria. Ma se vuoi sposarti in modo tradizionale noi non siamo in disaccordo. Solo che ci era piaciuta l'idea di attenerci alle nostre tradizioni e ai nostri costumi».

«Però non mi risulta che l'abbiate fatto voi stessi col vostro matrimonio».

«No, hai ragione. Ci siamo sposati con il rito cattolico. Nulla da eccepire sulla tua scelta, ma i tempi saranno certamente più lunghi, per via della preparazione, delle pubblicazioni, eccetera...»

Gretel e il dono do nozze del Conte

I tempi di attesa per noi non furono così tragicamente lunghi come i genitori di Valeria volevano farci credere. Capii che erano proprio loro a caricare di tragedia ogni cosa e cercare di dissuadere Valeria dal contrarre matrimonio, probabilmente perché continuavano a diffidare di Hänsel dopo il suo periodo negativo trascorso con la strega. Io cercavo in ogni modo di far risaltare le qualità migliori di mio fratello e di parlare del periodo della fabbrica come di un tempo oscuro in cui tutto poteva accadere e tutto accadde, ma i loro sguardi si incrociavano sempre dubbiosi in preda a neri presentimenti che non riponevano radici solide neppure nei loro pensieri più reconditi.

Alla fine però tutti e quattro insieme ci recammo all'altare, accompagnati da mio padre e dal padre di Valeria e, dopo la cerimonia, nessuna ulteriore perplessità segnò mai più le loro espressioni e Hänsel fu accolto nella famiglia di Valeria come il figliol prodigo.

Fu un periodo d'oro quello che trascorremmo in quei giorni. Il conte fu presente alla cerimonia e poi ci convocò al castello.

«Gretel, Valeria, Hänsel e Valentino, voi sapete quale profondo sentimento di stima io nutri nei vostri confronti e come mi senta in debito con voi per tutto quello che avete fatto per restituirmi la dignità che quel maledetto rospo del Granati mi aveva strappato con la complicità di quei due personaggi squallidi finiti nelle patrie galere. Non per sdebitarmi, perché non esiste nulla al mondo che possa pagare la propria dignità, ma per affetto sincero vorrei che accettaste un regalo da me che possa ricordarvi quest'epoca felice. Nel piazzale del castello c'è per voi un'auto decapotabile con la quale spero andiate a scoprire il mondo e vi potrà aiutare a capire l'animo umano. Credetemi, in questo momento mi sento particolarmente vicino proprio a Hänsel, che credo abbia vissuto esperienze tumultuose che lo hanno ferito pesantemente».

«Signor conte», disse Hänsel, «lei ci confonde. Per noi è sempre stato come un padre, il nostro mentore. È proprio vero ciò che ha detto di me. Sono stato assai poco accorto e mi sono infilato dentro una storia squallida che mi ha ferito e amareggiato ma ne sono uscito molto velocemente grazie proprio all'aiuto di tutti i ragazzi del villaggio, che hanno continuato a stimarmi sempre come prima e mi hanno portato quasi trascinandomi per mano fuori da quell'orribile tunnel. Per me sono dei fratelli, tutti. E il merito di avere creato una comunità come questa è proprio tutto suo, signor conte. Suo e della sua povera moglie che ci ha amato e viziato come figli».

Valentino, Valeria e io annuivamo senza parlare, con gli occhi lucidi per le lacrime.

Anche il conte aveva gli occhi lucidi. Porse a Valentino le chiavi dell'auto e ci disse: «Adesso filate via, che ho da fare! Avete pensato dove andare in viaggio di nozze?»

«Non pensavamo di lasciare il villaggio, ma adesso, con questo meraviglioso dono che avete voluto farci, sicuramente andremo un po' in giro...»

Fu l'inizio del nostro sogno collettivo.

Uscimmo nel piazzale quasi di corsa e la vedemmo. Era l'oggetto dei nostri desideri che, sicuramente, non avremmo mai potuto possedere nella nostra vita se non ci fosse stato donato! Valentino era l'unico che sapesse guidare una macchina e si mise subito al volante. Mise in moto e azionò subito il congegno di apertura della capote: il cielo azzurro divenne il nostro nuovo tetto e subito filammo verso il villaggio dove fummo accolti da tutti i ragazzi tra le urla di goia e felicità e tutti volevano fare un giro sulla vettura e tutti furono accontentati.

Marcello e il nuovo mondo

Valentino, Paolo, Mario e io eravamo ormai inseparabili. Tutta quella sporca storia ci aveva indotto a solidarizzare con il sindacato e ci eravamo impegnati anche al di fuori della fabbrica e delle sue vicende saldandoci fortemente con il movimento operaio. Era stato questo il motivo che mi aveva spinto a non legarmi con Valeria, una ragazza veramente eccezionale, che però mi avrebbe distratto dal lavoro che il sindacato ci aveva affidato, dando a me e a Paolo la responsabilità di creare una solida rappresentanza all'interno di Würsterlandia.

Ora che la fabbrica non c'era più, ogni tanto ripensavo a Valeria, ma Hänsel mi aveva battuto sul tempo. E Hänsel era un amico, per cui non avrei mai potuto giocargli brutti scherzi.

Alla fine si erano pure sposati.

Ne ero felice, dopotutto. Io sposato non mi ci vedevo affatto e ancora il mio lavoro con il movimento era tutto in salita.

Anche Paolo si era impegnato appieno e insieme, dopo il lavoro, continuavamo a frequentare i compagni che ci avevano dato una mano per liberarci da quel gruppetto criminale che sa cosa stava progettando ancora.

Adesso il bosco era tornato ad essere una tenuta di caccia e la proprietà era tornata al conte, con cui avevamo tutti un legame ben diverso da quello che si ha con un datore di lavoro.

Per noi era un po' il nostro secondo padre, un uomo che sicuramente aveva una cultura ben più illuminata di quella che mostrava avere la classe imprenditoriale e dirigente del paese. Certo non era un social-comunista, come lo definivano al circolo che lui continuava a frequentare restando del tutto indifferente a quelle stupide critiche che gli venivano mosse da quando aveva creato quella mega struttura produttiva e commerciale che aveva affidato alla gestione dei lavoratori, ma non era neppure il padrone autoritario che in città avrebbero voluto divenisse. La verità, credo, era che voleva solo occuparsi dei suoi hobby, come i suoi antenati, e non voleva assolutamente rivolgere la mente a questioni materiali e poco nobili. E i suoi hobby erano gli studi scientifici, la lettura e la caccia. Persino al cuoco aveva dato carta bianca per preparare ogni giorno quel che voleva! Tutto ciò che non era lettura e caccia lo infastidiva.

I lavori di impianto - sia del laboratorio di insaccati e confetture varie sia dell'ipermercato - erano terminati e i ruoli di tutti noi erano stati fissati e successivamente approvati anche dal conte che aveva voluto trascriverli in singole schede di attività che aveva fatto sottoscrivere a ciascuno di noi. Per i lavori del bosco erano rimasti i dieci boscaioli originari. Al laboratorio insaccati erano stati assegnati Filippo, Massimo, Andrea, Gianni e Silvio. La responsabilità era stata affidata a Filippo. Alla cura del campo biologico erano stati assegnati Pino, Franco, Nicola, Rino, Gustavo, Piero, Aldo, Totò, Beppe e Sergio. La responsabilità era stata affidata a Pino. All'ipermercato erano stati assegnati Valeria, Cinzia, Emilia, Gabriella, Faustina, Corrado, Tano e Lucio sotto il coordinamento di Hänsel. Infine tutti gli aspetti amministrativi di tutti i reparti era stato deciso che sarebbero stati curati da Mario, Valentino e me, sotto il coordinamento di Paolo.

Era una soluzione eccellente, perché ciascuno di noi era impegnato in un lavoro liberamente scelto e le cose funzionavano in modo ineccepibile.

Il conte, dopo un primo periodo di rodaggio durante il quale aveva voluto essere messo al corrente di ogni cosa e controllare direttamente i conti e i singoli flussi di uscita e di entrata delle singole attività gestionali, aveva poi lasciato ai singoli responsabili ogni decisione, precisando contrattualmente, con accordi approvati dalle diverse parti, che da quel momento le economie delle attività dovevano considerarsi in autofinanziamento e lui ne sarebbe restato fuori, percependo da tutte le attività i rimborsi relativi ai finanziamenti da lui stesso sostenuti per l'impianto secondo i piani di ammortamento stabiliti, incrementati di un cinque per cento a titolo di canone d'affitto delle aree e di utile generale. I contratti avevano durata decennale.

Gli affari andavano veramente a gonfie vele e avevamo una vastissima clientela che veniva all'ipermercato dalla città e da tutti i paesi della provincia, per acquistare sia i prodotti del laboratorio sia quelli del campo biologico. Il fatto poi di trovare all'ipermercato ogni genere di cose, dagli articoli di giardinaggio a quelli elettrici, fino agli abiti da lavoro e di alta sartoria, ci aveva posto subito al più elevato gradino nella scala dei giudizi della clientela sui siti da visitare.

Hänsel era davvero bravo nel sapere interpretare i gusti della clientela e nella ricerca dei prezzi più competitivi delle varie merci da acquistare, coniugando stile, spesa, etichetta e fantasia. Le grandi marche erano presenti tutte e in tutti i reparti, ma non mancavano i prodotti di analoga qualità a prezzi più bassi che venivano esposti separatamente dai primi ma con analoga rilevanza e il loro acquisto veniva suggerito con estrema maestria dall'addetto commerciale di turno che girava tra i reparti.

Il reparto alimentare era il più colorito e anche quello più frequentato dai visitatori. I prodotti erano esposti secondo lo stile dei souk arabi, in cassette discendenti che formavano delle piramidi. Un tripudio di colori e di profumi che metteva in primo piano, naturalmente, il biologico prodotto all'interno della tenuta.

Lo stesso privilegio era riservato agli insaccati della casa e alle migliaia di barattoli di conserve naturali e marmellate, esenze per la preparazione di dolci e di gelati, gelatine e geli, fino al bancone delle torte preparate in casa dalle dame del villaggio.

Quest'ultimo luogo, poi, era diventato una meta turistica da fotografare vuoi per l'amenità del posto, vuoi per la fama che i suoi abitanti si erano fatta con la scoperta dei delitti della strega.

In poche parole, abitavamo in un paradiso che ci eravamo costruiti noi stessi.

Cinzia e il problema dell'alloggio

Sembrava passato tanto di quel tempo dalla nostra rivolta contro la strega che mi aveva ricordato il libro della Morante *Il mondo salvato dai ragazzini* e che adesso tutti ricordavano come *i giorni della tenuta salvata dai ragazzini*, eppure sentivo ancora nell'aria quello spirito del movimento giovanile che fu all'origine della nostra battuta di caccia alla strega.

Con Mario eravamo ormai vicini al matrimonio, ma non sapevamo dove andare a stare. Lui voleva una sua casa per mantenerci indipendenti dai suoi o dai miei genitori, ma di case disponibili al villaggio non ce n'erano più. Chiese persino al conte il permesso di realizzare un'altra casetta, la ventunesima del villaggio, uguale alle altre, ma il conte gli rispose semplicemente che ci avrebbe riflettuto. Molta gente della città, infatti, gli aveva fatto analoga richiesta e lui finora aveva sempre resistito adducendo come scusa che quelle case erano state realizzate solo per ospitare i lavoratori della tenuta e che non aveva alcun progetto al momento di realizzazione di una struttura diversa. Tuttavia, già Hänsel e Valeria e Valentino e Gretel si erano sposati e altre coppie di giovani stavano per fare la stessa cosa e sicuramente andava ricercata una soluzione che potesse soddisfare le nuove esigenze senza distrarre risorse economiche all'azienda. Ci avrebbe pensato e ne avrebbe parlato con tutti noi.

Ma i mesi passavano e il conte non prendeva nessuna decisione, così decidemmo, a malincuore, di sposarci ugualmente e restare nella casetta di Mario, che era un po' più comoda di quella dove abitavo io. Nino e Pina, i suoi genitori, ne furono assai felici, o almeno così dissero anche se io sapevo bene che per Nino in particolare significava improvvisamente cambiare tutte le proprie abitudini. Purtroppo non avevamo altra scelta.

Anche Mario non era al massimo della contentezza.

«L'importante è che possiamo convivere come una coppia normale, senza più clandestinità assurde alla nostra età. Tra l'altro, se vogliamo metter su una nostra famiglia è il caso di pensarci presto, finché siamo giovani».

«Sì», rispondevo, «Ma se veramente dovesse nascerci un figlio, nella stanza tua non ci entreremmo più e saremmo comunque costretti a cercare un'altra soluzione».

«Vuol dire che in quel caso cercherò un altro lavoro in città, ma se ce ne andiamo dobbiamo considerare anche l'aumento delle spese, l'affitto di casa, le bollette da pagare, l'acquisto di tutti i generi alimentari…»

«Eventualmente, Mario, potrò lavorare anche io, bene o male avevo una certa esperienza nel settore gastronomico seppure non vi abbia mai lavorato io stessa, ma a furia di vedere la mamma preparare spiedini e hamburger particolari ho imparato anch'io. E non ti nascondo che talvolta l'ho anche messo in pratica quello che imparavo».

«A te non è mai piaciuto fare questo tipo di lavori manuali e io certamente non te lo permetterò. Intanto tu adesso hai anche acquisita esperienza nel settore commerciale, poi puoi sempre riprendere gli studi e fare quello che hai sempre sognato…»

«Lascia stare i sogni. Costerebbe un patrimonio e non possiamo permettercelo. Stiamo con i piedi sulla terra. Però potrò riprendere la rassegna cinematografica, se il parroco è ancora d'accordo».

Così passavano le nostre giornate, sognando e facendo progetti.

Valeria, Emilia, Faustina e Gabriella furono felicissime quando annunciammo loro che avevamo deciso di sposarci, ma tutte ebbero le nostre stesse perplessità.

«Facci sapere come risolvi i tuoi problemi», mi dicevano, «che anche noi siamo interessate ad affrettare i nostri passi…»

Emilia e l'idea del franchising

E così anche Mario e Cinzia si sarebbero sposati...

Non condividevo molto la loro decisione di andare ad abitare a casa di Mario, perché ritenevo che prima o poi avrebbero avuto problemi con i suoi genitori e, sicuramente, li avrebbero avuti non appena Cinzia fosse rimasta incinta.

Però li invidiavo parecchio. Con Corrado ormai non parlavamo d'altro, ma la nostra unica possibilità reale per poterlo fare era quella di trovare prima un lavoro per lui in città e, dopo, uno anche per me. Io sono diplomata maestra, ma mi rendo conto che è assai difficile poter trovare una sistemazione adeguata al mio titolo di studio. Nessuna remora, comunque, a fare anche la commessa presso un supermercato o un negozio di abbigliamento. L'esperienza necessaria ormai l'ho ben acquisita qui all'ipermercato della tenuta.

Cerco da tempo di convincere Corrado a utilizzare anche i soldi che io ho messo da perte per aprirsi il negozio in franchising di cui parla sempre, ma non so per quale motivo ha grosse remore a prendere anche i miei soldi per realizzare il suo sogno.

Non insisto più di tanto, ma prima o poi dovrà convincersi lui stesso che è l'unica soluzione per risolvere la nostra situazione.

Dovremo necessariamente andare a vivere in città e lasciare il villaggio se vogliamo mettere su famiglia. Non possiamo fare come gli altri che sono rimasti in casa dei genitori. Per Hänsel e Valeria è stato semplice perché hanno utilizzato la casa in cui stava già lui. Gretel è andata ad abitare col padre che era rimasto solo e ha occupato la stanza da letto matrimoniale lasciando a Felice la sua vecchia stanza. Cinzia è decisa ad andare ad abitare a casa di Mario, ma io ho forti perplessità che sia la scelta giusta. E comunque mi sembra una scelta a tempo. Avrebbero comunque fatto meglio ad aspettare di trovare prima un lavoro in città che, considerate le conoscenze informatiche di Mario, non avrebbero dovuto metterci molto a trovarlo... Però! Questa sì che potrebbe essere una buona soluzione! E se dicessi a Corrado di proporre a Mario di mettere su insieme il franchising?

Mario e la decisione del franchising

Effettivamente era la soluzione ottimale e mi dispiaceva di non averla pensata prima.

Corrado era un ragazzo eccezionale, con un'ottima preparazione nel settore sistemistico e, non solo avrebbe potuto darmi una validissima mano d'aiuto nel punto vendita che intendevo realizzare, ma forse aveva anche qualche soldo da parte e, insieme, avremmo potuto far subito quello che da solo non sarei riuscito a fare se non fra qualche anno.

Gliene avrei parlato subito...

Lasciai un attimo gli uffici amministrativi, avvertendo preventivamente Paolo, e andai all'ipermercato per parlargli. Lo trovai intento a convincere un cliente che l'acquisto di un vestito sartoriale non griffato era molto più conveniente, perché avrebbe avuto una qualità pari o anche superiore all'altro a un prezzo molto più allettante. Fu facile per lui convincerlo dopo avere esposto i prezzi dei vestiti con etichetta dell'alta moda conosciuta e quelli sartoriali non griffati. Inoltre, fece notare l'accuratezza delle rifiniture utilizzate, anche migliori di quelle dei griffati, e la qualità della stoffa.

Finita l'operazione venne da me sorridente.

«Volevi parlarmi?»

«Sì. Volevo esporti un mio progetto e farti una proposta».

Gli spiegai brevemente quello che avevo in mente e i suoi occhi già cominciarono a illuminarsi senza ancora sapere quel che gli stavo per proporre. Gli esposi i costi dell'operazione, tanto per tenerlo ancora un po' sulle spine, e gli dissi anche di quale capitale io potevo disporre.

«Tu sei un sistemista eccezionale. So che vuoi sposarti subito e hai deciso di andare ad abitare a casa dei tuoi, anche se a malincuore. Ti offro la possibilità di fare il contratto di franchising insieme a me. È un'occasione unica, Corrado. A me farebbe un sacco bene averti come socio perché sei mio amico e ti conosco anche sul lavoro. Inoltre, se tu sei in grado di mettere la metà dell'importo che servirebbe a finanziare l'operazione, la cosa potrebbe essere realizzata in breve e io stesso mi sposerei con Cinzia subito. Tu potresti cercare una soluzione abitativa in città e abbandonare l'idea di andare ad abitare con i tuoi... Pensa che anche Emilia, in città, potrebbe trovare qualche lavoretto, ben più attinente alla sua cultura, tanto per pagare l'affitto di casa o, eventualmente, trovarsi un'occupazione presso un punto vendita commerciale... Con l'esperienza acquisita qui non dovrebbe assolutamente trovare alcuna difficoltà! Che ne pensi?»

«Penso che sia la cosa migliore che il cielo mi potesse far piovere sulla testa! Mario sarei felicissimo di lavorare con te. I soldi necessari per coprire la metà del finanziamento ce li ho già e non dovremmo preoccuparci di procurarceli. Ne parlo subito con Emilia, ma vedrai che sarà sicuramente d'accordo! Dai, vieni!»

Ci spostammo al reparto degli abiti femminili e trovammo Emilia intenta a prendere le misure per accorciare un paio di pantaloni a una signora bassa e grassa a cui stavano veramente male.

«Le stanno veramente bene, signora. Sembrano fatti apposta per lei. Sa è anche il tipo di stoffa e il suo modo di cadere che fa questo effetto!»

Attendemmo che finisse tutta l'operazione e dicesse alla signora quando ritirare i pantaloni appena comprati e ci avvicinammo.

«Le stanno veramente bene, signora!» dissi io con tono pungente.

«A quella povera crista non le starebbe bene neppure uno dei nostri capi d'abbigliamento, e tu lo sai! Aveva voglia di comprarsi un paio di pantaloni e voleva sentirsi dire quello che le ho detto...»

«Ascolta, Corrado ha una proposta da farti!»

Emilia si voltò verso il suo compagno con uno sguardo inquisitore e perplesso, ma quando ebbe finito di ascoltare tutto ebbe uno slancio di felicità.

«Evviva, sono assai contenta di quanto avete deciso! E sai, Corrado, per me è l'unico modo per pensare a una nostra vita indipendente. Anche i genitori di Mario ne saranno felici, vedrai! Solo che dovremmo cercare subito una casa in città e lasciare il villaggio...»

«Sì, ma la cosa principale è prima trovare un punto per mettere su il nostro franchising che sia contemporaneamente conveniente e ben visibile. Fare il contratto, possibilmente aiutati da un legale. Poi, subito dopo questi due primi passi, potremo cercare casa per noi e per voi».

Gabriella e Sergio decidono di andare in città

Quando venni a sapere della decisione di Cinzia ed Emilia di lasciare il villaggio, provai un senso di sollievo, come se fossi stata in apnea per un tempo indeterminato e, improvvisamente, arrivasse ossigeno ai polmoni. Non so perché. Ma fu questa la sensazione che provai.

Non feci neppure caso al fatto che l'ipermercato avrebbe perso i suoi migliori dipendenti, in un sol colpo Cinzia, Emilia e Corrado, ma pensai che forse questa era la buona occasione che aspettavamo io e Faustina per convincere i due monozigotici a fare anche loro la stessa scelta.

Già da un po' con Faustina, infatti, parlavamo di andar via dal villaggio e tornare a vivere in città. Non è che la cosa ci riempisse di gioia, sapevamo com'era vivere in città. Ci saremmo adattate. Da troppo tempo però facevamo l'amore in modo clandestino con Sergio e Tano e non vedevamo altre soluzioni.

I due fratelli, ormai erano cresciuti abbastanza. Sergio era diventato un grande esperto di agricoltura biologica e, proprio alle porte della città, avevano fatto un impianto che era un misto tra il biologico e la coltura in serra tradizionale. Sergio era andato a visitarlo e aveva visto che avrebbero avuto veramente bisogno di aiuto per fare un impianto serio. D'altronde, lo stesso proprietario l'aveva subito riconosciuto essendo venuto a vedere il nostro prima di realizzare il suo e l'aveva avvicinato facendogli concrete e vantaggiose proposte. Era bastato che Sergio gli dicesse che la serra avrebbe inquinato il resto del campo, per com'era fatta, che quello si entusiasmasse ulteriormente offrendogli ponti d'oro se andava a lavorare per lui. Tano, poi, era diventato talmente famoso tra i commercianti cittadini che quando richiamavano i propri venditori per una qualche cazzata detta davanti a un cliente, lo prendevano come esempio dicendo che sarebbero dovuti venire a scuola da lui per imparare. Non avrebbe avuto alcun problema a trovare un lavoro in città, proprio no.

E io e Faustina eravamo nelle medesime condizioni del mio compagno, con l'ulteriore vantaggio di essere femminucce e anche con una carica di sensualità da far girare la testa a qualunque maschiaccio!

Quando ne parlavamo i due ragazzi sembravano solo dispiacersi di lasciare la campagna, il villaggio, il lago e gli amici. Ma adesso che anche Corrado e Mario andavano via, non ci sarebbero più state scuse e io avevo anche saputo che in periferia della città, proprio vicino al campo biologico aperto da quello sprovveduto che si chiamava Augusto Concimetti, stavano finendo di costruire delle villette piccoline ma con tanto verde intorno e che i prezzi erano alla nostra portata, se solo avessimo potuto fare un mutuo.

Questa cosa l'avevo detta anche a Cinzia ed Emilia ed erano state entusiaste della notizia.

Certo, il signor conte non sarebbe stato estremamente felice della notizia che tutti insieme lasciavamo il posto di lavoro, ma sicuramente avrebbe avuto come rimpiazzarci, e la nostra decisione avrebbe spinto a maturazione la sua idea di costruire altre casette al villaggio.

Faustina e le sue elucubrazioni sul Conte e la tenuta

Veleggiavamo in un mare tranquillo e sospinti solo da una leggera brezza in quegli ultimi giorni al villaggio, ragionando e discutendo tra noi se convenisse parlare al conte prima di fare il grande salto o dopo.

Naturalmente Valentino era dell'idea di dirlo prima. Ma lui comunque aveva fatto la sua scelta di continuare a vivere al villaggio e, quindi, la sua idea non era per noi rappresentativa. Aveva col conte un rapporto diverso e più antico di quello che avevamo tutti noi, con esclusione di Mario che era già vissuto al villaggio prima della nascita di Würsterlandia e, inoltre, si sentiva appiccicato addosso un concetto dell'onore che noi non riuscivamo a comprendere.

Per noi il conte era il nuovo datore di lavoro e nient'altro.

Per carità, non è che penso che i datori di lavoro siano tutti uguali e meritino tutti lo stesso trattamento, ma nel caso specifico c'era qualcosa che non mi piaceva.

Tutti i più vecchi del villaggio lo descrivevano come un uomo di grande etica morale e di pensiero illuminato, ricercatore scientifico e studioso attento delle specie animali che per questi suoi studi si era recato in paesi lontani dove aveva anche scoperto alcune specie di insetti non ancora classificate sui libri. Sicuramente era un bell'uomo, alto, di mezza età, con portamento nobile e fiero, di carnagione chiara con capelli rossicci tendenti al bianco ed occhi azzurri, con uno sguardo quasi vitreo; la barba sempre ben rasata e un paio di baffetti bianchi che lo slanciavano ulteriormente. Vestito sempre elegantemente, con abiti di lino bianco in estate e di lana inglese su toni blu o marroni in inverno. Non lo vedevi mai con abiti spezzati se non per andare a caccia. Amava la buona cucina e, spesso, le mattine estive faceva colazione con granita di mandorle e brioscine. Insomma un uomo ben diverso dal barone Granati che tutti conoscevamo in città. Uomo, quest'ultimo, basso e grasso, di carnagione bianchissima che appariva ancora più slavata per i capelli bianchi; gli occhi forse non glieli aveva mai visti nessuno perché aveva l'abitudine di mantenerli strizzati all'interno di due sottilissime fessure; vestiva perennemente con abiti spezzati con giacche prevalentemente gialle o blu e pantaloni marroni o grigio chiaro, tanto in estate quanto d'inverno. Di animo sicuramente infido non è mai stato sposato e andava dicendo a tutti che le donne sono animali che si possono tranquillamente comprare all'occorrenza. Aveva due stipendiati alle sua dipendenze, il famoso ragioniere che qui chiamavamo l'amministratore, che gli curava le finanze, e un uomo che gli faceva da cameriere, autista, cuoco e giardiniere. La sua tirchiaggine era proverbiale, come anche il suo odio per il conte Goffredo che definiva un social-comunista per quell'atteggiamento che aveva con gli uomini alle sue dipendenze, atteggiamento che, secondo lui, era ispirato dalla moglie Silvestra, una plebea senza un solo quarto di nobiltà le cui idee avrebbero potuto davvero compromettere l'equilibrio della società in cui viviamo.

A peggiorare la guerra del barone con il conte erano i consensi che quest'ultimo aveva anche al circolo, dove tutti gli altri nobili sembravano apprezzare molto quel sistema che aveva sempre evitato i duri scontri con il personale dipendente e gli aveva sempre consentito il mantenimento di un alto tenore di vita nonostante le ingenti spese per la gestione del suo patrimonio.

Eppure, il suo atteggiamento a me non piaceva. Era quello di un nobile, appunto. Sembrava un ragazzino viziato che non volesse avere a che fare con nient'altro che con i suoi hobby e le sue passioni e che qualunque altra cosa potesse solo infettarlo. Era per questo che non si occupava delle attività della tenuta e le aveva lasciate gestire autonomamente ai suoi lavoranti, perché riteneva il lavoro come qualcosa di sporco da cui tenersi il più lontano possibile, qualcosa che lo infastidiva, lo disturbava o, più semplicemente, lo tediava. Erano, in buona sostanza, quelle attività *materiali* lontane migliaia di anni luce dalla purezza del suo animo che riteneva appunto *spirituale*.

Tra l'altro, in tutto questo periodo del suo secondo 'regno', non mi ricordo di avergli mai visto stringere la mano a nessuno dei suoi lavoranti, neppure a Valentino che dovrebbe essere quello ormai più vicino a lui o ad Alberto, il figlio del suo maggiordomo, col quale ha un rapporto quasi paterno.

Di recente, inoltre, il suo stesso atteggiamento nei confronti di noi tutti era cambiato. Era diventato ancora più astratto, se così si può dire, e restava intere giornate chiuso nel suo studio al castello, dove non voleva essere disturbato per nessun motivo.

Ed era spuntata quella donna bionda che nessuno sapeva precisamente chi fosse che lo accompagnava sempre in tutte le sue passeggiate pomeridiane, quando il sole cominciava a calare e i suoi raggi diventavano meno brucianti.

Sicuramente adesso aveva cambiato anche le sue abitudini di vita, perché la mattina si svegliava più tardi e, spesso, non aveva voglia di fare colazione. Mentre prima di questi cambiamenti era un uomo estremamente mattutino e metodico, adesso era diventato imprevedibile e anche il suo autista si spaventava ad allontanarsi dal posto di lavoro perché a qualunque orario poteva improvvisamente decidere di uscire, quasi sempre per farsi accompagnare dalla sua nuova amica.

L'autista che con lei aveva più contatti, aveva detto a Gaspare, con il quale aveva più confidenza, che era una duchessa e che aveva un caratteraccio.

La rivolta dei boscaioli

Quando i lavoranti del conte, cioè i soli boscaioli perché tutti gli altri non erano sotto contratto suo, fatto salvo il contratto di affitto dell'area occupata, della durata di dieci anni con pagamento del canone mensile anticipato e rapportato agli utili aziendali con un minimo prefissato, si riunirono per decidere le azioni da esperire per riportare alla normalità la vita del villaggio, erano assai confusi.

Fecero intanto una netta distinzione tra il conte e la duchessa e qualcuno mormorò che sicuramente il conte non poteva essere a conoscenza di tutte le azioni che la signora effettuava durante i suoi frequenti blitz mattutini in ogni parte della tenuta, quando il conte ancora dormiva.

Su questo, anzi, tutti concordavano. Ma era comunque necessario che lui venisse informato, in modo che coi giusti modi, facesse capire qual'era la vera situazione alla signora.

Nino e il tentativo di parlare al Conte

Improvvisamente fummo messi a conoscenza che il conte si era fidanzato con la duchessa Alba Tramontana di Alcantara, una donna che aveva fatto molto chiacchierare di sé i rotocalchi rosa per avere cambiato partner a ogni nuova stagione. Era una donna bellissima e molto più giovane del conte e da qualche giorno era ospite al castello e già girava per tutta la tenuta come se fosse la padrona, dando ordini a noi boscaioli e a tutti quelli che incontrava sulla sua strada.

Da una parte eravamo contenti che il conte avesse una nuova compagna, una donna certamente di cultura con la quale poteva parlare delle sue letture e dei suoi studi scientifici, condividendo i suoi hobby e i suoi progetti. Però io sentivo anche che non era la donna giusta e che con il suo atteggiamento arrogante e presuntuoso avrebbe potuto rovinare tutto quello che si era costruito insieme, noi e il conte.

La presenza della duchessa nella nostra vita diventava ogni giorno sempre più invadente, indiscreta e inopportuna. Persino Gretel era rimasta assai scossa da una richiesta di

197

portarle al castello un'ingente quantità di prodotti del suo orto e degli alberi da frutta.

«Se vuole, posso farle avere qualcosa, ma non posso permettermi di darle tutta quella roba senza conseguenze per la mia famiglia. Con il prodotto dell'orto noi ci viviamo...»

«Non dire sciocchezze, ragazzina. Tutto quello che c'è nella tenuta appartiene al conte e, quindi, a me. Portami al castello quanto ti ho richiesto!»

Quando lo venimmo a sapere ci restammo malissimo e ci fu un veloce consulto con tutti gli altri abitanti del villaggio con i quali decidemmo di dividere le quantità richieste, prendendo i prodotti un po' da ciascun orto.

Purtroppo, però, le richieste continuarono assillanti e non riguardarono più solo prodotti alimentari, ma anche altra merce esposta all'ipermercato.

«Se avete problemi, parlatene col conte!»

«Signora, il conte non si interessa di questo punto vendita, non se ne è mai interessato. Noi lo gestiamo in autofinanziamento, comprando la merce da esporre con i soldi ricavati dalle vendite. Se vuole, possiamo farle avere ciò che ha chiesto a prezzo d'acquisto. Se avesse richiesto solo un oggetto gliel'avremmo potuto donare noi, ma per le quantità richieste...»

«Capisco che siete tutti assai arroganti e non sapete neppure comportarvi con la compagna del padrone. Io non voglio regali da voi, straccioni che non siete altro! Io voglio quanto richiesto e me lo farete avere al castello!»

Le cose andarono sempre più a peggiorare, finché non si decise tutti insieme che era il caso di farlo sapere al conte e di chiedere a lui come comportarci.

Mai mossa fu più sbagliata!

Il conte non ragionava più da quando aveva conosciuto e frequentava la duchessa. Andammo da lui io, Gaspare, Felice e Diego, chiedendogli un incontro riservato. Il conte ne fece cenno alla duchessa e lei capì immediatamente di cosa saremmo andati a parlargli e lo convinse, senza alcuna difficoltà, a presenziare anche lei all'incontro.

«Non c'è migliore occasione per far loro capire che adesso siamo un'unica cosa io e te, Goffredo».

«Ma certo. Non c'è cosa riservata che tu non possa conoscere».

Quando ce la trovammo davanti nello studio del conte capimmo che non poteva esserci una via di fuga e parlammo in modo assai diretto.

«Signor conte, noi le avevamo richiesto un incontro riservato...»

«E riservato resterà. Tutto ciò che voi dite a me, comunque la signora duchessa lo verrà a sapere. Condivide tutto della mia vita e della mia tenuta».

«Ebbene, se lei vuole così, saremo aperti. Non se la prenda signor conte, ma negli ultimi tempi la signora duchessa qui presente ha fatto diverse richieste di merce dell'ipermercato e di prodotti degli orti privati che potrebbero far sballare il conto economico sia dell'azienda sia dei singoli lavoratori...»

«Quando io vi chiederò i conti mi parlerete di quanto la signora duchessa ha prelevato dai magazzini che sono anche i suoi. Per quanto riguarda gli orti privati, non credo che le richieste possano mai essere tali da mettervi in difficoltà. Tutt'al più potrete farvi un'ulteriore sudata per produrre di nuovo i prodotti mancanti. Ma di che diamine mi venite a parlare? Siete forse ammattiti o pensate che la tenuta sia diventata vostra?»

«Signor conte, lungi da noi il pensare che stiamo lavorando in una nostra proprietà, ma le vorrei ricordare che, in base ai nostri contratti, noi paghiamo non solo l'affitto dei locali, ma le rimborsiamo mensilmente anche la quota d'ammortamento dell'investimento iniziale da lei sostenuto. Vorrei ora ricordarle che, grazie agli elevati utili gestionali, la chiusura dello scorso esercizio ci ha consentito di anticipare il ripianamento totale di tale ammortamento e, pertanto, la merce in magazzino è ora totalmente nostra, perché riveniente solo dal capitale circolante nostro, completamente esente da oneri finanziari».

«Di che cosa stai parlando? Chi ti ha insegnato questi termini di economia, forse la signora Esperanza?»

«No, signor conte. Me li ha insegnati mio figlio Mario che è molto attento a ciò che viene registrato nei conti aziendali. E mi ha anche suggerito di ricordarle che i nostri contratti prevedono un canone d'affitto assai elevato e della durata di dieci anni».

«Questa mi sembra quasi una rivolta dei servi contro il padrone! Che cosa ne penseresti se vi licenziassi tutti? Io di gente nuova che vuole venire a lavorare per me ne trovo quanta ne voglio, vero cara?» disse rivolgendosi alla duchessa.

«Ma certo, caro. Dì pure ai tuoi amichetti ciao ciao, così capiscono la differenza tra arroganza e umiltà».

«Signor conte, non facciamo sciocchezze… La prego di ricordare quale è stato il nostro ruolo nella recente riacquisizione della tenuta…»

«Ruolo che non va confuso con quello della costituzione di una società tra voi e me! Ci mancherebbe solo che vi poniate sullo stesso mio livello! Non dimenticate quali sono le mie origini e quali le vostre! E ora andate via! Vi farò sapere le mie decisioni…»

Paolo e le ragioni della nuova lotta

Quando mio padre mi raccontò quello che era successo al castello, intanto lo rassicurai sul fatto che aveva solo ricordato al conte questioni che lui sapeva bene, in quanto i singoli contratti li aveva voluti proprio lui, se li era studiati appositamente per restare fuori da eventuali fallimenti aziendali e crac finanziari che potessero coinvolgere anche il suo patrimonio.

Lo rassicurai anche dalle eventuali refluenze che quell'incontro chiarificatore potesse avere nei confronti di loro dieci che effettivamente risultavano alle dipendenze del conte.

«Solo voi dieci, lavoranti storici della tenuta, siete effettivamente alle dipendenze del conte. Su di voi potrebbe in qualche modo utilizzare metodi che fino a poco tempo fa mai avrei pensato fossero nel dizionario di vita del conte e potrebbe arrivare a licenziarvi. Poco importa, papà. Siamo in grado di assumervi noi nella nostra azienda».

«Vostra? È proprio questo che ha fatto imbestialire il conte, Paolo! Il fatto che lui ve l'abbia lasciata gestire non vuol dire che sia vostra!»

«Papà, non fare il suo stesso errore! È ben diversa la proprietà dell'area e dei locali dalla gestione. Noi abbiamo formato una società cooperativa per la gestione dell'azienda e abbiamo un contratto decennale di affitto dei locali e dell'area impiantata a campo biologico, come tu stesso hai ricordato al conte. Nessuno può mandarci via in questo lasso di tempo, salvo che per inadempienza contrattuale, come ad esempio il mancato pagamento del canone di affitto. Ma noi lo abbiamo sempre pagato e lo continueremo a pagare. Quando il contratto andrà a scadere, vedremo di trovare delle soluzioni alternative, anzi ci stiamo già pensando. Grazie al cielo gli affari sono andati a gonfie vele e abbiamo avuto utili davvero insperati. Qualunque banca sarebbe ben disposta ad aprirci le sue casse nel caso volessimo richiedere un finanziamento. No, direi proprio che siamo in una botte di ferro. Tieni presente che, a breve, ben otto persone lasceranno la tenuta per tornarsene a vivere in città e sono lavoratori della nostra azienda che lasceranno il loro posto di lavoro. Naturalmente avremo necessità di sostituirle e già stavamo pensando di rafforzare l'organico con altri due o tre elementi. Che però avranno solo un contratto di lavoro subordinato e non potranno entrare in cooperativa come soci, almeno per ora. Naturalmente, se venite voi dieci, dovremo ripensare anche a questo».

«Non pensi che il conte potrebbe comunque mettervi i bastoni fra le ruote? Per esempio potrebbe impedire l'accesso dei clienti in auto fino all'ipermercato, le strade sono sue e voi avete affittato solo le aree destinate all'azienda, no?»

«Non siamo stati così miopi, papà. Quando il conte ha predisposto i contratti da farci firmare, anche noi siamo andati presso uno studio legale per farli analizzare al microscopio. Dopo l'esperienza della strega Esperanza anche noi ci siamo fatti più furbetti. Non ti nascondo che riponevo una fiducia quasi cieca nel conte, soprattutto dopo quello che era successo. Valentino è ancora convinto che possa essere sotto l'influenza negativa della duchessa che arriva ormai a plagiarlo, e può anche avere ragione, ma il conte è maggiorenne e vaccinato e sono cazzi suoi lasciarsi coinvolgere a questo punto di rincoglionimento in una storia d'amore con una che ha mille anni meno di lui! Ti ripeto: siamo in una botte di ferro!»

«Dal punto di vista sindacale, tu pensi che noi possiamo fare qualcosa in caso di licenziamento?»

«Certo che sì, papà. Ma sarà comunque un'azione dura e lunga che non potrà sottrarsi dall'arrivare nelle aule di tribunale. Dovete avere molta pazienza e molta fiducia. Alla fine la spunterete».

«Ma ci faremo tutti molto male».

«È il lavoro subordinato che fa male, papà. Purtroppo non tutti nascono fortunati con quattro quarti di nobiltà in una tasca e nell'altra un patrimonio che solo tre generazioni possono riuscire a bruciare».

«Mah! Il signor conte è sempre stato così alla mano con noi...»

«Non alla mano, papà. Ha semplicemente curato i suoi interessi. Ha venduto la tenuta senza darcene un minimo preavviso, anche se ha previsto delle clausole di salvaguardia dei livelli occupazionali e salariali. Tanto a lui che gliene veniva? Ha chiesto il nostro aiuto per riprendersi la proprietà della tenuta e ci ha ricompattati in quell'occasione perché la cosa conveniva a lui. Subito dopo però ci ha divisi ancora mettendo sotto contratto solo voi dieci boscaioli e ci ha dato a tutti noi il benservito facendoci il regalino dell'ipermercato. Tra parentesi ha utilizzato il finanziamento bancario sia per la costruzione sia per l'arredo, ricevendo anche grossi benefit da parte di alcune grosse aziende produttrici che hanno griffato diversi stand interni. Alla fine, penso che abbia utilizzato molto poco del finanziamento ottenuto, però ce l'ha fatto ripagare tutto in tempi assai brevi. E ci ha abbandonato al nostro destino, non ha voluto saperne niente né dell'ipermercato, né del laboratorio, né del campo bio. Semplicemente non ci credeva che ce l'avremmo fatta. Non dico che c'è rimasto male, questo no, però ci sta restando male adesso che scopre improvvisamente che non ha la possibilità di regalare tutto alla sua puttanella! Ha ragione Faustina. È un ragazzino viziato che pensa solo ai propri hobby e alle proprie passioni. Il resto lo infetta come se fosse sifilide o un'altra malattia venerea. Quando però qualche amico glielo chiede tutto ritorna suo. Tutto gli è dovuto. Le cose non possono funzionare così, papà».

«Però non ti scordare che è un uomo che ha tante amicizie influenti, tra cui il Procuratore Generale della Repubblica…»

«E noi conosciamo i segretari generali di tutti i sindacati, papà. Se deve essere una lotta, vedremo chi vincerà».

Guido in attesa delle decisioni del Conte

Alla riunione che seguì l'incontro chiarificatore con il conte l'aria mi venne a mancare, mi sentii improvvisamente perso, come quando ti trovi davanti al cinghiale che carica e ti rendi conto che hai ancora il fucile scarico a tracolla sulla spalla.

«È un bel dire che siamo in una botte di ferro, signori! La verità è che noi siamo lavoratori dipendenti del signor conte, poco tutelati dalle norme vigenti. In altre occasioni abbiamo visto con quale facilità è possibile per il padrone licenziare. Lo stsso signor conte, poi, ci ha ceduto - insieme alla tenuta - alla signora Esperanza, senza neppure preavvertirci delle sue intenzioni. Certo, c'è una porta aperta, spalancata, pronta a inghiottirci nel caso malaugurato del licenziamento. Andiamo tutti a lavorare in un'azienda che si occupa di insaccati, confetture, agricoltura biologica e che commercializza i propri prodotti, insieme a un'infinità di altri all'interno di una megastruttura modernissima suddivisa in stand dedicati. Tuttavia, noi siamo boscaioli. Questo è il mestiere che sappiamo fare. Saremmo sempre boscaioli prestati ad altre attività. La cosa non mi fa certo sorridere di gioia. Poi, c'è anche l'ultimo aspetto, il più antipatico della questione. Noi lavoreremmo in un'area interna alla tenuta del conte, possiamo far finta di nulla, sorridere e salutarlo quando passa, ma il padrone è lui. Mio figlio Lucio è in una botte di ferro. I vostri figli tutti sono in una botte di ferro. Se domani, improvvisamente, il conte con le buone o con le cattive decidesse di liberare le aree della sua tenuta da quelle che per lui sono solo delle sovrastrutture inutili, loro troverebbero con molta facilità un altro posto di lavoro con la notorietà che hanno saputo costruirsi qui. Noi saremmo sempre dei pesci fuor d'acqua».

Elio, Gino, Carmelo, Michele e Lello si dichiararono subito d'accordo con me.

«Non è una guerra quella che vogliamo, noi desideriamo solo una vita serena per i giorni che ancora ci mancano alla pensione», disse Lello. «I miei figli, dopo la cessione della tenuta alla strega, hanno deciso di abbandonare la tenuta e tornare a vivere in città, dove lavorano tranquillamente come giardinieri presso una struttura comunale. La stessa scelta l'hanno fatta i figli di Gino e di Carmelo e di Michele e mi risulta che tutti lavorino in città. La figlia di Elio, Emilia, sta lasciando anche lei il villaggio per trasferirsi in città. Perché? Perché vorrebbe vivere in una casa tutta sua e qui non ci sono altre case se non le venti costruite per tutti noi. E la stessa cosa stanno per fare le figlie di Gianni, Massimo e Filippo. E, naturalmente, si porteranno appresso anche i figli di Nino, di Gustavo e di Pino. I ragazzi stanno lasciando la struttura uno per uno e sono proprio loro, alla fine, i soggetti per i quali noi tutti stiamo cercando di arrivare alla pensione. Senza di loro il villaggio sarà inesorabilmente vuoto, avvolto nel silenzio e nella nebbia della solitudine…»

«Non essere filodrammatico, adesso», l'interruppe Michele. «Però, ragazzi, ha proprio ragione. A parte noi vecchi qui al villaggio resteranno solo i figli di Felice e Gaspare, il tuo», disse guardandomi, «i figli di Diego, Franco e il piccolo di Massimo. Peraltro, noi dieci boscaioli sicuramente dovremo riaffrontare il problema del riciclaggio in altra attività che non mi sembra sia proprio esente da ogni rischio di chiusura…»

Eh già, la discussione stava prendendo una piega inaspettata e a nulla valsero le proteste di Diego a difesa delle rassicurazioni che gli aveva fornite suo figlio Paolo. Era per noi tutti evidente che avremmo dovuto andar via dalla tenuta.

«In ultimo», aggiunse ancora Carmelo «ricordiamoci che la guerra che vogliono aprire Paolo e gli altri ragazzi sindacalizzati è per la tenuta di ciò che sono riusciti a conquistare, non solo dal punto di vista economico perché hanno messo in piedi un'attività che, a discapito di ciò che si andava dicendo in giro, va a gonfie vele, ma anche dal punto di vista della libertà riscattata attraverso l'autonomia gestionale del lavoro, condizione impagabile che mette pure al riparo da eventi come quelli che sicuramente stanno per succerderci. In altre circostanze, con un lavoro dipendente, io non so quali sarebbero sate le scelte dei nostri ragazzi».

Ala fine non decidemmo nulla, come succede spesso alle nostre riunioni. Decidemmo solo di attendere le decisioni del conte.

Il conte Goffredo e la duchessa Alba Tramontana

Avevo sperato nel loro stesso interesse che le cose prendessero una piega diversa, che capissero che i tempi erano cambiati e abbandonassero i loro progetti. Purtroppo non avevo potuto parlare liberamente, alla presenza della signora Tramontana di Alcantara, ma le cose erano precipitate improvvisamente.

Tutto aveva avuto inizio quella maledetta sera al circolo, dove avrei fatto meglio a non mettere più piede dopo avere scoperto a quali nefandezze può arrivare un individuo pur di arraffare un po' di soldi in più.

Mi aveva avvicinato il barone Gallia con quel suo sorrisetto beffardo che disegnava perennemente il suo volto.

«Caro Goffredo, sai quanto noi tutti abbiamo sempre stimato te e apprezzato la tua politica di gestione delle risorse che ti ha consentito in tutte le occasioni di vivere agiatamente e senza problemi in un clima di estrema serenità instaurato con i tuoi dipendenti. Mai abbiamo sentito di scontri, scioperi, o anche solo rivendicazioni di alcun genere. Per questo abbiamo sempre pensato che il modello che avevi instaurato tu fosse il migliore. Vedendo poi all'altro eccesso il sistema utilizzato dal Granati, che ne aveva una al giorno, fintanto che non gli è rimasta che una sola persona, un disperato, che gli faceva da cuoco, giardiniere, autista e cameriere, ci eravamo convinti che tu fossi nel giusto. Adesso, però, hai veramnte varcato la soglia della decenza, mio caro. La politica di rinnovamento è una sponda assai pericolosa, soprattutto se il principio libertario rischia di propagarsi... Già anche in città molti giovani cercano di imitare i tuoi, come chiamarli?, ospiti. Già, perché tu non li hai alle tue dipendenze, hai concesso loro le aree per dare sfogo alla loro creatività e, malgrado i nostri sforzi di fare fallire le loro iniziative, sono riusciti a ottenere...»

«Insomma, Gallia, che cosa vuoi?»

«È semplice, Goffredo. Tu non puoi incoraggiare queste iniziative anarchiche pericolosissime. Se tu avessi mantenuto la titolarità della gestione di quella florida azienda installata nella tua tenuta, tutto sarebbe stato normale, ma questi quattro anarco-comunisti si sono appropriati della tua tenuta, ti hanno relegato in un angoletto piccolo piccolo dicendoti 'divertiti con i tuoi hobby e non rompere!' e ti hanno tolto ogni potere su di loro. Non sono neppure tuoi dipendenti! Siamo andati da tuo fratello, il conte Guglielmo, e gli abbiamo fatto presente la situazione. È molto diverso da te, sai? Quando ha saputo quello che ti stavano facendo è andato su tutte le furie e, prima, ha detto che avrebbe provveduto lui personalmente a buttare fuori dalla tua tenuta quella marmaglia, se necessario anche a fucilate, poi ha detto che ti avrebbe fatto interdire subito e ha cominciato a vantare amicizie altolocate nei palazzi della capitale. Noi gli abbiamo proposto l'alternativa che avrebbe potuto salvare capre e cavoli, mantenendo integro il buon nome del vostro casato e lui si è detto subito disposto a collaborare. Resta solo a te, adesso decidere...»

«Siete tutti impazziti! Avete creato un casino per nulla! Io ho solo dato in affitto le aree necessarie per le iniziative imprenditoriali che insieme a quei ragazzi abbiamo pensato e che, da sole, riescono a ripagare tutti i costi di mantenimento della mia complessa gestione patrimoniale e dei miei hobby! Dovrei rinunciare a tutto questo per voi quattro mentecatti e trovarmi magari costretto anche a cercarmi un lavoro per mantenermi? Mio fratello che cosa ha saputo da voi? Inutile chiederlo, voi non sapete nulla, neppure se siete ancora vivi o già morti e, quindi, potete avergli solo detto solenni cavolate! Mi metterò subito in contatto con lui per spiegargli qual è...»

«Inutile, signor conte. Ormai il dado è tratto!»

«Il vostro dado, forse, ma non il mio! Vedremo chi la vince!»

«Oggi arriverà qui in città la duchessa Alba Tramontana di Alcantara con un mandato del Ministro dell'Ambiente per una verifica ispettiva sulla tua tenuta. Non vogliamo porcherie nel nostro territorio e se non ti adegui, sarà la guerra! Io ti consiglio semplicemente di aderire al nostro programma. Se tu riesci in qualche modo, anche aiutato dalla duchessa che in queste cose è bravissima, a scoraggiare quella compagnia di giullari che ha infestato la tua tenuta e rischia di infestare tutto il resto del paese, noi ti promettiamo che faremo avere loro un'area alla periferia della città dove ripetere l'iniziativa, faremo ottenere loro i finanziamenti necessari e via dicendo. Ma dalla tenuta debbono sloggiare!»

«E perché, in caso contrario?»

«Allora è la guerra! Ti dico subito che la duchessa troverà certamente da ridire sulla tua tenuta e la sua relazione sarà dura ed esplosiva! Controfirmata dal Ministro, diventerà l'arma della guerra che le Forze dell'Ordine cominceranno a combattere. Avranno ben poco da studiare, o evacuano o saranno annientati dalle forze dell'ordine e buttati fuori senza alcuna esitazione. E se sarà la guerra, tuo fratello porterà avanti con il nostro supporto anche la richiesta della tua interdizione. Vedrai quanto varranno poco le tue amicizie allora!»

Me ne andai infuriato e mi ritirai al castello della tenuta in attesa di ricevere la duchessa con tutti gli onori del caso. Ma la duchessa non arrivò, né quel giorno né nei giorni successivi. Ero tentato di non mettere più piede al circolo, ma la mia ferma convinzione di estrema superiorità a quei quattro detrattori, sicuramente legati a doppio filo a quel maiale del barone Granati, e la fiera determinazione a non abbandonare io i luoghi che usava frequentare prima di me mio padre e prima di lui mio nonno, tornai con atteggiamento di sfida.

Fu proprio la duchessa Tramontana a darmi il benvenuto.

«Buon giorno, signor conte. La stavo aspettando. Lei è una persona troppo intelligente e troppo rappresentativa per tutta la comunità perché io potessi prendere le iniziative che i suoi 'amici' mi sollecitavano a prendere. Non avrei osato se non dopo avere avuto con lei stesso un colloquio. Vorrei capire di che cosa stiamo parlando…»

«Buon giorno gentile signora. Con chi ho il piacere di parlare?»

«Signor conte, le chiedo scusa, ho iniziato male. Sono la duchessa Alba Tramontana di Alcantara. Lei l'aveva già intuito, ma le piace essere formale più di quanto non piaccia a me. Ora che le presentazioni sono state eseguite, possiamo appartarci nel salottino verde e parlare un po'?»

«Non ho motivo per non farlo, signora duchessa. Accomodiamoci pure».

Fu questo l'inizio della triste storia che mi portò ad assumere una decisione che mi pesava quanto un macigno sulla coscienza.

La duchessa mi ascoltò in silenzio, comprese le mie ragioni e mi disse che concordava con me per tutto quanto io avevo fatto, tranne che in una sola cosa. Per mettere in atto la mia naturale vendetta contro quello zoticone del barone Granati, avevo dovuto scendere a patti con dei plebei, circostanza questa non prevista in nessuno dei codici della nobiltà.

«Duchessa, lei non conosce quei plebei. Io li ho allevati e li ho cresciuti nella mia riserva di caccia dove avevo alle mie dipendenze i loro genitori, che ancora umilmente mi servono. Sono cresciuti cibandosi delle mie libaggioni e avendomi come loro mentore. Ho loro insegnato a comportarsi in modo da non dovermi vergognare mai della loro presenza, curando che l'etica cavalleresca dei miei antenati allignasse nel loro sangue. Sono stati loro a scoprire gli intrighi del barone con la signora Esperanza e sempre loro hanno saputo, rischiando sulla propria pelle, prelevare la documentazione probatoria dei misfatti di quel fellone che ora giace nelle patrie galere! Che buttino la chiave nel più profondo degli abissi, perché se esce da quella fogna in altra ben peggiore lo ricaccio! Io non posso e non potrò mai dimenticare quanto hanno fatto per me!»

«È proprio per questa paterna stima nei loro confronti che ha il dovere di evitare la catastrofe! Non sono stata io a montare

208

sù tutto questo casino infernale, ma i suoi amici del circolo insieme a suo fratello! Se quell'essere infame di Gallia non vedrà compiuta la sua opera non si fermerà. Perdinci, non capisce che son queste le volontà di Granati espresse dalle patrie galere? Gallia è solo un servitore sciocco, ma è uno di quelli che non si fermano mai. Andrà avanti come un carro armato finché non vedrà il suo fido padrone in qualche modo vendicato. Io avevo capito tutto prima di venire. La conoscvo di fama per essere sempre stato un uomo dai saldi principi morali e Gallia lo conoscevo già bene da molto tempo... Non mi sono mai fidata di quell'essere viscido e ambiguo, ma ormai non vedo altre vie d'uscita...»

«Ce n'è un'altra, mia cara! La libertà risiede proprio sulla punta del mio fioretto, anima nascosta nel mio bastone, che non sente più odore di sangue dai tempi di mio nonno. So bene che ai suoi tempi infilzare un nemico che gli aveva ferito l'onore sarebbe stato un atto di riappacificazione con tutti gli altri, avrebbe solo incrementato la stima intorno a lui, mentre oggi io rischio solo di finire in galera. Che ben venga anche questo! Là dentro potrei finire il mio duello con il vero infame che mi ha offeso, il caprone Granati che forse mi sta aspettando...»

«E non pensa ai suoi amici? Quando lei avrà riempito il suo spiedone di cadaveri, chi penserà più ai suoi amici? Nel frattempo suo fratello andrà avanti con la sua richiesta di interdizione e quando lei uscirà di galera, se mai la faranno uscire dopo due omicidi, che cosa troverà nella tenuta? Solo il divieto di ingresso per lei, e nulla più! I suoi amici verranno scacciati e dispersi nelle province della regione e forse anche in luoghi più remoti. Non è questa la soluzione, mi creda...»

«Potrei parlare subito con loro. Capirebbero e si potrebbe trovare una soluzione valida per tutti subito!»

«Gallia è uno sciocco, ma non è imbecille. Lo capirebbe subito che vanno via di loro volontà e non è quello che vuole lui! No, mi creda, bisogna studiare un sistema che li offenda oggi, per tutelarli nel futuro. Io ci ho pensato e la soluzione gliela offro senza ulteriori indugi».

Così Alba mi propose di fingere un flirt con me che la conducesse alla tenuta mia ospite. Là avrebbe usato ogni arma del suo fiero carattere, dall'arroganza alla prepotenza, per colpire i miei uomini nei loro sentimenti fino a rimuovere in loro ogni traccia della tolleranza e far sì che alla fine fossero costretti a cercare nuove aree in cui insediare la loro azienda. Ciò con gran pace per Gallia e con soddisfazione per Granati. Dopo avrei potuto fare quello che volevo con questi esseri abietti e anche con mio fratello che si era fidato di loro senza neppure tentare di parlare con me.

La carrellata di azioni della duchessa mi era sembrata davvero eccessiva e non tollerabile, ma pur prendendo tempo non trovai un'altra soluzione altrettanto valida e decisi di portare avanti quel crudele disegno.

Mi sentivo un verme, alla pari dei miei nemici, ma di loro mi sarei occupato alla fine di tutto.

Ora, invece, dovevo in qualche modo far capire ai miei figli del bosco che cosa realmente stava accadendo.

Valentino e i licenziamenti

Era notte fonda quando Alberto bussò alla mia finestra.

«Il conte vuole incontrarti subito. È già al lago che attende, come ai vecchi tempi. Fidati di lui, è sempre lo stesso uomo!»

Gretel si era svegliata insieme a me e mi guardava perplessa.

«Vado. Io mi fido del conte, Gretel. Sono rimasto forse l'unico, qui al villaggio, ad avere ancora stima in Goffredo, ma è più forte di me, sento che c'è qualcosa di diverso dall'apparenza in questa strana vicenda. Vado ad ascoltarlo e, se non riesce a confermare i miei dubbi, sarà l'ultima volta che l'incontro!»

Non sapevo allora che l'avrei incontrato per molto tempo ancora.

Volai al lago e lo trovai pensieroso che fissava la luna riflessa nelle acque stagnanti, seduto sullo scoglio piatto che ci serviva per le nostre battute di pesca.

«Eccomi, signor conte. Mi dica che è tutta una farsa e me ne andrò felice!»

«Ti dico brevemente quello che sta accadendo. Tu informerai tutti gli altri e dovrai fare in modo che nessuno, al di fuori di noi, possa capire che ti ho parlato».

Mi raccontò tutta la storia dall'inizio e lo ascoltai in silenzio riflettendo. Ancora una volta toccava a me aiutare lui e tutti noi a uscire bene da questa storia. Poi sarebbe stato lui a cercare la via del riscatto per tutti.

«Signor conte, farò come mi dice. Informerò tutti gli altri della situazione e nessuno farà cose diverse da quelle che avrebbe fatto non sapendo nulla di questa storia, glielo prometto. È giusto che tutti sappiano che lei non è infido, mi scusi la parola, come altri più recentemente conosciuti. Stia tranquillo, ci muoveremo così bene che anche a lei verrà il dubbio se io l'abbia detto o meno ai miei compagni di lavoro. La duchessa sa niente di questo nostro incontro?»

«Non lo sa, e se venisse a saperlo mollerebbe tutto lasciando a mio fratello le azioni che serviranno a far maturare gli eventi. Vai adesso e dì a tutti che io sono sempre lo stesso uomo».

Corsi a casa e raccontai a Gretel ogni cosa. Il sonno mi era completamente passato e decisi di cominciare quella notte stessa a informare i miei compagni.

Cominciai proprio dal padre di Gretel, il buon vecchio Felice, ormai caduto in depressione con gli ultimi avvenimenti. Lo svegliai dal sonno mentre gli incubi lo affliggevano e tentava di reagire a qualcosa di tremendo che la mente aveva creato per lui.

«Che c'è, Valentino?»

«Ho appena incontrato il conte, Felice. Debbo parlarti urgentemente sì che domani tu possa fare altrettanto con i tuoi compagni di lavoro».

Quando finii il racconto, interrotto continuamente da domande che avrebbero trovato la risposta subito dopo nel seguito del mio resoconto, Felice aveva gli occhi umidi ma illuminati e sorridenti come non mai.

«Grazie al cielo l'amico nostro non è cambiato. Saranno tutti più tranquilli nel saperlo, ma stai sicuro che nessuno lo darà a vedere. La duchessa troverà pane per i suoi denti...»

Dalla stanza di Felice mi spostai, sgattaiolando fuori dalla finestra della mia come ai tempi della strega, alla casa di Hänsel, l'ultima del villaggio e bussai tranquillamente alla porta.

Hänsel, subito dopo il mio racconto, andò da Lucio e Valeria volò da Faustina, mentre Gretel andò a bussare alla finestra di Cinzia e io andai da Paolo.

Quella stessa sera tutti seppero a passa parola la verità e mai fecero capire a nessuno di esserne al corrente.

Passarono altri tre giorni, tra le incursioni provocatorie della duchessa e le altezzose alzate di spalla del conte, prima che questi convocasse i boscaioli al castello.

Era naturalmente in compagnia della signora Tramontana che aveva in volto disegnato il suo peggiore sorriso di sfida. Ma eravamo presenti anche io e Paolo in qualità di rappresentanti sindacali.

«Vi ho convocati al mio cospetto per comunicarvi le mie decisioni a seguito del vostro atteggiamento oltraggioso nei confronti miei e della mia nuova compagna. Domani stesso dovrete lasciare il villaggio con tutte le vostre cose e vi asterrete dal tornare. Ho predisposto le lettere di licenziamento per giusta causa che la duchessa vi consegnerà. Potrete passare in amministrazione per ricevere i vostri emolumenti che comprendono il trattamento di fine rapporto e qualche mensilità extra che, pur nella consapevolezza che non la meritate affatto, ho voluto gratificarvi per venire incontro alle vostre prime esigenze nell'attesa di trovare un altro lavoro».

«Signor conte, dopo tanti anni che ci conosciamo è il peggior modo di lasciarci!» disse Gaspare.

«Non finirà di certo qui, signor conte», aggiunse Felice con un cipiglio per lui inusuale.

«Finirà qui, invece. E visto che i signori Paolo e Valentino son qui a presenziare questo incontro come vostri numi tutelari, informo anche loro che ieri sono partite tre raccomandate indirizzate dal mio studio legale ai coordinatori del laboratorio gastronomico, del campo biologico e dell'ipermercato per lo sfratto immediato dalle aree e dai locali della tenuta. Loro avranno tre mesi di tempo per sloggiare cercando una soluzione alternativa, portandosi appresso tutta la merce esposta all'ipermercato e quella in produzione al laboratorio e al campo».

«Signor conte, le ricordo che noi abbiamo dei contratti regolari d'affitto delle aree e che siamo perfettamente in regola con i pagamenti dei canoni. Lei non può unilateralmente recedere dai contratti se non per giusta causa».

«Leggerete le lettere dell'avvocato e prenderete le vostre decisioni. Il mio amministratore ha rilevato delle irregolarità negli ammontari corrisposti a titolo di canone che mi danno diritto a recedere. Ma di questo non voglio parlare in questa sede. E vi avverto che se non lasciate subito la tenuta, farò intervenire le Forze dell'Ordine per rendere esecutivi gli sfratti».

Ce ne andammo dal suo studio e decidemmo di riunirci immediatamente presso i locali dell'ipermercato, convocando anche il nostro legale e i segretari delle sigle sindacali che già una prima volta ci avevano assistito.

Fu una riunione tempestosa nella quale ognuno puntava solo ad alzare la voce più dell'altro. Chi la fece da padrone fu Rino, il nostro armadio ambulante, che cominciò a gridare come un forsennato che sarebbe dovuto arrivare tutto l'esercito insieme a tutte le forze dell'ordine per riuscire a liberare la tenuta dalla sua presenza e che, probabilmente, molti si sarebbero fatti male.

Non fu possibile placare gli animi neppure per i rappresentanti sindacali intervenuti, che pure erano persone di alto standing e assai ascoltate. Il legale intervenne solo per spiegare che una clausola contrattuale prevedeva, nel caso di utili aziendali superiori a una certa soglia che, come noto, era stata abbondantemente superata, il pagamento di un canone di affitto anche per le abitazioni del villaggio in misura pari all'affitto già pagato alla società Würsterlandia dai singoli condomini. Nessuno aveva versato il corrispettivo di quella somma e, quindi, i contratti erano effettivamente impugnabili dalla controparte. Non ci sarebbero state molte speranze di averla vinta, neppure con pagamenti tardivi. In caso di giudizio saremmo stati soccombenti.

Alla fine decidemmo di resistere a oltranza, proclamando lo stato di agitazione.

Quando tutti gli estranei se ne furono andati via, tornammo a riunirci nei locali amministrativi dell'ipermercato, lontani di occhi e orecchie indiscrete.

«Ritengo che più credibili di così solo dei navigati attori lo sarebbero stati», disse Rino ridendo. «Forse ho trovato un'alternativa al lavoro al campo biologico!»

«E adesso che cosa succederà?», domandò Cinzia alquanto allarmata.

«Succederà che allo scadere dei tre mesi che ci hanno dato», chiarì Paolo «ma forse anche prima, vedremo improvvisamente apparire le Forze dell'Ordine che metteranno sotto controllo tutta la tenuta, garantendo libertà di movimento alla duchessa e al conte. Non dobbiamo reagire, perché qualcuno potrebbe farsi male...»

«Sicuramente qualcuno di loro», disse ridendo Rino.

«Noi o loro la cosa non cambia. Sono lavoratori come noi che fanno ciò che viene loro comandato e, credimi, non lo fanno con cuore allegro, soprattutto in queste circostanze».

La duchessa Alba Tramontana di Alcantara

Avevamo fatto un buon lavoro di squadra con Goffredo. Il fatto che i suoi amici non fossero stati messi al corrente di ciò che accadeva realmente, aveva dato alla vicenda una patina di realismo che altrimenti sarebbe mancata. Certo io non sarei rimasta molto simpatica a nesuno di loro, ma speravo che almeno a Goffredo alla fine non sarei stata invisa. Ci speravo davvero, perché il conte mi piaceva veramente, come mi piacevano i suoi metodi, i suoi modi affabili e signorili con tutti, i suoi slanci emotivi e romantici verso quella moltitudine di gente che lavorava alla sua tenuta e che riteneva figli suoi, i figli che sua moglie non aveva potuto dargli.

Mi piaceva tutto di lui, soprattutto quel portamento nobile di altri tempi, le sue fattezze fiere e gentili contemporaneamente, i suoi capelli brizzolati con riflessi rossicci che coronavano la fronte alta e spaziosa, il suo sguardo quasi vitreo con occhi cerulei che osservavano tutto senza scomporsi mai, uno sguardo fisso che riusciva a guardare oltre le apparenze, fin dentro il cuore della gente.

I suoi modi mi avevano conquistata. Non so come l'avrebbe presa mio padre, il duca Bruno Tramontana di Alcantara se fosse stato ancora in vita. Mi ero innamorata di un uomo ben più grande di me, ne soffrivo perché non sapevo come lui avrebbe interpretato i miei sentimenti, ma ero decisa a manifestarglieli, qualunque cosa fosse poi successa.

«Goffredo, credo che ci siamo mossi nel modo più giusto. Non devi soffrire per i tuoi amici, dopo che avranno ottenuto tutto ciò che Gallia ha promesso potremo loro chiarire il tuo atteggiamento e i motivi che ti hanno spinto a impersonare un volto non tuo. Vedrai che capiranno».

«Non mi spaventa il loro giudizio, Alba. Mi fa paura il mio!»

«Non devi essere severo con te stesso, lascia che la ragione abbia il sopravvento sui sentimenti. A conclusione della vicenda continuerò a stare al tuo fianco finchè non avrai loro chiarito ogni cosa. Vedrai che tutto si aggiusterà e, alla fine avranno più di prima».

«In che senso, Alba?»

«Guarda le cose dal lato positivo. Loro avranno la possibilità di impiantare l'ipermercato ai margini della città e, in aree adiacenti, il laboratorio e il campo biologico. Gli affari in una posizione più comoda per la clientela non potranno che andare ancora meglio, consentendo un veloce ammortamento dei finanziamenti bancari necessari. E non è detto che non possiamo intervenire anche noi, a quel punto, per estinguerli anticipatamnte. Avremo anche già chiarito ogni cosa con tuo fratello e si sentirà così sputtanato per avere dato ascolto a quel pirla di Gallia senza neppure sentire le tue ragioni che non avrà più il coraggio di intromettersi negli affari tuoi. La struttura dell'ipermercato e del laboratorio esistenti qui alla tenuta resteranno in piedi e, a lavoro ultimato, i ragazzi potranno decidere se riaprirle al pubblico, farne delle succursali, dando lavoro ad altra gente, ovvero riconvertirle in depositi o altre diavolerie. Io vorrei essere al tuo fianco anche allora e non per darti ancora man forte nei loro confronti, ma per te. Penso di essermi innamorata di te, Goffredo».

Mi guardò con occhi lucidi al cui interno, come un'onda di flusso e riflusso sulla bianca spiaggia, passò un velo di tristezza e di felicità e poi fu solo questa a restare.

«Alba, cara Alba. Sono un vecchio posto di fronte alla marmorea bellezza di un corpo giovane e vigoroso che racchiude la luce di un sole che si era spento da molti anni. La tua intelligenza e la tua arte diplomatica non sono assolutamente seconde al tuo fascino e alla tua sensualità. Cosa pensi che un vecchio farebbe di fronte a un'offerta così gaia, frizzante, spensierata e allettante? Però la mia ragione mi ha mostrato subito la tua età e mi ha imposto di guardare anche la mia. Pensa fra dieci anni appena che cosa potrei mai offrirti io!»

«Non penso assolutamente a quello che mi darai fra dieci anni, Goffredo. Penso a quello che provo adesso e che maggiormente proverei fra le tue braccia all'interno del tuo letto. Penso a quello che saresti in grado di offrire a un tuo figlio. Penso a quello che insieme potremmo realizzare. Penso a quello che le nostri menti, giovani e veloci, potranno ancora sognare. Non ho nessuna voglia di guardare troppo lontano, in un tempo che ha da venire e che, con la giusta maturità della mia nuova età, vivrò nel momento in cui dovrò viverlo. Ti desidero troppo per rinunciare a te per una simile frivolezza».

Mi avvicinai a lui e lo travolsi con un abbraccio che ci trascinò sul tappeto del suo studio avvinghiati l'uno all'altro dopo aver fatto crollare ogni muro di autocontrollo.

I carri armati alla tenuta

Nella notte tra il 20 e il 21 agosto trenta carri armati, varcati i confini della tenuta del conte, puntarono sul villaggio, sull'ipermercato e sul piazzale del laboratorio per stroncare ogni tentativo di quella plebaglia anarco-comunista di riformare il sistema economico del paese tentando di instaurare una nuova economia dal volto umano.

Tutti i quotidiani erano intervenuti affrontando la questione con angolature diverse, ma quelli più importanti ponevano in evidenza che la definizione di economia dal volto umano supponeva che i sistemi fin qui realizzati e condivisi da tutta la società avessero dunque un volto disumano.

Ogni tentativo di resistenza fu inutile. I lavoratori della tenuta si riunirono all'interno dell'ipermercato dichiarando ancora lo stato di agitazione.

Risolutivo fu l'intervento della duchessa Alba Tramontana di Alcantara che fece opera di mediazione tra i lavoratori e gli esponenti del circolo che rappresentavano i maggiorenti cittadini.

Terminati le lunghe e estenuanti trattative, fu proprio lei ad annunciare di aver raggiunto un risultato onorevole accolto da ambo le parti.

Valentino e la conclusione delle vertenze

Ancora una volta il conte mi aveva fatto sapere anticipatamente tutto quello che stava accadendo al di fuori delle mura del nostro villaggio.

Ora la duchessa era veramente la sua nuova compagna ed era sfacciatamente dalla nostra parte. Gallia lo aveva ben intuito e aveva tentato di rimangiarsi la parola data in merito alla ricerca di soluzioni alternative per la sistemazioni delle aziende gestite dalla cooperativa di ragazzi ed ex boscaioli.

A questo punto, però, era pesantemente intervenuto il conte Guglielmo, fratello di Goffredo, che informato dala duchessa di tutti i particolari che gli erano stati omessi dal Gallia, era arrivato al circolo dalle sue tenute nel nord del paese e aveva trascinato Gallia nello studio verde, dove lo aveva sbattuto contro il muro puntandogli il fioretto alla gola.

«Plebeo stronzo falso barone, figlio di lavoratori a cottimo nel settore del sesso! Non ti buco il collo perché resterei sconvolto nel vedervi uscire le porcherie che hai in gola! Ora mi metterai per iscritto tutto quello che andavi strombazzando a destra e a manca sulle possibili soluzioni alternative all'occupazione illegale della tenuta di mio fratello, con una sola variante. Tu offrirai gratuitamente la proprietà del tuo terreno edificabile sito alla periferia di questa sporca città e darai anche un congruo contributo per l'edificazione del nuovo stabilimento, ben più grande del primo, che ospiterà gli stand d'esposizione dell'ipermercato, struttura fortemente gradita ai tuoi concittadini e che risorgerà più splendente del primo e con maggiori servizi per i suoi clienti! Ti faccio salva la vita, brutto fellone, solo se mi sottoscrivi immediatamente tutti i tuoi impegni!»

Ottenuto con le buone maniere quanto promessoci, il conte ci concesse di continuare a lavorare nei locali già esistenti finché non fosse terminata completamente la nuova struttura dell'ipermercato cittadino. Per quanto riguardava poi il laboratorio di insaccati e confetture, lo fece inserire all'interno del progetto del sorgendo ipermercato, mentre riassunse immediatamente i boscaioli al suo servizio e affidò la gestione del campo biologico alla duchessa Alba, assumendo alle sue dipendenze i dieci lavoratori che si occupavano delle colture cui diede l'opportunità di continuare ad abitare nelle case del villaggio.

Nei mesi successivi grande fu il fermento per i lavori di costruzione del nuovo ipermercato con annesso il laboratorio, grande quasi il doppio di quello precedente e per l'edificazione di nuove casette del villaggio che dessero comunque spazio a future esigenze. In effetti, del vecchio villaggio era rimasta solo la configurazione iniziale, un lungo serpente che costeggiava il fiume, ma in realtà era stata fondata una nuova città, che attendeva solo di ospitare i nuovi lavoratori che sarebbero arrivati per riaprire la succursale dell'ipermercato.

Al villaggio restammo i vecchi boscaioli e della nuova generazione solo Hänsel, Gretel, Valeria e io. Tutti gli altri andarono a vivere in città, in quelle casette costruite vicino ai terreni in cui sorgeva la nuova struttura. Presto le altre case del villaggio sarebbero tutte state occupate da nuovi abitanti che, sicuramente, portavano con loro nuovi ragazzi...

220

Personaggi

Conte Goffredo da Gora
È un uomo di circa cinquant'anni, di bell'aspetto fisico. Di media statura ma sembra molto alto per il suo portamento nobile e fiero. Di carnagione chiara, ha i capelli rossicci tendenti al bianco, gli occhi azzurri e uno sguardo quasi vitreo. La barba è sempre ben rasata, ma sfoggia un paio di baffetti bianchi che lo slanciano ulteriormente. Veste molto elegantemente, con abiti di lino in estate, quasi sempre bianchi o color panna e di lana inglese in inverno, su toni blu o marroni. Non usa quasi mai abiti spezzati se non per andare a caccia. Fuma il sigaro, ma non di frequente. Ama la granita di mandorle – che predilige di mattina – e di limone. Il buon cibo e la lettura sono le sue passioni. Il suo hobby è la caccia. Possiede diversi immobili in città e vive di rendita. La tenuta di Gora è il suo ultimo possedimento di campagna e ama risiedervi dalla primavera all'autunno inoltrato. In inverno vive nella residenza cittadina, un grande palazzo nobiliare a più piani con un ampio baglio che fa da rimessa per le auto e le carrozze e grandissimi saloni interni.

Silvestra
È la moglie del conte, donna di quarant'anni di carnagione chiara, capelli castani e occhi castani. Non è di nobile nascita ma lo è per portamento e per carattere. Generosissima, ha avuto un'influenza positiva sui rapporti del marito con i suoi dipendenti, mostrando tratti umanitari che i suoi detrattori confondono con manifestazioni socialiste.

Principe Granatelli
Acerrimo nemico del conte Goffredo proprio per quell'atteggiamento social-comunista verso gli uomini alle sue dipendenze, atteggiamento secondo lui ispirato certamente dalla moglie, una plebea che si atteggiava a nobile le cui idee potevano compromettere l'equilibrio della società in cui vivevano. A peggiorare le cose, tutti gli altri nobili del circolo sembravano apprezzare molto quel sistema che aveva evitato

sempre i duri scontri con il personale dipendente, riuscendo a mantenere un alto tenore di vita nonostante le ingenti spese gestionali del suo patrimonio. È un uomo basso e grasso, di carnagione bianchissima che appare ancora più slavata per i bianchi capelli. Gli occhi forse non gliel'ha visti mai nessuno: li mantiene strizzati in due sottilissime fessure. Veste sempre con abiti spezzati, giacche prevalentemente gialle o blu e pantaloni marroni o grigio chiaro, tanto in estate quanto in inverno. È di animo infido e non è sposato. Le donne le compra. Ha due persone stipendiate: un dipendente che gli fa da cameriere, da autista e da cuoco e un ragioniere che gli cura l'amministrazione delle sue finanze. È tirchio e molto attento al denaro.

L'amministratore

Il suo nome è Pietro Cuffaro, ma è noto a tutti come l'amministratore. È un ragioniere giovane, di circa trentacinque anni, magro e di bell'aspetto. Capelli neri e occhi grigi. Si veste dignitosamente con abiti acquistati in grandi magazzini di livello medio-alto. È enormemente ambizioso e ama il denaro più di ogni altra cosa. Cura le finanze del principe Granatelli e aiuta la contessa Silvestra ad amministrare il patrimonio del marito. È anche amministratore degli immobili di proprietà del conte e ceduti in locazione. Cerca di approfittare delle situazioni per guadagnare qualcosa in più. Non spende una lira e cerca di pranzare e cenare ora dal principe ora dal conte o da qualcuno dei suoi affittuari. Diventerà l'amministratore della fabbrica di würstel della signora Benigna Esperanza.

Benigna Esperanza, detta la strega nera

Donna bellissima e sensuale che, si dice, sia stata l'amante di tutti i maggiorenti della città. Bruna con i capelli ricci nero corvini e gli occhi verdi smeraldo che risaltano sulla carnagione scura, magra con forme ben pronunciate, veste sempre di nero. È laureata in economia e ha scritto un trattato che ha venduto benissimo. È la nipote del sindaco e, si dice che grazie alle sue conoscenze sia riuscita a pubblicare il suo trattato di economia che poi proprio il sindaco ha pubblicizzato tra tutti i suoi amici spingendoli all'acquisto. È una donna ambiziosissima che vuole solo comandare e farsi conoscere come manager imprenditoriale. È la direttrice di wüsterlandia, la fabbrica di würstel sorta nel castello del conte dopo la morte della moglie.

Felice Grimaudo è un boscaiolo che ha lavorato prima nella tenuta della Pigna del principe Granatelli, fino alla sua cessione a terzi, poi si è trascerito in città alla ricerca di un lavoro che non è riuscito a trovare e, infine, è stato assunto alla tenuta di Gora del conte Goffredo. È un uomo di mezza età ma ancora fisicamente molto vigoroso, dal carattere timido e discreto. Ha i capelli neri, il naso un po' corvino e gli occhi scuri. All'interno della fabbrica è addetto al carico delle filze dei würstel sui carrelli e al loro trasporto nelle stufe di ascigamento, affumicatura e cottura.

Libera è la prima moglie di Felice, figlia di un anarchico idealista che aveva dato ai suoi figli i nomi di Unico (tratto dal titolo del libro dell'anarchico Max Stirner), Ideale, Libera e Anarchia. È una bella donna, bionda con gli occhi blu intensi, romantica e idealista come il padre. Ama molto la lettura, passione che ha trasferito anche ai suoi figli. Come il padre, che diede il nome Unico al suo primo figlio traendolo dal titolo di un libro, così lei dà nome di Hänsel e Gretel ai suoi due figli traendoli dal libro di fiabe dei fratelli Grimm che leggeva e rileggeva da bambina. Muore in circostanze misteriose per uno strano virus che nessun medico sa diagnosticare, stessa malattia della contessa Silvestra, contratta nello stesso periodo. La morte delle due donne avviene nello stesso giorno.

Ula è la seconda moglie di Felice. Spagnola, molto più giovane di lui, è un'arrivista ambiziosa. Arriva al villaggio quando viene impiantata la fabbrica e la necessità di maggiore manodopera costringe la nuova proprietà ad ampliare il piccolo borgo. È una domma bella e sensuale, scura di carnagione con gli occhi di colore grigio chiaro. Sfrutta l'attrazione delle sue forme fisiche per tentare la scalata sociale.

Hänsel è il primogenito di Felice, un bel ragazzo che, come la sorella, ha preso i colori della madre e anche il suo carattere schivo e fiero. È amico di tutti. Nella fabbrica di würstel è il segretario della strega e ha con lei una travolgente storia d'amore che lo porta ad assumere una strenua difesa di tutte le sue decisioni, spesso riferendo a lei i vari pettegolezzi che sente in mensa.

Gretel è la sorella minore di Hänsel. Bionda con gli occhi bli intensi, sembra la copia carbone della madre. Dolcissima e gentile è innamorata corrisposta di Valentino, suo vicino di casa. Anche lei, come il fratello, svolge lavoro di segreteria presso la direzione di würstelandia, ma la sua riservatezza la rende invisa alla strega.

Gaspare Carollo è il primo boscaiolo del conte. Coetaneo di Felice, diviene il suo migliore amico. È scuro di carnagione ed ha occhi e capelli scuri. Di media statura, grazie al fisico atletico appare alto e slanciato. È di origine Rom. Viene espulso dalla sua comunità, con la quale ha mantenuto tuttavia stretti i rapporti affettivi, quando disobbedisce al padre sposando una donna diversa da quella scelta per lui, peraltro donna non appartenente alla comunità Rom. È l'uomo di fiducia del conte e il suo guardaspalla durante le battute al cinghiale. Dopo la cessione dell'azienda è impiegato come conciatore di pelli dei maiali utilizzati per la preparazione dei würstel.

Rosetta è la moglie di Gaspare. Rossa di capelli con occhi verdi, è alta quanto il marito. È una donna sensibile e romantica. Dalla vita di casalinga viene catapultata in fabbrica per curare l'insaccatura della farcia nel budello e controllare la regolare porzionatura.

Valentino è il figlio di Gaspare e Rosetta. Vicino di casa di Gretel al villaggio è innamorato di lei da sempre ma non ha il coraggio di rilevarle i suoi sentimenti. Sarà lei a manifestarli per prima. È uno dei ragazzi più svegli del villaggio ed è quello che insegna a Gretel a pescare, con risultati eccezionali perché Gretel diviene la migliore pescatrice del gruppo. È alto, magro, con i capelli rossi e gli occhi verdi come la madre. Nel processo industriale sarà addetto al reparto amministrativo con compiti contabili.

Diego Celestini è uno dei boscaioli del conte alla tenuta. Di media statura, bruno di capelli e di carnagione dorata, ha grandi occhi castani rotondi che gli danno un aspetto bonario e affabile. Nella fabbrica di würstel è addetto al controllo delle operazioni di docciatura e di raffreddamento in cella frigorifera del prodotto.

Maria è la moglie di Diego. Piccola di statura ha forme aggraziate e armoniose. Anche lei è di carnagione dorata, con capelli castani e occhi castani. Nel processo industriale della produzione dei würstel ha il compito di controllare la pelatura delle salsicce e di eliminare quelle difettose.

Paolo, figlio di Diego e Rosetta, è il ragazzo più grande della compagnia. Magro, alto, castano è molto impegnato nel sociale. Addetto al cutter, sarà lui a denunciare la scarsa qualità del prodotto e a convocare in fabbrica una delegazione sindacale esterna. È amico di tutti e molto stimato anche dai grandi.

Guido Licata fa parte del gruppo di boscaioli del conte. È alto e magro, con la pelle molto rugosa. Grandi occhi azzurri e naso dritto gli conferiscono un aspetto signorile ed elegante. Nell'azienda di würstel si occupa del raffreddamento dell'amalgama.

Enza è sua moglie. Gentile e graziosa, ha aspetto minuto ma ben proporzionato. Gli occhi e i capelli sono castani. In fabbrica sarà addetta al trasporto del prodotto al raffinatore.

Lucio è figlio di Guido e Enza. In fabbrica avrà il compito di aromatizzare con le spezie la concia dei würstel.

Nino Romeo fa parte del gruppo di boscaioli del conte. È alto, magro, con la pelle dorata, occhi chiari e capelli scuri. Nella catena di produzione di wüsterlandia deve curare il confezionamento delle salsicce sottovuoto e le operazioni di pastorizzazione.

Pina, sua moglie, piccoletta ma ben proporzionata, di chiaro colorito con capelli chiari e occhi celesti, si occupa delle operazioni di incartonamento e trasporto in frigorifero dei würstel in attesa della spedizione.

Mario, il figlio, è un esperto di informatica, autodidatta. Ha preso il fisico del padre. È impiegato presso gli uffici amministrativi di wüsterlandia. È innamorato, corrisposto, di Cinzia.

Elio Viscuso fa parte del gruppo di boscaioli del conte. Alto, atletico, robusto sembra un gigante buono, con la barba rossa, i capelli lunghi e rossi e gli occhi verdi. In fabbrica è adibito alla produzione dei würstel di pollo.
Vera, sua moglie, è anche lei di carnagione chiara e rossa di capelli con bellissimi occhi verdi. Lavora nello stesso reparto del marito alla produzione di würstel di pollo.
Valeria è la loro unica figlia. Naturalmente anche lei è rossa di capelli con occhi verdi. Molto aggraziata è estremamente sensuale, circostanza maggiormente resa evidente dal suo atteggiamento apparentemente un po' svampito e distratto. In azienda svolge i lavori di pulizia dei locali del castello e, in particolare, di quelli riservati a uffici dell'amministratore e alla sua abitazione.

Gino Santangelo fa parte del gruppo di boscaioli del conte. Alto e atletico è di carnagione chiara, con capelli biondi e occhi azzurri. In fabbrica è adibito alla produzione di würstel di pollo.
Giulia, sua moglie, è giovane, con un bel fisico, ma non è graziosa. Ha un brutto naso che le guasta tutti i lineamenti. Lavora nello stesso reparto del marito.
Antonio, il loro unico figlio, quando la tenuta è stata ceduta all'azienda della strega, ha deciso di tornarsene a vivere in città.

Carmelo Passalacqua fa parte del gruppo di boscaioli del conte. È alto, possente, con barba e capelli neri e occhi scuri. In fabbrica è adibito alla lavorazione dei würstel di pollo.
Valentina, sua moglie, lavora nello stesso reparto del marito. È alta, magra e ben fatta, con capelli e occhi scuri.
Saro e Girolamo, i due figli della coppia, come Antonio, sono tornati a vivere in città dopo la cessione della tenuta del conte.

Michele La Grutta fa parte del gruppo di boscaioli del conte. Piccoletto ma ben palestrato è scuro di carnagione con occhi e capelli corvini. In fabbrica è adibito alla lavorazione dei würstel di pollo.

Santina, sua moglie, è piccoletta come il marito, di costituzione fragile e minuta, chiara di carnagione con capelli e occhi castani. Lavora allo stesso reparto del marito.

Carlo, il loro unico figlio, dopo la cessione dell'azienda, come Antonio, Saro e Girolamo è tornato a vivere in città.

Lello Aprile fa parte del gruppo di boscaioli del conte. È alto e possente, di carnagione chiara con capelli e occhi scuri. Lavora presso il reparto di produzione dei würstel di pollo.

Angela, sua moglie, è alta e robusta, come il marito, anche lei con carnagione chiara e occhi e capelli scuri. Lavora allo stesso reparto del marito.

Bruno e Giovanni, i loro figli, come Antonio, Saro, Girolamo e Carlo, dopo la cessione dell'azienda, sono tornati a vivere in città.

Filippo Abate proviene da un'attività commerciale svolta nel settore alimentare delle carni fresche e della preparazione gastronomica. Prima di questo lavoro si era occupato per anni di agricoltura insieme al cognato e, in particolare, di serre. È un uomo di media statura, carnagione chiara e capelli prematuramente bianchi che fanno risaltare poco gli occhi di un bellissimo colore azzurro. In fabbrica è adibito al confezionamento delle vaschette di interiora di polli.

Lisa è la sua compagna. Anche lei di media statura, ha carnagione dorata, capelli castani e occhi dello stesso colore dei capelli. In fabbrica è adibita al reparto di produzione di zamponi e cotechini.

Cinzia è la loro unica figlia. Piccoletta ma graziosissima, di carnagione chiara con capelli scuri e occhi azzurri come quelli del padre. È una delle addette alla pulizie del castello, nei locali diversi da quelli di produzione.

Gustavo De Luca proviene da un'attività commerciale svolta nel settore alimentare delle carni fresche e della preparazione gastronomica. È di fisico giovanile, magro e alto, con capelli scuri e occhi grigio chiari. In fabbrica è adibito al confezionamento delle vaschette di interiora di maiale.

Mariella è sua moglie, sempre allegra e sorridente come il marito. È anche lei ben palestrata come il marito, con un fisico eccezionalmente proporzionato. Ha capelli scuri e occhi azzurri. In fabbrica è adibita alla produzione di zamponi e cotechini.

Sergio e Tano sono i figli di Gustavo e Mariella. Sono gemelli monozigotici, fisicamente ben impostati e con gli stessi colori della madre. Sono innamorati rispettivamente di Faustina e Gabriella, ricambiati. Lavorano negli uffici amministrativi dell'azienda.

Pino Agrifoglio proviene da un'attività commerciale svolta nel settore alimentare delle carni fresche e della preparazione gastronomica. È alto e atletico, con occhi scuri e capelli corvini. In fabbrica viene adibito al confezionamento al confezionamento delle vaschette di interiora di maiale.

Lucia è la moglie di Pino. Piccola e insignificante. In fabbrica è adibita alla produzione di zamponi e cotechini.

Corrado è il figlio di Pino e Lucia. Alto e atletico come il padre, è chiaro di carnagione con occhi scuri e capelli corvini. È innamorato di Emilia, la figlia di Nicola e Veronica. In fabbrica lavora presso gli uffici amministrativi.

Franco Alfano proviene da un'attività commerciale svolta nel settore alimentare delle carni fresche e della preparazione gastronomica. È giovanile, di fisico atletico, chiaro di carnagione e con capelli scuri come gli occhi furbi e vispi. In fabbrica è adibito al confezionamento di vaschette di interiora di maiale.

Antonietta è la moglie di Franco. È alta come lui, di fisico prestante e atletico, molto sensuale, di carnagione scura con capelli ricci e corvini e occhi verdi.

Totò è il maggiore dei figli di Franco e Antonietta. Esuberante di carattere, ben palestrato e molto casinista. Come il fratello non ha mai studiato volentieri ed è molto ignorante. In fabbrica lavora presso gli uffici amministrativi.

Beppe è il figlio minore di Franco e Antonietta. Sembra quasi il gemello di Totò. Ignorante come lui è piuttosto teppistello. Ben palestrato. Anche lui è adibito a un lavoro presso gli uffici amministrativi della fabbrica.

Nicola Pizzuto proviene da un'attività commerciale svolta nel settore alimentare delle carni fresche e della preparazione gastronomica. Come Franco e Pino è alto, atletico, con occhi scuri e capelli corvini. In fabbrica è adibito al confezionamento delle vaschette di interiora di maiale.

Veronica è la moglie di Nicola. È quella che può definirsi una gran bella donna, alta, magra, slanciata, bionda e con gli occhi azzurri. In fabbrica è adibita alla produzione di zamponi e cotechini.

Emilia è la figlia di Nicola e Veronica. Bella come la madre è adibita ai lavori di pulizia del castello.

Massimo Alcamo proveniva da un lavoro di macellazione in città e in fabbrica è adibito al reparto del macello dei maiali. Di media statura, scuro di carnagione, ha capelli corvini e occhi castano scuro. È molto attivo.

Alessandra, sua moglie, è una donna graziosa e dal portamento elegante. Come il marito è scura di carnagione con occhi castano scuri. È stata adibita alla pulizia del reparto di produzione dei würstel.

Gabriella è la figlia più grande, coetanea degli altri ragazzi. È molto amica di Faustina, la figlia di Gianni, snella e ben proporzionata nelle forme, non è graziosa ma è molto sensuale.

Claudio è il figlio più piccolo che, quando inizia il lavoro della fabbrica, ha solo quattordici anni e non può essere impiegato in alcuno dei lavori.

Andrea Ganci proveniva da un'attività di macellazione in città e in fabbrica è adibito al macello dei maiali. Come Silvio è piccoletto ma sempre in movimento. Chiaro di carnagione ha occhi scuri e piccoli ma molto vispi.

Chanel è sua moglie, piccoletta come il marito, ma ben proporzionata nelle forme. Chiara di carnagione ha occhi azzurri e capelli castani chiari. In fabbrica è adibita alla pulizia dei locali di produzione dei würstel.

Marcello è il loro unico figlio. È un esperto sistemista informatico ed è stato un hacker. È un bel ragazzo, con occhi azzurri e capelli castani, alto e snello. In fabbrica lavora al reparto amministrativo e ha un ruolo di uomo di fiducia dell'amministratore.

Gianni Bonsignore proveniva da un lavoro di macellazione in città e in fabbrica viene adibito al reparto di macellazione dei polli. È di media statura, piuttosto rotondetto nel fisico, di carnagione chiara con capelli rossicci e occhi verdi.

Annalisa è la sua compagna. Come Gianni è piuttosto rotondetta, con occhi vispi scuri e capelli castani. È adibita alla pulizia dei locali di produzione dei würstel.

Aldo è il figlio maggiore. Di corporatura robusta ha carnagione chiara, capelli castani e occhi dello stesso colore dei capelli. È adibito al reparto amministrativo della fabbrica.

Piero è il mediano dei tre figli di Gianni e Annalisa. Non somiglia per nulla al fratello e ai genitori. È magro, alto, con capelli scuri con un grande ciuffo sempre davanti agli occhi azzurri e vispi. È anche lui adibito al reparto amministrativo della fabbrica.

Faustina è la figlia piò giovane della coppia. È molto amica di Gabriella, la figlia di Massimo e Alessandra, e come lei non è una bella ragazza ma è molto sensuale. Magra, alta, capelli scuri e occhi castano scuro, ha forme aggraziate e molto proporzionate.

Silvio

Silvio Lipari proveniva da un lavoro di macellazione in città e in fabbrica è adibito al reparto del macello dei polli. Piccoletto, sempre in movimento, ha piccoli occhi vispi e capelli scuri.

Matilde è sua moglie, anche lei piccoletta, scura di carnagione e vispa come il marito. In fabbrica è stata impiegata per le pulizie dei locali di produzione dei würstel.

Rino è il loro unico figlio. Grande e palestrato sembra quasi un gigante e fa timore a guardarlo, ma è timido e gentile, romantico e sentimentale. È il guardiano del complesso industriale.

Duchessa Alba Tramontana di Alcantara è una donna bionda che, prima di arrivare alla tenuta del Conte, aveva fatto molto chiacchierare di sé i rotocalchi rosa per avere cambiato partner a ogni nuova stagione. Donna bellissima e molto più giovane del conte, se ne innamora e decide di continuare a vivere al suo fianco.

Sommario

Nota

Tutti i personaggi descritti appartengono alla fantasia.
Qualunque omonimia è del tutto casuale.